Bettina Rolfes
Patchouli

Bettina Rolfes

Patchouli

Als alles allen gehörte

und jede nur sich selbst

Roman

Impressum:

Bibliografische Information der Deutschen Nationalbibliothek: Die Deutsche Nationalbibliothek verzeichnet diese Publikation in der Deutschen Nationalbibliografie; detaillierte bibliografische Daten sind im Internet über http://dnb.dnb.de abrufbar.

Die automatisierte Analyse des Werkes, um daraus Informationen insbesondere über Muster, Trends und Korrelationen gemäß §44b UrhG („Text und Data Mining") zu gewinnen, ist untersagt.

Verlag: BoD · Books on Demand GmbH, Überseering 33, 22297 Hamburg, bod@bod.de

Druck: Libri Plureos GmbH, Friedensallee 273, 22763 Hamburg

ISBN: 978-3-8192-0765-5

Für Felix und alle, die dabei waren.

Prolog

Vor einigen Jahren, vielleicht ist es länger her, als es mir vorkommt, hauste ich mit einem Haufen wilder Gesell:innen in einer bröckelnden Villa. Sie stand in einer kleinen Stadt an der Ruhr. Vor dem Haus verliefen die Schienen der Straßenbahn, mit der man in eine große Stadt fahren konnte. An der gegenüberliegenden Straßenseite hielt ein Bus, der in eine andere große Stadt fuhr. Oder man lief ein paar Schritte weiter und fuhr mit der S-Bahn in eine dritte große Stadt. Endlich war ich mittendrin im Herzen der Hölle – oder zumindest in einem ihrer vielen Vorhöfe. Und genau das war es, wonach ich mich nun zwanzig verschlafene Jahre lang gesehnt hatte. Denn ich kam vom Land. Dass mein Zimmer alle zehn Minuten vom Bremsen und Anfahren der Straßenbahnen so sehr vibrierte, dass die Teetassen fast vom Tisch hopsten und von Zeit zu Zeit ein Bröckchen Stuck von der Decke herabrieselte, störte mich nicht weiter. Das war doch tausendmal besser als der unverstellte Blick auf die Hinterteile muhender Kühe.

Hinter dem Haus begann das Hüttengelände und wenn gerade Abstich war, färbte sich der Himmel feuerrot, ganz gleich, ob es zwei Uhr nachts oder zehn Uhr vormittags war. Auch das gefiel mir. Ich fühlte mich, als ob ich mein Zelt am Rand eines Vulkans aufgeschlagen hätte. Dass es ab und zu auch so roch wie in der Vorhölle – geschenkt. Was war das bisschen Schwefel schon gegen den Gestank von Gülle, der im November wochenlang über dem düsteren, bösen Dorf hing, aus dem ich kam.

Wohngemeinschaften kannte ich nur aus den Gesprächen der älteren Schüler, die ich in der Pausenhalle meiner Schule aufgeschnappt hatte. Das musste etwas ziemlich Wildes sein, wo Langhaarige den ganzen Tag Hasch rauchten. Und auch sonst jede Menge verbotener Dinge taten. Und davon gab es viele, denn der größte Teil der interessanten Dinge war verboten, dort, wo ich herkam. Denn ich kam nicht einfach nur vom Dorf, sondern aus einem katholischen Dorf.

Was für Sünden es so gab, hatte ich schon im Alter von sechs Jahren erfahren, als ich zur Vorbereitung auf die erste Beichte anhand des Beichtspiegels im Gebetbuch mein Gewissen erforschte. Seitenweise waren da Sünden aufgelistet, und dazu musste ich ja auch noch die Erbsünde rechnen, die ich schon vor meiner Geburt begangen hatte. Von da an bekam ich jedes Mal ein schlechtes Gewissen, wenn ich Jesus am Kreuz sah, schließlich war er auch für meine Sünden gestorben. Dabei war ich eigentlich gern in der Kirche. Ich mochte den Geruch von Weihwasser und altem Holz und liebte es, wenn der Pastor die Weihrauchschiffchen schwenkte und würzige Rauchschwaden durch die Kirche waberten. Beim Erntedankfest im Herbst führte er die Prozession durch die Felder an, gefolgt von der singenden, Fahnen schwenkenden Gemeinde und segnete den wogenden Weizen und die kräftigen Runkelrüben. An Fronleichnam war das ganze Dorf geschmückt mit bunten Fähnchen mit Hirten und Heiligen und vor den Geschäften waren kleine Altäre aufgebaut. In goldenen Gewändern zog der Pastor durchs Dorf, unter einem ebenfalls golddurchwirkten Baldachin, der von vier starken Männern getragen wurde.

Wenn ich in Gefahr war, schickte ich ein Stoßgebet zum Himmel, in schwierigen Momenten stand mir ein Engel zur Seite, und wenn ich etwas verloren hatte, half der heilige Antonius. Nur vor dem Teufel musste man sich in Acht nehmen, aber den konnte man leicht an seinem Pferdehuf erkennen.

Es war also nicht so, dass ich mich als Kind gelangweilt hätte. Die Kirche bot eine Menge Spektakel und Nervenkitzel und auch mit den anderen Kindern hatte ich viel Spaß. Wir waren frei, zogen durch Wälder und Felder, gruben nach Schätzen, stiegen in die Kronen der höchsten Bäume, gründeten Banden, führten Kriege, retteten aus dem Nest gefallene Vögelchen, fingen Frösche und stapften durch hüfthohe Schneewehen. Doch irgendwann verlor das Landleben schlagartig seinen Reiz.

Meine Eltern hatten inzwischen einen Fernseher und die Bilder von den Kriegen in aller Welt drangen bis in unser Wohnzimmer, wo wir auf einer trapezförmigen, lila bezogenen Wohnlandschaft die Tagesschau verfolgten. Sie waren modern und hatten den 50-er Jahre-Mief mitsamt der Cocktailsessel und Nierentische schon vor Jahren auf die Müllkippe befördert beziehungsweise ihrer Putzfrau geschenkt. Jetzt kämpften sich in unserem Wohnzimmer amerikanische Soldaten durch den vietnamesischen Dschungel, standen im Sumpf, führten Kriegsgefangene ab. Bomben wurden aus Flugzeugen abgeworfen und ich blickte in die angstvollen Augen vietnamesischer Kinder.

Langsam dämmerte mir, dass es noch eine andere Welt gab – und die hatte auch mit der Musik zu tun, die meine Eltern aus Amsterdam mitgebracht hatten. Uns Kindern überreichten sie bunte Plastikeimer mit belgischen Bonbons, dann packten sie die Platten aus. Es war eine englische Band, die in den Niederlanden riesige Erfolge feierte. Auf dem Cover waren langhaarige junge Männer abgebildet, und wir Kinder sahen mit großen Augen zu, wie unsere Eltern die dicken, harten Schallplatten auf den Plattenspieler legten, der kindersicher hoch oben im Regal stand. Sie drückten eine Taste, dann fuhr der Tonarm zur Seite, senkte sich auf die Platte, es knisterte kurz und eine wilde, fremde Musik erklang. Während meine Eltern tanzten, stopfte ich mir ein belgisches Bonbon nach dem anderen in den Mund, und als die Platte vorbei war, lag der

Teppich voller Bonbonpapier, meine Zähne klebten vom Karamell, und ich fühlte mich wie im Himmel. Mein Englisch reichte nicht aus, um die Texte zu verstehen, genau genommen konnte ich noch gar kein Englisch, aber die Musik, die Stimmen, die Klänge und Rhythmen begeisterten mich. Diese Musik war anders als alles, was ich zuvor gehört hatte.

Ein Jahr später begann mein großer Bruder, sich wie die Männer auf dem Plattencover die Haare wachsen zu lassen. Bei ihm fanden meine Eltern das nicht so lustig. Mein Vater hatte schon öfter Bemerkungen über Langhaarige, Gammler und ähnliches Gesindel gemacht und meinem Bruder dabei lange Blicke zugeworfen, aber eines Sonntags platzte ihm dann beim Mittagessen der Kragen.

„Willst du nicht mal wieder zum Friseur gehen, Johannes?", fragte er, während er ein Stück Entenbrust in die Soße tunkte und in den Mund schob.

Johannes ließ den Pony tief ins Gesicht fallen und knurrte: „Nein."

Er war inzwischen fünfzehn und der Ansicht, dass seine Frisur nur ihn etwas anging. Innerhalb von wenigen Sekunden war mein Vater auf hundertachtzig und brüllte:

„Mein lieber Sohn, über eines sei dir bitte im Klaren: Solange du deine Füße unter meinen Tisch hältst, hast du zu tun, was ich dir sage. Eine Beatlesfrisur gibt es hier nicht."

Johannes stand wortlos auf und sprach wochenlang nicht mehr mit unserem Vater. Sobald er von der Schule kam, verschanzte er sich in seinem Zimmer und hörte laute Musik. Seine Haare wurden immer länger. Mein Vater hatte sich schon aufgeregt, als ihm der Pony in die Augen hing, aber bald hatte er eine richtige Matte. Die langen Haare waren eine Kriegserklärung.

Für Kinder mochte das Landleben schön sein, aber für Jugendliche war es eine Qual. Es gab kein Kino, kein Jugendzentrum, kein Café, keine Kneipe, keine Konzerte, keine Disco, es gab gar nichts außer den grünen Wiesen und der guten Luft. Ich spürte, dass es woanders auf der Welt richtig abging, aber ich musste hier auf dem Dorf versauern.

Zudem hatte sich mein Vater wieder mal eine Freundin zugelegt. Diesmal war es eine seiner Praxishilfen, eine 22-jährige Blondine. Meine Eltern hatten sich schon immer ausgiebig gestritten, aber nun wurde es von Woche zu Woche schlimmer. Ich konnte es kaum erwarten, endlich die Schule zu beenden. Dann würde ich so schnell wie möglich das Weite suchen.

Bahnhofstraße 54

Den Studienplatz hatte mein Vater mir zum Abitur geschenkt. Nun ja, nicht ganz, aber im Prinzip lief es darauf hinaus. Es war ein Studienplatz in Medizin. Er war der Ansicht, ich wäre die geborene Ärztin, und er als Zahnarzt hätte mich zwar lieber als seine Nachfolgerin gesehen, konnte aber akzeptieren, dass ich das ablehnte, und als Ärztin würde ich immerhin in der Branche bleiben.

Mein Notendurchschnitt war eher mittelmäßig, aber mein Vater hatte sich gleich nach der Abifeier ans Telefon gehängt und mit seinem besten Freund Walter telefoniert, der von Beruf Anwalt war. Walter hatte sich erkundigt und uns den Fachmann für Studienplätze genannt, mein Vater hatte eine Stange Geld auf den Tisch gelegt, Walter hatte Klage erhoben und nun konnte ich als Nachrücker mein Studium beginnen. Mir schwebte vor, als Hausärztin Gutes für die Menschheit tun. Oder in der dritten Welt Menschenleben zu retten. Aber vor allem wollte ich so schnell wie möglich das gottverdammte Dorf hinter mir lassen. Und so war ich meinem Vater um den Hals gefallen, hatte ein paar Sachen in meinen Rucksack gestopft und weg war ich. Doch zwei Wochen nach Semesterbeginn gab es keine kleinen Wohnungen, Apartments oder Plätze in Wohnheimen mehr.

Die ersten drei Nächte hatte ich in einem möblierten Zimmer bei einer alten Dame verbracht, wo ich auf keinen Fall bleiben wollte. Nur wusste ich nicht, wohin. Die Vorlesungen hatten schon begonnen und ich musste mich anstrengen, mitzukommen. Nur mit Glück konnte ich noch einen Platz im Biologie-Praktikum ergattern, und da stand ich dann mit Schere und Petrischale in der Hand und hatte eigentlich schon genug.

Es waren Frösche. Etwa zwanzig Frösche, die in einer hellblauen Plastikwanne um ihr Leben schwammen. Wir sollten einen Frosch aus der Wanne nehmen, ihn mit einer Schere dekapitieren, also den Nervenstrang zwischen Hirn und Wirbelsäule durchtrennen, den Frosch damit töten und ihn anschließend an ein Metallgestell hängen, um seine Muskelreflexe zu testen.

„Mach ich nicht", sagte ich.

„Warum nicht?", fragte der Assistent, der wie alle anderen Anwesenden, ich inklusive, einen weißen Kittel trug. Auf manchen Kitteln zeigten sich schon erste Blutflecken.

Ich sollte einen Frosch nehmen und mit der Schere in sein Gehirn schneiden, damit er dann tot war. Angewidert wandte ich mich ab.

„Und Sie wollen Ärztin werden?", fragte der Assistent. „Da müssen Sie noch ganz andere Sachen machen."

„Lass man, dann mach ich das", sagte Marjan. Sie war meine Rettung. Sie killte den Frosch, hängte ihn an die Apparatur und setzte ihn unter Strom, woraufhin sich sein schöner langer Beinmuskel zusammenzog. Ich führte Protokoll.

Nach dem Praktikum gingen wir in der Mensa essen. Auf einem Fließband, das direkt aus der Küche kam, rollten Plastiktabletts mit verschiedenen Vertiefungen und aufgestellten Schalen heran. Es gab Gemüsebrühe, Kartoffelpüree, rote Bete und Brisoletten, was seltsame graue Klopse waren, die möglicherweise Schweinefleisch enthielten, worauf mit einem Schild hingewiesen wurde. Zum Nachtisch dann ein Plastikbecher mit waldmeistergrünem Wackelpudding. Beim Essen erklärte Marjan mir die politischen Verhältnisse in ihrer Heimat. Ihr Vater war Kommunist und die Familie war aus dem Iran in die Tschechoslowakei geflohen, sie war in Brünn aufgewachsen, von dort war die Familie dann nach Bochum gezogen. Der Schah von Persien ... Ja, von dem hatte ich schon gehört, wenn auch vorwiegend aus den Illustrierten, die im Wartezimmer meines Vaters auslagen.

Nach dem Essen schlenderten wir durch die Eingangshalle und wurden mit Flugblättern sämtlicher politischen Gruppierungen versorgt. Die Annonce hing am Schwarzen Brett: **Wohngemeinschaft hat Zimmer frei**, und ich rief gleich an.

„Bahnhofstraße 54", rief eine fröhliche junge Stimme ins Telefon. Sie kam von weither und zwitscherte wie eine muntere Lerche, die hoch oben in einem Baum sitzt und sich den frischen Wind durchs braune Federkleid wehen lässt.

„Guten Tag", sagte ich schüchtern, „ich habe gehört, also eigentlich gelesen, also hier ist ein Anschlag am schwarzen Brett. Sie haben ein Zimmer frei?"

„Ja, am besten kommste mal vorbei. Heute so um sechs, geht das?"

Dann erklärte sie mir noch, welchen Bus ich nehmen sollte, und so stand ich gegen sechs mit klopfendem Herzen vor der bröckelnden Villa und starrte durch die schmiedeeiserne Rosette der Haustür in den dunklen Flur. Es regnete. An der Klingel standen etwa zehn Namen, ich zögerte noch, schließlich war ich zu früh, und so putzte ich mit dem Finger den Sand von der Scheibe, um einen Blick ins Innere werfen zu können. Ein düsterer Hausflur, in dem ein paar alte Kleiderschränke standen, davor eine leere Bierkiste, eine Garderobe mit mindestens zwanzig Mänteln und Jacken, darunter grobe Mengen Stiefel und Schuhe. Eine Treppe führte in den ersten Stock.

Ich sah auf meine Uhr. Es war fünf vor sechs. Die Kälte kroch mir in die Knochen. Ich fühlte mich wie in der Zahnarztpraxis meines Vaters, wenn ich auf dem Behandlungsstuhl saß und darauf wartete, dass er mir mit einem Haken in den maroden Backenzähnen herumstocherte.

In meinem Inneren waren faulende, schlechte, böse Gegenden, das hatte ich schon mit sechs Jahren im Religionsunterricht gelernt. Auch wenn mein Glaube in den letzten Jahren zu einem Rest aus Aberglauben und Stoßgebeten im allerhöchsten Notfall zusammengeschrumpft war (bitte lieber Gott, mach, dass Mama nichts merkt!!!), der wie ein Häufchen Kehricht in einem Winkel meiner Seele herumstand – die Schuldgefühle waren geblieben. Mit meinen Eltern hatte ich mich noch nie verstanden, aber sie sich miteinander auch nicht. Im Gegenteil. Sie hatten mir vorgeführt, dass ein Ehekrach auch ein ganzes Jahrzehnt oder eine ganze Generation währen konnte.

Aber es musste noch etwas anderes geben, ein freies, wildes Leben. Irgendwo brannte ein Feuer, an dem die Menschen sich wärmten, und das vermutete ich im Inneren des düsteren Hauses.

Endlich war es sechs und ich drückte auf die Klingel. Der Regen lief mir inzwischen in den Nacken. Es dauerte. Ich klingelte erneut. Es dauerte weiter. Endlich fiel ein schwacher Lichtstrahl in den dämmrigen Flur und ich hörte in den Tiefen des Hauses eine Tür quietschen. Ein Bärtiger schlurfte in Cordhose, dunkelrotem Pullover und Hausschuhen zur Tür.

„Guten Tag, ich wollte zu … also ich hatte angerufen, wegen dem Zimmer", stotterte ich.

„Ja, das ist jetzt schlecht", knurrte er und starrte mich durch seine Nickelbrille unwirsch an.

„Aber die Frau hat gesagt, ich soll um sechs kommen."

„Ne Frau? Weißt du auch noch, wie die hieß?"

Ich schüttelte den Kopf. Mir war zum Weinen. Mir war kalt. Er konnte mich doch jetzt nicht wieder wegschicken.

„Wahrscheinlich die Marion. Was macht die denn auch immer? Die ist doch gar nicht da." Er seufzte tief, überlegte lange. „Aber du kannst ja mal reinkommen."

Ich folgte ihm in die Küche, wo auf der Ablage neben dem Herd ein enormer Spülberg gen Decke ragte. Wortlos starrten wir ihn an. Er schien ebenso verdattert zu sein wie ich.

„Ich kann ja mal einen Tee kochen", sagte er schließlich, nahm einen fleckigen Wasserkessel, füllte frisches Wasser ein, zündete eine Gasflamme an und setzte ihn auf den Herd.

Ich sah mich um. Es war ein Durcheinander sondergleichen. Auf dem großen Eichentisch standen jede Menge benutzter Tassen und voller Aschenbecher. Teeflecken, ein Marmeladenglas und Brotkrümel ließen auf die Reste des Frühstücks schließen, auf einem ramponierten Sofa lag eine auseinander gefaltete Zeitung, die es wohl nicht mehr bis auf den Stapel geschafft hatte, der neben dem Sofa aus dem ochsenblutfarbenen Dielenboden wuchs. In den Ecken tummelten sich Staubmäuse. An den ockergelben Wänden prangten Plakate mit den Konterfeis von Marx, Engels und Lenin, darunter der Schriftzug: "Alle reden vom Wetter. Wir nicht." Ich kam aus dem Staunen nicht heraus.

„Dass die auch nie spülen", schimpfte der Bärtige. „Wer ist überhaupt dran? Wahrscheinlich wieder die Marion, die spült echt nie", grummelte er, schlurfte zu einem der beiden eichenen Küchenschränke, an dem ein DINA4-Zettel mit einer handgeschriebenen Tabelle klebte.

„Putzen, Einkauf, Klo, Spülen...", las er und fuhr mit dem Finger die Zeilen nach, „kann doch nicht sein, ich hab doch letzte Woche erst ... hm", lachte er trocken. „Son Mist ... kannst mir ja helfen."

Und eh ich mich versah, wurde ich zum Spüldienst eingeteilt. Er holte aus den Tiefen des anderen Schrankes ein paar halbwegs saubere Geschirrtücher hervor, band sich eine Schürze um, räumte das Spülbecken leer, ließ heißes Wasser einlaufen und legte los. Während ich abtrocknete, fragte er mich aus und ich erfuhr alles Nötige zu dem frei werdenden Zimmer. Streng genommen war es noch gar nicht frei, aber die Frau, die es bewohnte, eine gewisse Antonia, sei nun schon seit sechs Wochen in Griechenland und sie habe von da aus angerufen und gesagt, sie würde dann ausziehen und man könne ja ihre Sachen auf den Dachboden stellen. Er legte kurz den Spüllappen beiseite und zeigte mir das Zimmer.

Es ging direkt neben dem Eingang vom Flur ab, und als er die quietschende alte Fächertür öffnete, schlug mir ein penetranter Gestank nach Hasenstall entgegen – mit den Gerüchen von jeder Art Viehzeug kannte ich mich schließlich aus. Ich blinzelte in das Halbdunkel, in das spärliches Licht von der Straßenlaterne fiel. Der Bärtige, der sich inzwischen als Franz vorgestellt hatte, tastete sich ins Innere des Zimmers und knipste eine Stehlampe an.

„Pass auf ", sagte er, „nicht dass der Hase wegläuft!" – und wirklich, da hoppelte ein kleiner grauer Hase über die Bastmatten. Natürlich hatte er schon jede Menge Köttel hinterlassen, aber das schien niemanden groß zu stören.

„Die Antonia will die Matten nachher wegtun", sagte Franz entschuldigend, „und der Hase kommt dann aufs Land. Wir müssen den jetzt füttern, solange sie weg ist."

Viel konnte ich im Halbdunkel nicht erkennen, aber es gab zwei große hohe Fenster mit hölzernen Fensterläden, die Decke war mit einer Stuckrosette verziert und die Wände schienen mit ungestrichener Raufaser tapeziert zu sein.

„Okay“, sagte ich, „nehm ich.“

Franz lachte wieder trocken.

„Dann müssen wir erstmal gucken, ob wir dich nehmen.“

Ich guckte vermutlich ziemlich blöd aus der Wäsche, denn dass ich mich hier gegen mehrere Bewerber durchsetzen musste, hatte ich mir so nicht vorgestellt. Während ich weiter abtrocknete und das Geschirr auf dem Tisch zu kunstvollen Gebilden stapelte, erklärte er mir das Verfahren. Normalerweise würden sie nur jemanden nehmen, den jemand kennt. Darum wisse er auch nicht, warum die Marion mich herbestellt hätte. Aber da ich nun schon mal hier sei, könne ich ja über Nacht bleiben und morgen könne man dann weitersehen. Obwohl ich ihn nur von der Seite sehen konnte, bemerkte ich, dass sein Blick bei den Worten „über Nacht“ ein seltsames Flackern bekam. Aha, dachte ich, zuerst muss ich meine Qualitäten im Abtrocknen unter Beweis stellen – und dann auch noch im Bett???

Plötzlich klopfte jemand ans Fenster. Die Scheiben waren vom vielen Wasserdampf beschlagen, draußen war es inzwischen stockfinster, und Franz putzte ein Stückchen frei.

„Fränzchen, hab keine Angst, hier ist kein Einbrecher, ich bins!“, rief eine kraftvolle Männerstimme.

„Der Horst!“, knurrte Franz, öffnete widerwillig das Fenster und ein junger Mann, der aussah, als käme er geradewegs aus den Wäldern Kanadas, angetan mit kariertem Wollhemd, Jeans, Wanderschuhen, Bart, Lockenkopf, Rucksack, stieg zum Fenster herein.

„Kannst du nicht normal zur Tür reinkommen wie andere Leute auch?“, meckerte Franz, aber Horst lachte nur, schlug ihm zur Begrüßung auf die Schultern, schüttelte den Regen ab und packte den Rucksack aus. Ein riesiges Brot, ein Becher Margarine der billigsten Sorte, ein 1000-Gramm-Glas Marmelade, ein enormes Stück eingeschweißter Käse, ein Pfund schwarzer Tee.

Kurz darauf traf ein weiterer Mitbewohner ein, Onno, der Ostfriese, ein kleiner stämmiger Mann mit schulterlangen Haaren und rotem Vollbart, der ihm bis auf die gelbe Öljacke fiel.

„Wo ist eigentlich die Marion", fragte Franz. „Hat die Thea herbestellt, ist aber gar nicht da."

„Ich hab die vorhin in der Stadt getroffen", erwiderte Horst. „Die muss heute Überstunden machen. Kommt später."

Plötzlich wusste ich, woran Franz mich erinnerte. An einen Hirschkäfer. Die metallische Brille, der dunkle Bart und die mürrische Art, all das fügte sich zu einem Bild zusammen. Er passte überhaupt nicht in die Stadt. Er war ein Bewohner des Unterholzes.

Sie kamen überein, dass ich dann hier übernachten könne, es seien ja jede Menge Betten frei, das von Jule, das von Franziska und natürlich auch das von Antonia. Mir war das ganz recht. Dann musste ich nicht in das möblierte Zimmer zurückkehren, in dem ich die letzten Nächte verbracht hatte.

Horst deckte den Abendbrottisch. Vier Brettchen, vier Messer, vier Teebecher. Franz bestand darauf, dass wir erst den alten Käse aufaßen, und so bestrich ich mein Brot mit Margarine und säbelte mit dem stumpfen Messer ranzigen alten Gouda aufs Brot.

„Kannste denn auch kochen?", fragte Franz mit vollem Mund.

„Der Franz!", spottete Horst. „Der denkt auch immer nur ans Essen!" Dann sprang er auf und schnitt noch eine Scheibe Brot von dem frischen Laib, mit der Brotmaschine, die auf einem Tischchen neben dem Küchenschrank stand. Den Krümeln nach zu urteilen, die sich unter der Maschine auf dem Boden häuften, mussten hier schon Hunderte von Broten geschnitten worden sein.

Der Hirschkäfer wird zum Hirsch

Am Abend wurde der Hirschkäfer zum Hirsch. Stolz schritt er durch sein Revier aus zwei mit braunem Kord bezogenen Matratzen an den gegenüberliegenden Wänden. Der Raum war bis in Brusthöhe mit Schilfmatten verkleidet, wie man sie in Gärten und auf Balkonen als Sichtschutz verwendet. Zwischen den Matratzen ging es über einen ausgetretenen Strohteppich in den Wintergarten, wo es noch kälter war als im Rest des Hauses, aber geheizt wurde grundsätzlich nur von Mitte Oktober bis Mitte April, hatte er mir erklärt, und es war erst der zehnte Oktober.

Er hatte mich in sein Zimmer eingeladen, mir einen Tee eingeschenkt und spielte mir seine Platten vor. Crosby, Stills, Nash and Young. Auf den ersten Blick sah das Plattencover aus wie ein chamoisfarbenes Familienfoto aus dem 19. Jahrhundert. Ein paar junge Männer standen vor einer alten Scheune. Auf den zweiten Blick waren es völlig bekiffte langhaarige Hippies in ihrer Landkommune.

„Gefällt dir die Musik?", fragte er.

„Ja, ist super", sagte ich. Es war kalt. Der Hirsch zündete eine Kerze an. Sein Bart schimmerte jetzt und seine Augen glänzten. Sein roter Pullover sah so wollig warm aus, dass ich mich am liebsten an ihn geschmiegt hätte. Inzwischen war es zwei Uhr. Wir lagen uns gegenüber, er auf der rechten Matratze, ich auf der linken, zwischen uns ein Meter abgetretene Strohmatten. Die Platte war zu Ende und er ging in den Wintergarten, um eine neue aufzulegen. Für einen Moment war es ganz still in dem großen Haus. Alle anderen schliefen oder waren nicht da. Wir waren allein. Ich hörte, dass er sich räusperte.

„Wenn du willst, kannst du ja hier schlafen.", sagte er von nebenan. „Ich hab ja zwei Matratzen und eine Decke hab ich auch noch."

„Okay."

Als wir beide dann auf unseren Matratzen lagen, jeder für sich eingemummelt in einen winterlichen Schlafanzug und eine dicke Decke, er hatte die Brille abgenommen, das große Licht, eine Korblampe, gelöscht und nur die Kerze brannte noch, murmelte er mit belegter Stimme:

„Wenn dir immer noch kalt ist, kannste ja zu mir kommen."

Einen bärtigen Mann hatte ich noch nie geküsst. Er war langsamer, zärtlicher, wärmer und bald zitterte ich nicht mehr vor Kälte, sondern vor Erregung. Im Gegensatz zu den Achtzehnjährigen, mit denen ich im Bett gewesen war, hatte er es nicht eilig. Er drängte mich zu nichts, nicht einmal, als sein Steifer unübersehbar an meinen Oberschenkel tippte. Ich steckte noch immer in dem pastellfarbenen Frotteepyjama, den ich von meiner Tante zum Geburtstag bekommen hatte. Er stand kurz auf, um noch eine Platte aufzulegen, eine amerikanische Folksängerin, und genierte sich kein bisschen für die Beule in seiner blauen Trikothose. Als er zurückkam, zog er mir vorsichtig das Oberteil meines Pyjamas aus, schob die Hand in meine Hose und berührte meine Scham so vorsichtig wie eine Knospe. Die flaumigen Häute wurden unter seinen Fingern zu einer stolzen Blüte.

„Willste lieber Kaffee oder lieber Tee?", lispelte er am nächsten Morgen. Ich saß in der Küche, und er machte mir Frühstück. Er stand am Herd, der Wasserkessel kochte. Heute trug er einen blauen Shetlandpullover, der ihm ausnehmend gut stand.

„Lieber Kaffee", sagte ich und er kochte mir einen himmlischen Kaffee und ein butterweiches Ei, dann fuhren wir zusammen in die Stadt. Er hatte einen olivgrünen VW-Bus. Herbstsonne schien durch die Blätter der Königsallee, im Radio lief laute Rockmusik. Vor einer roten Ampel küssten wir uns. Er fuhr zur Arbeit und brachte mich vorher zur Uni.

Als ich ausstieg, kam er kurz aus dem Auto und umarmte mich.

„Das mit dieser Nacht, äh..." Er stockte und ich fragte mich, was jetzt wohl kam.

„Das bleibt unter uns, oder?"

„Klar", erwiderte ich.

„Denn die Franziska, also meine Freundin, die kommt heute Nachmittag wieder. Und heute Abend ist Hausversammlung, da solltest du kommen, weil du ja einziehen willst. "

Ich musste schlucken. Das war also die freie Liebe. Doch als er abfuhr und noch einmal hupte und mir zuwinkte, fand ich es okay, so wie es war. Es war eine schöne Nacht gewesen und eigentlich empfand ich auch jetzt kaum mehr als Sympathie für ihn. Doch die hatte sich zumindest eingestellt. Ich beschloss, ihn wieder wie einen Hirschkäfer zu sehen und ging in die Cafeteria, um mir vor der Anatomie-Vorlesung noch einen Kaffee zu holen.

Hausversammlung

Außer den drei Männern wohnten noch drei Frauen im Haus: Marion, Jule und Franziska. Mit Marion hatte ich ja schon telefoniert und sie sah genauso aus, wie ich sie mir vorgestellt hatte: eine fröhliche, freundliche Frau Mitte zwanzig mit braunen Augen, langen braunen Haaren und Hippiekleid, die Sozialarbeiterin von Beruf war und praktischerweise gleich gegenüber im Haus der Jugend arbeitete. Franz' Freundin, die auch noch Franziska hieß, war am Nachmittag aus München zurückgekommen. Sie hatte lange, dunkelblonde Haare, eine Nickelbrille auf der Nase und ihre blauen Augen blickten nicht immer in die gleiche Richtung. Sie hatte einen leichten Silberblick. Aber ich war erleichtert, als sie mich herzlich begrüßte. Anscheinend wusste sie von nichts und ich hoffte, dass die anderen auch dichthielten. Wobei ich nicht sicher war, ob überhaupt jemand etwas von Franz und mir mitbekommen hatte. Ich hatte einen anstrengenden Tag in der Uni gehabt und fragte, ob ich mir ein Brot schmieren dürfe. Natürlich durfte ich. Franz bot mir seine Wurst an und Onno seinen Tilsiter. Wurst und besondere Käsesorten – also alles außer eingeschweißtem Gouda – waren Privatbesitz, und während wir noch auf Jule warteten, erklärte Onno mir die Haushaltskasse. Grundnahrungsmittel wie Milch, Mehl, Zucker, Brot, Tee, Gouda oder Zwiebeln wurden von der Gemeinschaftskasse bezahlt. Was darüber hinausging, musste jeder selbst finanzieren und in dem großen orangenen Schrank in der Ecke wurden die privaten Vorräte gelagert. Im Kühlschrank lagen die gemeinsamen Nahrungsmittel offen herum, was privat war, war in Kunststoffdosen verpackt. Und da gab es dann auch noch eine Wurstgemeinschaft, eine große Dose, die Franz, Franziska und Marion zusammen gehörte.

„Sollen wir nicht langsam anfangen? Ist schon halb acht!“, sagte Franziska, aber ihre Frage blieb unbeantwortet im Raum stehen. Marion hockte vor dem Kühlschrank und suchte nach Essbarem, Franz stand am Küchenschrank, löffelte einen Joghurt und erzählte Marion, die sich von Zeit zu Zeit umdrehte und einen Kommentar abgab, von seiner neuen Arbeitsstelle. Horst, der gegenüber von Franziska am großen Eichentisch saß, drehte sich eine Zigarette nach der anderen und pfiff dabei leise vor sich hin. Fünf waren schon fertig. Onno schien als einziger den Anlass der Zusammenkunft nicht vergessen zu haben und traf schon mal Vorbereitungen. Er suchte in dem neu gewachsenen Spülberg nach Tassen, spülte sie ab und setzte Teewasser auf.

„Sind denn alle da?“, fragte Marion von unten. Sie kniete noch immer suchend vor dem Kühlschrank, öffnete nun ein Glas mit Leberwurst und roch daran.

„Ist das von dir?", fragte sie Franz.

„Ja, kannste nehmen. Sind natürlich nicht alle da. Jule fehlt noch, dabei hab ich die extra angerufen."

In dem Moment klingelte das Telefon. Es stand im ersten Stock und Onno stapfte knurrend die Treppe hinauf.

„Petra fragt, wann Jule kommt", brüllte er kurz darauf herunter. Allgemeines Gelächter, die Stimmen überschlugen sich, ein Scherz jagte den anderen. Über Jule war offenbar gut Scherze machen. Anscheinend kam sie immer zu spät, war ständig in Eile.

„Na, dann können wir ja anfangen, sie muss gleich kommen", verkündete Onno, als er wieder in die Küche kam. Er stellte an jeden Platz eine Tasse, warf ein paar Teelöffel auf den Tisch und schüttete Tee ein. So zögernd, als ob sie gerade jetzt in die anregendsten Gespräche der Woche vertieft wären, setzten sich nach und nach alle hin, gaben Zucker, Milch oder beides in ihre Tassen, rührten kurz um, reichten den Löffel weiter. Teeduft erfüllte den Raum. Ein letztes Löffelklirren, ein erstes Teeschlürfen, dann wurde es plötzlich still. Alle starrten woanders hin.

Horst betrachtete die beiden hohen, alten Fenster, deren weiße Farbe abzublättern begann. Marion ließ ihren Blick an der Herdwand hin und her schweifen, vom Elektroherd zum Gasherd, zur breiten, technisch längst überholten Waschmaschine mit separater Schleuder und blieb bei der schmuddeligen Spüle hängen, an deren Wasserhahn nun der braune Teestrumpf hing und dampfte und tropfte. Franz betrachtete seine Fingernägel. Franziska hatte die Ellenbogen aufgestützt, das Kinn auf die Hände gelegt und blickte genervt an die Decke. Einen Moment war es so still, dass nur noch der ferne Geräuschteppich der Straße zu hören war. Ein Bauch gluckste. Jemand kicherte. Die beiden großen Küchenschränke, einer zur Rechten, einer zur Linken der Tür, standen wie stumme, mächtige Zeugen an ihrem Platz. Onno sah von einem zum anderen, strich sich über den roten Bart, nahm einen kurzen Schluck und wandte sich an Franz.

„Wann will sie denn einziehen?"

„Zum 15. Oktober."

„Ist denn die Antonia dann schon raus?"

„Die hat gesagt, spätestens am zwanzigsten ist sie raus. Und Thea übernimmt wohl das Sofa, und die Sessel will sie auch haben."

Da war Franziska plötzlich ganz Ohr.

„Also, das find ich aber 'ne Schweinerei. Kaum bin ich 'ne Woche weg, macht ihr hinter meinem Rücken schon mal alles klar."

„Aber Franzi, nun mal sachte!" Das war Horst.

„Nee, find ich Scheiße, ich komm wieder und werd einfach vor vollendete Tatsachen gestellt. Bisher haben wir es immer so gemacht, dass wir das zusammen besprechen, ob jemand Neues einzieht."

„Oder nicht", witzelte Horst.

„Genau", bekräftigte Franziska, „oder eben nicht."

Mir wurde mulmig. Ob sie doch etwas wusste?

Jemand hantierte an der Haustür. Ein Schlüssel wurde ins Schloss gesteckt, der Straßenlärm wurde laut und verstummte wieder. Behängt mit Taschen, Schals und Tüchern stürzte Jule herein, abgekämpft wie eine Schiffbrüchige, die es unter Aufbietung all ihrer Kräfte doch noch ans Ufer geschafft hat.

So schnell sie sich bewegte, so langsam sprach sie.

„Tut mir leid, woll", stieß sie außer Atem hervor. „Hab den Bus verpasst und musste trampen." Sie zog sich das Tuch aus dem Gesicht, ein großes, gewebtes wollenes Tuch, das sie um Kopf und Schulter geschlungen hatte und lächelte. „Gibt's denn noch Tee?"

Keiner sagte ein Wort. Endlich stand Marion auf und holte eine Tasse für sie. Franz setzte ein grimmiges Gesicht auf. „Kannste denn nicht einmal pünktlich kommen?" Er schien fast zu platzen. „Nicht ein einziges Mal?" Er wollte noch weiter ausholen und setzte sich gerade auf, doch Onno unterbrach ihn.

„Petra hat angerufen, ruft um zehn noch mal an."

„Oh, die Petra!" Jule freute sich. „Wann denn?"

Ihre muntere Laune brachte Franz noch mehr in Rage. „Jetzt haben wir extra wegen dir die Hausversammlung erst um sieben Uhr angesetzt statt um sechs, und wann kommt Frau Wolter? Um acht."

Jule sah auf ihre Uhr. „Viertel vor acht." Sie stand noch immer im Mantel da, die Taschen in der Hand, als ob sie unschlüssig wäre, ob sie auf der Stelle wieder gehen sollte. Ihre dunklen Augen funkelten gefährlich in dem fahlen, fast grauen Gesicht. „Ja und? Was kann ich dafür, wenn ich den Bus verpasse?"

„Das sind die Richtigen", knurrte Franz, „reißen sich das schönste Zimmer im Haus unter den Nagel und sind dann nie da."

Jetzt reichte es Jule. Mit einem Ruck knallte sie ihre Taschen, die anscheinend mit Büchern gefüllt waren, auf die Holzdielen. „Und was geht dich das an? Wenn du nicht immer so meckern würdest, wäre ich vielleicht auch öfter da." Ihre Stimme brach, Tränen des Zorns traten in ihre Augen.

„Franz, jetzt hör doch auf." Marion legte ihm die Hand auf den Arm. Ärgerlich zog er ihn weg. „Ist doch wahr", beharrte er, „und geputzt haste sicher schon 'n halbes Jahr nicht mehr."

„Das ist ja wohl die Höhe. Meinste, ich komm extra von Wuppertal her, um deinen Dreck wegzumachen? Wenn ich nicht da bin, putz ich auch nicht. Das ist ja wohl die Höhe!" Heulend rannte sie aus der Küche, knallte die Tür hinter sich zu und stampfte die Treppe hinauf, Marion hinterher.

Derweil wurde Franz von den anderen ins Gebet genommen.

„Hömma, kannste nich mal 'n bisschen freundlicher sein? Kann ja sein, dass sie nie da is, aber in so nem Ton würd ich mir das auch nicht sagen lassen." Horst rauchte schon die dritte Zigarette. Onno und er warfen sich genervte Blicke zu.

Nach zehn Minuten Hin und Her ging Franz reumütig nach oben und entschuldigte sich. Kurz darauf kamen sie fröhlich schwatzend die Treppe heruntergehopst, Jule schmierte sich schnell eine Schnitte und setzte sich neben Franziska. Die beiden flüsterten miteinander und ich wunderte mich, warum plötzlich so eine angespannte Stimmung im Raum lag.

„Das ist nicht wahr!" Franziska war empört.

„Doch", bekräftigte Jule.

Franziska rückte von Franz ab, der warf Jule einen bösen Blick zu und knurrte:

„Du hast das doch die ganze Zeit gewusst, also was soll das jetzt? Das ist zwei Monate her. Außerdem warst du ja auch mit Gregor im Bett, als Antonia in Holland war. Tu man nicht so scheinheilig."

Antonia, das war doch die Frau, in deren Zimmer ich einziehen würde. Soweit ich das bisher verstanden hatte, musste Gregor ihr Freund sein.

„Du hast das gewusst und mir nichts gesagt?" Franziska rückte jetzt auch von Jule ab. „Tolle WG. Ihr seid ja bald genauso verlogen wie meine Eltern", erklärte sie im Ton tiefer Enttäuschung und fuhr dann Jule an: „Und du hast mit Gregor?"

„Ja und?", entgegnete Jule und schüttelte ihre volle dunkelblonde Mähne in den Nacken. „Ist doch wohl meine Sache. Ich kenn Gregor schon seit dem Proseminar, und dann ist es eben passiert."

Eifersucht, folgerte ich. Jule hatte was mit Gregor angefangen – aber Gregor und Antonia waren ja beide gar nicht da, warum also die Aufregung?

„Das passiert doch nicht einfach so!", sagte Onno mit seinem ostfriesischen Akzent. Er schaufelte sich noch zwei Löffel Zucker in den Tee und rührte laut um. Das Klimpern des Löffels in der Tasse füllte die angespannte Stille.

„Und was hat Jule gewusst?", schaltete sich Marion ein.

Franz stand auf und hantierte an der Spüle. „Ist doch jetzt egal", knurrte er.

„Weißte das nicht?", fragte Franziska.

„Nee, was denn?"

Franziska sah zu Franz herüber, der inzwischen rote Ohren bekommen hatte. Jetzt war er dran.

„Hat der etwa...?" Marion konnte es nicht fassen.

„Ja und?", knurrte Franz Franziska an. „Schließlich warst du in England ja auch mit diesem John im Bett."

„Son Quatsch."

„Haste doch selber gesagt."

„Was hab ich gesagt?"

„Dass ihr in London immer in einem Bett geschlafen habt."

„Ja und? Das ist mein Cousin und wir haben in einem Doppelbett geschlafen, jeder auf seiner Seite."

„Ja und meinste, ich glaub dir, dass du da nix angefangen hast mit dem? Du hast mir doch stundenlang vorgeschwärmt, wie toll der ist und dass er in ner Band spielt und so weiter."

„Hab ich aber nicht."

„Was haste nicht?"

„Ich hab nichts mit ihm angefangen."

„Und wieso musstet ihr dann in einem Bett schlafen?"

„Nur so. Weil es da keine Einzelzimmer mehr gab."

„Woher willste dann wissen, dass ich mit Antonia nicht auch ‚nur so‘ in einem Bett geschlafen hab, nur so, weils eben wärmer ist?“

Marion griff ein. „Komm Franz, nun weich nicht aus, haste mit ihr geschlafen oder nicht?“

„Ja“, erwiderte er kleinlaut. „Aber nur einmal.“

„Aber nur einmal!“ Marion fasste sich an den Kopf und stand langsam auf. Sie sagte kein Wort mehr, blickte nur stumm vor sich hin und hörte nicht auf, den Kopf zu schütteln. Sie ging zum Schrank, nahm sich ein Glas heraus und füllte es mit Wasser. „Aber nur einmal. Ich fass es nicht.“ Für einen Moment sah es aus, als ob sie Franz das Wasser über den Kopf gießen wollte. Dann trank sie es in einem Zug aus, stützte die Hände in die Hüfte, baute sich breitbeinig vor ihm auf und brüllte:

„Musst du eigentlich sämtliche Frauen anbaggern, die dir über den Weg laufen? Was hast du eigentlich im Kopf? Sperma?“

„Der Franz kann doch nicht nein sagen“, stichelte Franziska. „Und Antonia hat ihm ja schon immer gefallen, da musste er doch die Gelegenheit nutzen, als ich in England war.“

Ich spürte, wie ich rot wurde. An was für einen Schürzenjäger war ich denn da geraten? Horst warf mir einen verstohlenen Blick zu. Hatte er was mitbekommen? Ich hätte im Boden versinken können vor Scham.

Es wurde noch eine lange Nacht. Nachdem man über Franz zu Gericht gesessen hatte, ergriff Horst das Wort, sah einen nach dem anderen an und formulierte seine Gefühle ihm gegenüber.

„Ja, der Onno“, fing er an, „den sieht man ja nur von hinten, wenn er seine Zeitungen austrägt oder zu seinen

Versammlungen geht..." Die beiden wechselten einen verschwörerischen Blick. „Zwischen uns ist alles okay, oder?"

„Finde ich auch", erwiderte Onno, „du könntest aber mal aufhören, deine Schuhe immer mit dem stinkenden Lebertran einzuschmieren, den kann ich nämlich nicht riechen!"

„Wie, den kannst du nicht riechen? Das ist kein stinkender Lebertran, das ist 1a Lederfett vom Bund. Das musst du grad sagen, du duftest auch nicht immer nach Veilchen!" Alle lachten, und es war klar, dass darin auch ein Körnchen Wahrheit steckte, denn Onno hatte nicht nur extrem fettiges Haar, einen Rest Eigelb auf dem blauen Seemannstroyer, sondern auch einen strengen Geruch an sich.

Dann wandte Horst sich dem nächsten zu und nach und nach kamen alle einmal dran. Die Liebesangelegenheiten waren ja vorhin schon besprochen worden und blieben außen vor, aber nun richtete sich der Ärger erneut gegen Jule.

„Musst du eigentlich immer mit deinen Holzclogs die Treppen runterlaufen? Das ist dermaßen laut..." Jule drehte sich eine weitere Zigarette und setzte sich zur Wehr.

„Ich wohn nun mal im zweiten Stock, da muss ich ab und zu die Treppe rauf und runter." Sie strich sich die Haare aus dem Gesicht und nahm einen Zug.

„Und dass nächste Woche dein Ire wieder zu Besuch kommt, finde ich auch nicht so gut", fiel Franz ein. „Der hat uns beim letzten Mal alle genervt mit seiner dauernden Sauferei."

„Das ist doch wohl meine Sache, was für Besuch ich kriege, oder soll ich das jetzt bei dir beantragen? Bist du hier der Herbergsvater?" Jules Stimme wurde wieder lauter. Ihre Hände zitterten leicht, das Gesicht war fahl, die Augen lagen in grauen Höhlen. Sie sortierte die zahlreichen Ketten, die sie um den Hals trug und wickelte sich in das große wollene Tuch, das sie sich um die Schultern geschlungen hatte.

Endlich kam ihr jemand zur Hilfe: „Nun hackt doch nicht alle auf ihr herum", griff Marion ein. „Die Jule hat Prüfungsstress."

Gegen elf wurde noch kurz über die Party am nächsten Wochenende gesprochen, dann baute Horst eine dicke Tüte, Franz kochte noch eine Kanne Tee und alle vertrugen sich wieder.

Ich wusste zwar, was eine Tüte war, hatte auch schon mal an einer gezogen, aber das war im Dunkel einer Party gewesen. Hier geschah es in aller Öffentlichkeit, mitten auf dem Küchentisch. Horst zog einen Beutel Tabak aus der Tasche, klebte drei Blättchen aneinander, baute aus Pappe einen Filter, legte den aufs Papier, gab Tabak dazu. Dann wurde ein Stück Dope über dem Feuerzeug erwärmt und der würzige Geruch, der von nun an zu meinem Leben gehören sollte, zog durch den Raum. Sorgfältig krümelte Horst das grünliche Haschisch auf den Tabak, hob das Flugobjekt an die Lippen, befeuchtete die Klebekante, und rollte den Joint zusammen. Die Spitze wurde akribisch zusammengerollt, dann klopfte er den Pappfilter kurz auf den Tisch, damit alles noch ein bisschen sackte, nahm das Feuerzeug zur Hand, zündete die Tüte an, inhalierte tief und gab weiter. Das war verboten! Und ich war dabei!!!

Als der Joint aufgeraucht war, packte jemand eine Tafel Schokolade aus, auf die sich alle voller Gier stürzten. Franz machte die Tür zu seinem Zimmer auf, stellte laute Musik an, amerikanischen Folk, den ich eigentlich noch nie leiden konnte, aber egal, und bald erfüllte Geplauder und Gelächter den Raum. Die gute Laune schwappte auf mich über, ich kicherte und lachte mit, erzählte von der Uni und kochte noch einen Tee. Als die Runde sich gegen zwei auflöste, war es beschlossene Sache, dass ich einziehen durfte. Franz bot mir an, in seinem Zimmer zu schlafen, was Franziska aber gleich mit einer spitzen Bemerkung vereitelte: „Das hättest du wohl gern,

Franz! Kannst du dich nicht mal ein bisschen zusammenreißen?"

„Sie kann doch bei mir schlafen", sagte Jule, und so nächtigte ich auf Jules überdimensionalem Matratzenlager von etwa drei mal zwei Metern, das ein Zimmer völlig ausfüllte. Es lag unter dem Dach, und die Schrägen hatte sie mit indischen Stoffen bespannt. Wie mehrere aus der WG bewohnte sie gleich zwei Zimmer, die hintereinander lagen. Im hinteren schlief sie, im vorderen hatte sie ihren Schreibtisch aufgebaut. Ich schlief gut in dieser Nacht; das Dope drückte mich tief in die Kissen.

Als ich am nächsten Tag meine Eltern anrief, um ihnen zu berichten, dass ich jetzt endlich ein Zimmer hätte, und zwar in einer Wohngemeinschaft, verschlug es meiner Mutter die Sprache. Sie sagte plötzlich gar nichts mehr. Dann hörte ich sie schlucken und nach einer halben Minute sagte sie tonlos zu meinem Vater:

„Sie hat ein Zimmer. In einer Wohngemeinschaft."

Let's spend the night together!

Am folgenden Wochenende zog ich ein. Oder versuchte es zumindest, denn das Zimmer war ja noch nicht frei und außerdem war für Samstagabend ein Hausfest anberaumt, und was ich mir darunter vorzustellen hatte, war mir nicht so richtig klar.

Bernhard, mein Exfreund, hatte sich angeboten, mir mit seinem VW-Bus beim Umzug zu helfen, vermutlich in der Hoffnung, er könnte damit wieder bei mir landen, aber da biss er auf Granit. Als wir am frühen Nachmittag mit dem vollgepackten Wagen vor dem Haus parkten, waren alle gleich zur Stelle und fassten mit an. Franz und Bernhard schleppten mit vereinten Kräften meine schöne alte Kommode, ein Erbstück meiner Großmutter, aus dem Bus und stellten sie erstmal auf den Flur, wo sie sich nicht schlecht machte. Mein Korbsessel kam auf den

Treppenabsatz, die Bücherkisten wurden ebenfalls im Flur gleich neben dem Eingang gestapelt. Als sie mein Bett in Angriff nahmen, überlegten sie einen Moment und kamen dann überein, dass das Gestell auf dem Dachboden am besten aufgehoben war. Die Matratze konnte man einfach auf Antonias Matratze legen. Antonias Schreibtisch schoben sie zur Seite, so dass meiner da noch Platz hatte, und die Kleidung, die ich in Taschen und Tüten gepackt hatte, stapelten sie auf Antonias Sofa.

Lauschig war es jetzt nicht gerade. Meine Habe war über das gesamte Haus verteilt und ich fühlte mich plötzlich ganz schrecklich entwurzelt. Und wo sollte ich schlafen? Etwa hier auf der doppelten Matratze, in einem stinkenden Hasenstall? Und wo war überhaupt der Hase geblieben?

Während ich noch nach ihm suchte und Franz Bernhard ein Bier anbot, was dazu führte, dass die beiden rauchend und trinkend auf der Treppe saßen, statt den anderen bei der Vorbereitung der Party zu helfen, machten die Frauen in der Küche weiter. In einer riesigen hellblauen Plastikwanne, in der Jule sonst ihre Schmutzwäsche einweichte, wurden grobe Mengen Weißkohlsalat bereitet.

Marion kurbelte an der handbetriebenen Brotschneidemaschine herum und säbelte einen Weißkohl nach dem anderen in dünne Scheiben, Jule rührte in einem Kochtopf die Soße an, die aus Öl, Joghurt, Zucker, Salz und Pfeffer bestand. Franziska saß am Tisch, knackte in Ermangelung eines Nussknackers die Haselnüsse mit dem Fleischklopfer, wobei jede zweite Nussschale im hohen Bogen in irgendeine Ecke flog. Als die Wanne voll war, krempelte Jule sich die Ärmel hoch, kippte die Salatsoße über den geraspelten Weißkohl, schüttete die gehackten Haselnüsse sowie ein paar Tüten Rosinen dazu und vermischte das Ganze mit bloßen Händen. Franziska fegte noch schnell die

Küche aus, Marion packte Teller und Gabeln auf den Tisch, auf jede Treppenstufe stellte sie ein Teelicht.

Gegen 18 Uhr tauchte Onno auf, einen riesigen weißen Baumwollsack über der Schulter. Der war voll knuspriger Brötchen vom besten Bäcker am Platz. Hundert Brötchen, wie Onno begeistert berichtete. Wir befestigten den Sack am Küchenschrank, dann konnte sich jeder bedienen.

Horst, der die ganze Zeit irgendwo im Haus herumgekramt hatte, hängte in Bad und Küche frische Handtücher auf und deponierte ausreichend Toilettenpapier auf dem stillen Örtchen. Franz suchte die ganze Küche nach Korkenziehern und Flaschenöffnern ab, bis er schließlich ein paar fand, mit denen er in seinem Zimmer verschwand. Ich fragte mich, was er damit vorhatte, folgte ihm und sah voller Erstaunen, dass sein gesamter Wintergarten voller Bierkisten stand. Dort war das Bier schön kühl geblieben. Er schleppte ein paar Kisten in den Flur, stellte sie aufeinander und befestigte an der oberen mit einer Schnur einen Flaschenöffner – und da klingelte es auch schon an der Tür und die ersten Gäste kamen.

Dann ging es Schlag auf Schlag. Nach einer halben Stunde war das Haus voll, wir stellten die Klingel ab, ließen die Tür einfach offen. Anscheinend hatte es sich rumgesprochen, dass hier heute Party war und so erschien die gesamte Szene. Zu Beginn hatte Franz noch seinen blöden amerikanischen Folk aufgelegt, doch bald wurde ihm die Herrschaft über seine Anlage entzogen und ein Langhaariger im afghanischen Lammfellmantel, der mit zwei Plastiktüten voller Platten erschienen war, übernahm. Er drehte die Boxen voll auf und legte erstmal Jimi Hendrix auf.

Ich setzte mich auf eine der oberen Treppenstufen und sah hinab auf die tanzende Menge. Langhaarige schüttelten ihre Matte, ein dünner, großer Junge zappelte, als hätte er einen epileptischen Anfall, bekiffte Gymnasiasten wiegten sich mit geschlossenen Augen, nicht ganz im Rhythmus der Musik. Das flackernde Licht fiel auf hennarotes Haar, Indienblusen, Lederjacken, manche trugen lila gefärbte Windeln als Halstücher. Ab und zu stiefelte ein junger Mann mit Milchbart am Kinn und Bier in der Hand an mir vorbei zu Onno in den ersten Stock. Der war, wie ich erfuhr, als ausgewiesener Kriegsdienstgegner ein begehrter Gesprächspartner, wenn man nicht mit einer MP in der Hand im Schlamm der Lüneburger Heide enden wollte. Und keiner hier war Soldat gewesen oder würde es je sein.

Auf halber Treppe befand sich die Toilette, die ebenfalls stark frequentiert war. Obwohl ich alle paar Minuten zur Seite rücken musste, war ich froh, hier ein etwas erhöhtes Plätzchen gefunden zu haben, von dem aus ich die Lage überblicken konnte.

Mit der Zeit breiteten sich ungute Gerüche aus und um ein wenig Frischluft hereinzulassen, öffnete ich das Toilettenfenster und sah hinaus. Franz hatte erzählt, dass ein paar frühere Bewohner aus dem Bergischen Land kommen wollten, außerdem Freunde aus Holland und ein paar Leute aus Duisburg, und so stand der Hinterhof inzwischen voller Autos. Enten, Käfer, R4s, ein Opel Kadett, zwei VW-Bullis, ein alter Benz, ein italienischer Lieferwagen mit drei Rädern... fast alles verschrammte, verbeulte, alte Modelle.

Der Hinterhof wurde begrenzt von zwei Nebengebäuden, einem alten Schuppen an der Stirnseite und einer zweistöckigen Werkstatt zur Linken. Früher war da mal eine Tischlerei gewesen, hatte Jule mir erzählt. Dort hatte Onno zu Anfang gewohnt. Antonia und Gregor hatten ihn in Amsterdam in der Hausbesetzerszene aufgegabelt. Er sei ziemlich kaputt gewesen und dann hätten sie ihn mitgenommen, eigentlich nur zur Erholung für ein paar Wochen und damit er mal wieder richtig baden konnte, aber er war geblieben und hatte sich das Zimmer hinterm Bad fertiggemacht, wo früher nur Krempel herumgestanden hatte.

Das Knattern eines herannahenden Autos riss mich aus meinen Gedanken. Das klang nach einem sehr tief hängenden Auspuff. Ein schmutzig-grauer Wagen, dessen Marke ich nicht kannte, fuhr auf den Hof. Er rangierte ein bisschen herum, bis er einen Platz gefunden hatte. Ein Typ in unförmigen Hosen und einem Strickpullover mit viel zu langen Ärmeln stieg aus und machte sich am hinteren Nummernschild zu schaffen. Das war verrutscht, was kein Wunder war, da es nur mit einem Hundehalsband befestigt war.

„Mach mal auf", rief er zu mir hoch. Er stand mit verschränkten Armen unterm Fenster, machte ein mauliges Gesicht und sah mich erstaunt an. Seine tiefbraunen Augen begannen zu blitzen , als er lächelte und unter seinem Schnäuzer seine sehr eigensinnig in alle Richtungen stehenden Zähne erschienen. „Ich will rein!"

Ich mochte ihn sofort. Direkt unter dem Toilettenfenster war der Hintereingang, doch der war ohnehin offen, und kurz darauf lief auch er mit einer Flasche Bier in der Hand an mir vorbei. Sein Pullover sah handgestrickt aus, er hatte zerzaustes schwarzes Haar, sah über mich hinweg. Er wollte weder zur Kriegsdienstberatung noch zur Toilette, sondern zu Marion, aus deren Zimmer immer mehr süßliche Schwaden drangen. Dort hatten sich die Kiffer versammelt.

Ich brachte in Erfahrung, dass er Waleri hieß und aufgrund schweren Liebeskummers derzeit an der Flasche hing. Wie Jule zu erzählen wusste, war er unsterblich in Magdalena von May verliebt, eine blauäugige, blonde Schönheit und Freundin von Marion. Die beiden waren ein paar Monate zusammen gewesen, dann hatte sie Schluss gemacht.

„Die passten auch überhaupt nicht zusammen", sagte Jule und nahm noch einen Schluck von ihrem Bier, „sie Zahntechnikerin und höhere Tochter vom Baldeneysee und er Arbeiterkind aus Bochum-Stahlhausen. Obwohl, eigentlich ist er ja Künstler, dann könnte es wieder passen, aber egal. Ja, der Waleri…"

Künstler. Waleri. Den wollte ich haben, und ich kriegte ihn dann auch, aber dafür musste ich mich ziemlich ins Zeug legen, denn leider gefiel er nicht nur mir, sondern auch Jule und Marion.

Gegen zwei Uhr ging die Party ihrem Höhepunkt entgegen. Als es von den Ausdünstungen der Tanzenden und den zahllosen Zigaretten und Joints zu stickig wurde, hatte irgendjemand die Haustür sperrangelweit geöffnet und nun beschallten wir die gesamte Bahnhofstraße mit Pink Floyd. Erstaunlicherweise tauchten die Bullen nicht auf.

„*Jesus died for somebody's sins, but not mine*", hörte ich da Patti Smith, und jetzt musste ich auch tanzen. Ich schüttelte meine Glieder, hüpfte, soweit das in der Enge möglich war, wiegte mich in den Hüften, schmiegte mich an die anderen. Nein, ich hatte keine Sünden begangen. Jesus war nicht für mich am Kreuz gestorben. Ich war nicht schuldig auf die Welt gekommen. Ich würde nie mehr zur Beichte gehen. Mein Inneres war kein modernder Pfuhl. Ich war rein und sauber und gut, so wie jeder Mensch. Ich beschloss, aus der Kirche auszutreten. Die Unterdrückung der Sexualität, das hatte Franziska mir in einem langen Gespräch erklärt, war die Grundlage des Kapitalismus. Dann hatte sie ein kleines gelbes Buch aus dem Regal gezogen und mir vorgelesen: „*Wenn alles zusammengezählt worden ist / Wird nichts falsch sein / Und es gibt keinen Schmutz*."

„*Let's spend the night together*…" brüllte jetzt Mick Jagger, und plötzlich bemerkte ich, dass ein fetter Typ mit Lederjacke mich anstarrte. NEIN, dachte ich, nicht mit dir. Mit dir werde ich nicht die Nacht verbringen. Aber wo war eigentlich Waleri?

Ich fand ihn in der Küche. Er schaufelte mit einem Esslöffel die letzten Reste des Weißkohlsalats direkt aus der großen blauen Waschschüssel in sich hinein. Jule saß breitbeinig vor ihm und hielt die Schüssel auf dem Schoß. Sie dachte nicht daran, mich ihm vorzustellen, aber als er die letzten Reste vertilgt hatte, entdeckte er mich.

„Wer bist du denn?", sagte er keck.

Ich lehnte mich an den alten Küchenschrank und zog die Schultern hoch. „Keine Ahnung! Wer weiß das schon?" Ich wollte mich philosophisch geben.

Seine tiefbraunen Augen blitzten. „Wer ist das?", fragte er Jule.

„Kennste die noch nicht? Dat is unser Küken, die Thea."

„Thea", sagte er versonnen. „Möchtesssu auch Sssalat, Thea?", fragte er mit vollem Mund und hielt mir seinen Löffel hin. „Oh, is ja schon leer, die Schüssel", fügte er kleinlaut hinzu und brach in prustendes Lachen aus, in das Jule mit mädchenhaftem Kichern einfiel. Ich lachte etwas gequält mit. Dann kam auch noch Marion dazu und brachte ihm ganz mütterlich eine Tablette gegen seine Kopfschmerzen.

Langsam leerte sich das Haus.

Das Bier war fast alle, der Typ mit dem afghanischen Lammfellmantel sammelte seine Platten wieder ein, woraufhin Franz Canned Heat auflegte: „*Going up the country*". Da wurde das wunderbare Landleben besungen. Was wisst ihr schon vom Landleben, dachte ich grimmig und schon beim Gedanken an den Gestank von Hühnerställen und die Langeweile des wogenden Weizens wurde mir schlecht. Ich stand auf, um die Musik leiser zu drehen. Doch Franz verteidigte seine Lieblingsband. Er lag bei Schummerlicht mit einer stämmigen, dunkelblonden Frau auf der Matratze, auf der ich auch gelegen hatte. Im Wintergarten, auf dem Strohteppich und auf der anderen Matratze schliefen Menschen in Schlafsäcken. Die meisten Gäste waren inzwischen gegangen, nur auf dem Flur drückten sich noch ein paar fertige Gestalten in den Ecken herum. Es war eiskalt und der Boden war übersät von Bierflaschen, Kippen, Plastiktüten mit und ohne Inhalt. An der Garderobe hingen jede Menge fremder Jacken und Parkas. Ich schloss die Haustür und fühlte kurz am Heizkörper. Na prima, der war kalt, dann hatte heute also keiner geheizt. Als ich zurück in die Küche trottete, überlegte ich kurz, selbst noch in den Keller zu gehen und den alten Ofen anzuheizen, entschied mich aber dagegen. Heute Nacht würde Waleri mich wärmen, da war ich sicher. Ich wollte das Schlachtfeld nicht kampflos Marion und Jule überlassen.

Jule hatte ihm gerade noch ein Bier geholt, und diesen kurzen Moment der Abwesenheit musste Marion gleich ausgenutzt haben. Sie stand jetzt hinter ihm und kraulte ihm den Nacken. Angeblich eine Massage gegen die Kopfschmerzen, aber musste sie dabei mit ihrem Busen immer wieder seinen Kopf berühren? Das bewegte Waleri dazu, sich wohlig seufzend zurückzulehnen und brachte Marion böse Blicke von Jule ein.

Es wurde immer später, ich wurde immer müder und die anderen auch. Aber die Schlacht war noch nicht geschlagen. Im Haus war es stiller geworden, selbst der Folk von nebenan war verstummt und in der Küche hörte man nur noch die leisen Schnarchgeräusche des Mannes, der sich auf dem Sofa langgemacht hatte, als plötzlich jemand die Treppe heruntertrampelte, die Tür aufriss und mitten in der Küche Aktivität und Tatendrang verströmte. Es war Onno, der losmusste, Zeitungen austragen.

„Ihr seid ja immer noch da", bemerkte er, während er sich ein Brot schmierte und einen Tee kochte.

„Ich wohn hier", riefen Marion und Jule wie aus einem Mund.

„Ich auch", ergänzte ich schüchtern, und da sah Waleri mich zum ersten Mal richtig an.

„Du wohnsss auch hier?", gab er nun doch mehr lallend als sprechend von sich und in seine braunen Augen kam wieder ein Hauch von Leben. Als ob das ein Grund wäre, jetzt abzureisen, kramte er seine Autoschlüssel hervor und versuchte aufzustehen, kam aber nur bis in den aufrechten Stand, wo er so sehr mit der Schwerkraft zu kämpfen hatte, dass er sich wieder auf den Stuhl fallen ließ.

„Was hast du überhaupt für einen Wagen? Zeig mir mal die Schlüssel", sagte Onno.

Gehorsam überreichte Waleri ihm seinen Autoschlüssel – und damit war schon mal klar, dass Waleri hier übernachten musste, denn Onno zockelte zehn Minuten später los. Den Schlüssel rückte er nicht wieder raus.

„Du kannst bei mir schlafen, kein Problem", flötete Marion.

„Bei mir ist auch Platz", bemühte sich Jule.

„Okay", lallte Waleri, hievte sich erneut hoch und Jule und Marion hakten ihn unter. Doch sie kamen nur bis zur Treppe.

„Zzzu hoch", befand Waleri und die beiden anderen Frauen mussten die Waffen strecken. Er gehörte mir. Mein Zimmer lag im Erdgeschoss. Gemeinsam bugsierten wir ihn über den Flur, wobei es schwierig war, ihn an den Bierkisten vorbeizulotsen, denn er verlangte dringend nach einem einzigen letzten Bier.

„Bitte! Nur eins!" Doch da waren wir uns einig. Er hatte genug intus.

Und so wurde er auf mein Bett geladen, sah sich kurz erstaunt um und schlief auf der Stelle ein. Jule und Marion boten beide an, dass ich bei ihnen schlafen könne, schließlich kenne ich Waleri ja gar nicht, aber ich lehnte dankend ab, zog ihm die Schuhe aus und legte mich neben ihn.

Er stank und schnarchte wie ein alter Ochse.

Doch am nächsten Tag lächelte er mich an und seine Augen hatten die Farbe von Baumwurzeln in einem Bach, schwarzbraun und glänzend. „Thea!", sagte er leise, als hätte er mich lange gesucht und endlich gefunden, und dann schloss er mich in seine Arme.

Wir blieben zwei Jahre zusammen. Oder waren es drei? Den Anfangspunkt kann ich genau bestimmen, das Ende dann nicht mehr.

Als ich am Nachmittag in die Küche kam – Waleri war unauffällig verschwunden –, tagte dort der Krisenstab. Franziska saß wie ein Häufchen Elend am Tisch, eine Frau mit dickem weizenblondem Haar und groben Gesichtszügen, die sich als Ute vorstellte, hatte ihr mitfühlend eine Hand auf den Arm gelegt und redete auf sie ein.

„Du musst mal Dieter Duhm lesen. *Angst und Kapitalismus*. Der erklärt genau, wie im Kapitalismus auch die zwischenmenschlichen Beziehungen und vor allem die Liebe vom Warencharakter durchtränkt sind. Eifersucht ist reaktionär. Kein Mensch gehört dem anderen."

„Find ich ja auch", schniefte Franziska. „Aber ich halte das Verlogene daran nicht aus. Kaum dreh ich mich um, steigt der Franz mit irgend ner Frau ins Bett."

„Da geb ich dir völlig Recht", pflichtete der Langhaarige bei, der gerade versuchte, den Gasherd anzumachen, wobei er wenig Erfolg hatte und sich nur den Ärmel seines Guatemalahemdes an der Herdflamme ansengte. Ich nahm ihm den Anzünder aus der Hand.

„Thea", stellte ich mich vor.

„Rochus", erwiderte er. „Die Ute und ich reden da völlig offen drüber", wandte er sich jetzt wieder an Franziska. „Wenn sie auf einen Typen geil ist, sagt sie mir das und dann find ich das auch okay. Ich machs ja umgekehrt genauso."

Ute warf ihm einen langen Blick zu, zog eine Augenbraue hoch und strich sich die fettigen Haare aus dem Gesicht.

Während ich den Herd anzündete, denn das hatte ich inzwischen gelernt, spitzte ich die Ohren.

„Die Unterdrückung der Sexualität ist ein wesentliches Machtinstrument des Kapitalismus", fuhr Ute fort. Den Satz musste ich mir erstmal auf der Zunge zergehen lassen. Dass die katholische Kirche die Sexualität unterdrückte, hatte ich ja zu Genüge erfahren. Als mein Freund bei mir übernachteten wollte, drehte meine katholische Mutter fast durch und schwadronierte von Kuppelei und unehelicher Schwangerschaft. Um die Pille zu bekommen, mussten wir Mädchen die Schule schwänzen und heimlich zu einem Frauenarzt in der Kreisstadt fahren.

„Wer seine Sexualität frei ausleben kann, ist für das System unbrauchbar", ergänzte sie und alle nickten. Nur Franziska schluchzte weiter vor sich hin.

Anscheinend war Franz mal wieder mit einer anderen Frau im Bett gewesen. Und da war er auch schon. Es rumpelte im Keller, es rumpelte im Flur, die Tür ging auf und Franz kam mit rußverschmierten Händen und verstaubtem Gesicht herein.

„War alles noch voller Asche", schimpfte er, nahm seine Brille ab und putzte sie mit einem Zipfel seines Hemdes. „Wer macht denn so was? Wenn man im Frühjahr die Klappe zumacht, muss man doch die Asche rausholen." Anscheinend hatte er gerade den Ofen angeworfen. Also war inzwischen Mitte Oktober. „Und genug Kohle ist auch nicht mehr da. Die Eier reichen höchstens noch für zwei Wochen."

„Eier?", fragte ich.

„Eierkohlen", belehrte er mich, während er sich die Hände einseifte. „Wir heizen mit Eierkohlen, die halten die Hitze am besten und werden am heißesten."

Er wollte wohl Punkte sammeln, indem er Fronarbeiten für die Gemeinschaft ausführte.

„Zu wem gehört eigentlich der da?", fragte Franz und deutete auf den Mann, der immer noch auf dem Sofa lag und schlief.

„Keine Ahnung", sagte Franziska. „Ich schätze zu Onno."

Nach und nach tauchten die anderen auf. Anscheinend waren Waleri und ich nicht das einzige Paar, das sich in dieser Nacht gefunden hatte. Jule war in Begleitung eines Typen, den ich schon mal bei Onno gesehen hatte. Er machte ein Praktikum bei der Zeitung und trug ein geflochtenes Lederband um die Stirn.

„Der hat in meinem Bett gelegen, als ich in mein Zimmer kam, und dann ist es passiert", flüsterte sie mir ins Ohr.

Auch Marion war nicht allein. Sie hatte sich mit ihrem Exfreund Sepp getröstet, aber die beiden wirkten so verliebt, als hätten sie sich gerade eben kennengelernt. Sepp war ein kleiner, verschmitzter Typ, der alles über Indianer wusste. Während wir uns widerwillig ans Aufräumen machten, schälten sich auch die letzten Gäste aus ihren Schlafsäcken wie Schmetterlinge aus ihren Kokons und als das Gröbste getan war, kochte Franz dann für alle Spaghetti und Horst baute eine dicke Tüte, die wir in der Abenddämmerung rauchten.

Ich war glücklich. Das erste Mal im Leben fühlte ich mich als Teil einer funktionierenden Gemeinschaft. Das hatte ich in meiner Familie schmerzlich vermisst. Meine Eltern hatten sofort nach der Geburt ihrer Kinder einen Ehekrach begonnen, der bis heute anhielt und in den letzten Jahren stellte schon eine gemeinsame Mahlzeit sie vor eine große Herausforderung, von

Familienurlaub ganz zu schweigen. Selbst wenn wir im Restaurant Schnitzel und Pommes verspeisten, was wir Kinder liebten, gifteten sie sich nur an. Oder wahlweise meinen großen Bruder, weil seine Haare zu lang waren. Oder mich, weil mein Rock zu kurz war. Ich war so froh, dass all das hinter mir lag.

Außerdem war ich bis über beide Ohren verliebt. Als die Gäste sich verabschiedeten, umarmten sich alle. Auch ich wurde in den Arm genommen und gedrückt und geküsst. Natürlich hatte Franz wieder seinen amerikanischen Folk aufgelegt, aber Joan Baez konnte ich gerade noch ertragen.

„Zu wem gehörte eigentlich der Typ auf dem Sofa", fragte Onno irgendwann. Erst jetzt fiel uns auf, dass der nicht mehr da war.

„Ich dachte, das war ein Kumpel von dir", erwiderte Marion und Franz pflichtete bei. „War der nicht aus deinem Verein?"

Onno schüttelte den Kopf. „Ich hab den noch nie vorher gesehen."

Niemand kannte ihn. Zwei Tage drauf stellte sich heraus, dass unsere Haushaltskasse fehlte, mit fast hundert Mark.

Wo soll ich dich beerdigen?

Nach einigen Wochen entschloss ich mich, dem Drängen meiner Mutter nachzugeben und sie zu besuchen. Sie rief mich von Zeit zu Zeit an und erkundigte sich nach meinem Wohl und dem Fortschritt meines Studiums. „Komm doch mal wieder vorbei!", sagte sie zum Ende des Gesprächs immer und ihre Stimme wurde so weich, wie ich sie zuletzt als kleines Kind gehört hatte. Nun war es so weit. Ich war mit dem Bus Richtung Autobahn gefahren, zwei Kilometer zur Auffahrt gelaufen und hatte den Daumen hochgehalten.
Vier Stunden später war ich da, stand vor der Haustür und mir war etwas mulmig zumute. Gleichzeitig freute ich mich von

Herzen, sie wiederzusehen. Ich drückte auf den Klingelknopf. Es dauerte einen Moment, dann kam sie und öffnete. Ich wollte sie drücken, herzen, in den Arm nehmen, sie war doch meine Mutter, aber sie wich zurück. In ihren Augen lag Enttäuschung, Bitterkeit und Abweisung.

„Machst du das jetzt mit deinen neuen Freunden?", sagte sie kalt.

Seit Jahren schon hatte sie mich nicht mehr in den Arm genommen. Sie sah an mir herab. Ich trug meine alte Jeans, die zugegebenermaßen schon länger nicht mehr gewaschen worden war, wie auch, eine Waschmaschine für sieben Personen plus Anhang war nicht gerade viel. Außerdem war es mir egal, ob sie speckig und fleckig war oder nicht. Das war doch nicht wichtig. Wichtig war, wie wir uns fühlten, wie wir miteinander umgingen, dass wir blühten und strahlten und leuchteten und dem todbringenden Kapitalismus Spaß und Freude entgegensetzten. Die Verhältnisse zum Tanzen brachten. Das System durchkreuzten, Sand im Getriebe waren.

Meine Haare hatte ich extra noch gewaschen, die roten Locken standen in alle Richtungen ab. Sie waren meine Antennen und ich liebte den erdigen, spinatartigen Geruch von Henna, den sie immer noch verströmten. Außerdem hatte ich mir am Morgen einen Tropfen Patchouli hinter die Ohren und ans Handgelenk getupft. Das türkis-schwarz karierte Flanellhemd, das ich mir von Waleri ausgeliehen hatte, passte gut zu meiner Haarfarbe, fand ich.

In den Augen meiner Mutter aber war ich eine bedauernswerte, fehlgeleitete Kreatur, die in die Fänge einer drogenverseuchten Kommune geraten war. Ich hatte mich auf die Seite des Feindes geschlagen, war jetzt Teil dieser von Moskau gesteuerten Kommunisten, die meinem Vater, von dem sie sich inzwischen getrennt hatte, den dicken Mercedes wegnehmen wollten. Sie sah mich so abschätzig an, dass ich am liebsten auf der Stelle umgedreht wäre. Ich fühlte mich jämmerlich, proletarisch, schmutzig, unförmig in meinem Arbeiterhemd und der kaputten Hose, denn die war an den Knien schon ordentlich durchgescheuert, was mir erst jetzt auffiel. Wahrscheinlich stank die Hose schon seit Wochen und meine dünnen Haare hatten allesamt Spliss.

„Dann komm mal rein", sagte sie schließlich und nahm mir meinen knallorangenen Tragegestell-Rucksack ab, den ich mir im letzten Sommer zugelegt hatte.

Ich spürte, wie sich in meinem Inneren ein schwerer schwarzer Kloß zusammenballte, und ich setzte mich auf das Sofa, trank Kaffee, aß Kuchen, den sie eigens aus der Konditorei im Nachbardorf geholt hatte, Schwarzwälder-Kirsch-Rollen, die ich immer gern gegessen hatte, und sie hatte gleich zehn Stück geholt. Während ich an dem bitteren, extrem starken Kaffee nippte, versuchte sie, ein Gespräch anzufangen und fragte mich alles Mögliche, aber ich hatte mich schon vollständig in mich zurückgezogen. Meine Antworten fielen einsilbig aus, ich hatte das Gefühl, mein neues Leben beschützen zu müssen und wollte auf keinen Fall zu viel verraten.

Sie wusch alle meine Kleider, ich nahm ein ausgiebiges Schaumbad und ging früh zu Bett. Die Bettwäsche roch nach Weichspüler und zusätzlich hatte sie noch Parfüm aufs Kopfkissen gesprüht.

Am nächsten Tag erzählte ich ihr, dass ich aus der Kirche ausgetreten sei, und sie schlug vor, einen Ausflug zu machen. Im Landkreis gab es nur wenige Friedhöfe, die auch Atheisten beerdigten, meist in einem abgelegenen Winkel irgendwo hinter den Tannen oder vor der Friedhofsmauer. Die meisten Friedhöfe bestatteten nur Katholiken oder Protestanten, und da habe sie jetzt ein Problem, erklärte sie mir. Wo sie mich denn dann beerdigen solle? Nacheinander fuhr sie mich zu den paar

Friedhöfen, die in Frage kamen, und ich sollte meine Wahl treffen. Anschließend gingen wir Fisch essen.

Als ich mich nach zwei Tagen gegen ihren Protest wieder an die Autobahn stellte, um zurück zu trampen, fand ich mein neues Leben ebenso jämmerlich wie sie. Obwohl ich nicht viel erzählt hatte und kaum ins Detail gegangen war, hatten ihre Blicke und der Klang ihrer Stimme mir deutlich gemacht, wie falsch sie das alles fand.

Was willst du mit diesen Menschen? schien sie zu sagen. Warum wohnst du in so einem Loch? Ich war eine Niete, ein Nichts, das Haus eine Bruchbude, meine neuen Freunde unter meinem Niveau.

Doch als ich in der Bruchbude die Tür aufschloss und mir der vertraute Geruch in die Nase stieg – nach Ofengasen, Zigarettenrauch, Linsensuppe (Franz hatte einen Riesentopf davon gekocht) und Tee, nach Haut und Menschen und fettigem Haar, nach Patchouli, Henna und Cannabis, hatte ich das Gefühl, nach Hause zu kommen. Ich setzte mich auf mein Bett und weinte und der Druck fiel von mir ab. Ich war verschlossen und deprimiert und brauchte Tage, um mich wieder in meinem Leben zurechtzufinden, aber hier war ich richtig.

Wo geht`s hier zum Blocksberg?

An der Uni war ich mir da nicht so sicher. Wollte ich das wirklich? Chemie und Physik waren nie meine Stärken gewesen, und hier ging es doch ziemlich ins Detail. In Physik wäre ich fast an der Elektronenröhre gescheitert. Nach dem Chemiepraktikum nahm der betreuende Assistent mir das Versprechen ab, das Laborjournal, das er abgezeichnet hatte, umgehend zu vernichten. Im zweiten Semester ging es dann ans Eingemachte, wie meine Kommilitonen witzelten. Der Präpsaal war im Untergeschoss der medizinischen Fakultät untergebracht. Es war 9 Uhr, um 9 Uhr 15 sollte es losgehen. Der erste Tag des Präparierkurses. Leichen sezieren. Schon im Vorraum, wo wir uns versammelten, unsere Mäntel an die Garderobe hängten und uns weiße Kittel anzogen, lag ein strenger Geruch nach Formalin in der Luft. Beißend, chemisch und doch nach Verwesung riechend. An der anderen Seite des Flurs lag der Trakt mit den Versuchstieren, und von dort stank es nach Kaninchen, Ratten und Käfigstreu aus Holzspänen. Ich sortierte noch einmal mein Präparierbesteck, die metallenen Skalpelle, Schaber, Messer und Pinzetten und steckte sie zurück ins Etui. Dann öffnete sich die Tür zum Präpsaal und der Professor bat uns herein.

Es war ein großer, fensterloser Raum, mit etwa zwanzig Metalltischen, auf denen die Leichen lagen, bedeckt von Tüchern. Jeweils zehn Studenten waren einem Tisch zugeteilt. Wir versammelten uns bei unserer Leiche und der Assistent erklärte uns, wie der Kurs aufgebaut war. Wir würden heute mit der Haut, den Hautanhanggebilden und den Hautnerven beginnen und diese freilegen. Ich war kaum in der Lage, seinen Worten zu folgen, denn ich musste ständig auf den Fuß starren, der unter dem Laken hervorragte. Am großen Zeh war mit einem groben Band ein Holzschild mit einer Nummer angebracht.

Dann schlug der Assistent das Laken zurück und vor mir lag eine nackte alte Frau. Ihre Haut hatte eine grau-braune Farbe angenommen. Am Fußende des Tisches war ein blauer Müllsack befestigt, in den wir das abpräparierte Material geben sollten. Das sei ja Teil des Menschen und am Schluss würde alles zusammen bestattet werden. Er wies uns noch auf den Bestattungstermin in den Semesterferien hin, zu dem wir alle eingeladen seien und bat uns auch um den nötigen Respekt vor den Toten, die ihren Körper freiwillig der Medizin zur Verfügung gestellt hätten. Doch man munkelte, dass manche der Toten nicht freiwillig hier gelandet waren: Obdachlose und Arme, die man aufgefordert hatte, etwas für die Gemeinschaft zu tun, nachdem sie dem Staat so lange auf der Tasche gelegen hätten.

Der Assistent, ein Mittdreißiger mit einem schwarzen Kinnbart, packte sein Präparierbesteck aus, nahm das feinste Skalpell zur Hand, ging zur Kopfseite des Tisches, bat die Studenten, zur Seite zu treten und erklärte, dass es unter der Haut Fett, Bindegewebe und natürlich wie überall Blutgefäße sowie Nerven gebe. Wir würden nun in einem ersten Schritt die Haut ablösen und dabei vorsichtig vorgehen, um möglichst viele Gefäße und Nerven darzustellen. Dann beugte er sich über den Kopf der alten Frau, setzte das Skalpell an und schnitt langsam vom Haaransatz über Stirn über Nase bis zur Oberlippe mitten durch ihr Gesicht. Ich musste mich abwenden.

Erfreulicherweise gab es auch andere Veranstaltungen. Ein Professor, dem der Ruf vorauseilte, Gras zu rauchen und mit einer Studentin der höheren Semester verbandelt zu sein, bot Seminare über autogenes Training, Biofeedback und psychosomatische Medizin an. Das überzeugte mich schon eher. „Mir sitzt die Angst im Nacken", „das geht mir an die Nieren", „das schlägt mir auf den Magen" – schließlich gab es viele Wendungen, die solche Zusammenhänge ausdrückten. Dass man Jahre später herausfand, dass Magengeschwüre auf ein bestimmtes Bakterium zurückgingen und rein infektiöser Natur waren – geschenkt. Die Fachschaft organisierte Vorträge über Arbeit und Umwelt als Krankheitsursachen und zu allen möglichen Themen der alternativen, ganzheitlichen Medizin.

Auf einer dieser Veranstaltungen ging es um Geburtshilfe und dort meldeten sich ein paar Frauen zu Wort, die ich hier noch nie gesehen hatte. Die meisten von ihnen hatten kurze Haare, trugen lila T-Shirts oder lila Halstücher, manche waren auch ganz in Schwarz, und da und dort entdeckte ich das Frauenzeichen, als Kette oder als Ohrring. Eine trug eine kleine silberne Doppelaxt um den Hals, das Zeichen der alten Matriarchate, wie ich später erfuhr. Das war die Uni-Frauengruppe, und am Ende der Veranstaltung gab eine von ihnen den nächsten Termin der Hexengruppe bekannt. Was sollte das sein, eine Hexengruppe? Da musste ich hin.

Als ich zwei Tage drauf bei dem genannten Raum anklopfen wollte, wurde gerade die Tür ausgehängt. Eine große, kräftige Frau, eine kleine, zarte und eine wohlgeformte Latina mühten sich ziemlich ab. Ich stellte meine Tasche rein und packte gleich mit an.

„Fass mal an der Klinke an und dann etwas nach oben."

„Mensch, ist die schwer."

„Pass auf deine Finger auf. Und jetzt bei drei: eins, zwei, drei!"

Und schon hatten wir die Tür aus den Angeln gehoben. Dass diese Unitüren so schwer waren! Zu viert schleppten wir sie jetzt den Gang entlang zum Aufzug, stellten sie rein, drückten den Knopf für den sechsten Stock und dann nichts wie weg!

Seit Monaten kämpfte die Frauengruppe um einen eigenen Raum, erklärten sie mir, einen Frauenraum eben, um dort Treffen, Lesegruppen, Arbeitszirkel und Veranstaltungen abzuhalten. Doch die Uni wollte ihnen keinen Raum geben und so hatten sie sich eben einen genommen. Das fand ich richtig.

Wir hängten ein Schild an den Türrahmen: **Frauenraum**, erklärten den Raum als besetzt, verteilten in der Cafeteria Flugblätter, in denen wir unsere Kommilitonen zu Solidarität aufforderten. Dann marschierten wir zum Dekanat, um unserer Forderung mithilfe von Glocken, Schellen, Trommeln und Flöten Nachdruck zu verleihen.

Nach einem Monat und der Androhung von Strafverfolgung wegen Hausfriedensbruchs, die der Asta gerade noch vereiteln konnte, bekamen wir schließlich den Schlüssel überreicht und strichen den Raum. Lila natürlich.

Die Hexengruppe tagte jeden Dienstag um fünf. Beim ersten Mal war ich ziemlich aufgeregt. Die anderen hatten den Raum inzwischen mit Mobiliar vom Sperrmüll ausstaffiert. An den Wänden hingen Plakate, die zu Demos aufriefen, auf den Regalen lagen Broschüren, Zeitschriften, Flugblätter.

„Wir sind eine Selbsterfahrungsgruppe. Das Konzept kommt aus den USA", erklärte mir Heike, eine große, blonde Frau, die aussah wie Antje aus der Käsewerbung. „Da heißen die Gruppen CR – Gruppen: ‚Consciousness Raising'. Wir reden über alles, was uns bewegt und versuchen Gemeinsamkeiten herauszufinden. So kommen wir den Strukturen auf die Spur, die jeder Frau zu schaffen machen. Frauenunterdrückung findet nicht zuletzt im Privaten statt."

Nach und nach trudelten die Frauen ein, insgesamt acht an der Zahl. Wir setzten uns im Kreis und alle stellten sich vor. Die Gruppe war schon seit ein paar Wochen zusammen, die Frauen waren vertraut miteinander und ich staunte nicht schlecht, wie offen sie über ihre Beziehungen und ihre Sexualität sprachen.

„Habt ihr das schon gelesen?", fragte Suse, eine zierliche Schwäbin, die Mathematik und Französisch studierte, zog ein schmales Buch aus der Tasche und las den Titel vor: *„Anne Koedt: Der Mythos vom vaginalen Orgasmus."*

„Sag ich doch", trumpfte Esther auf, die gerade erklärt hatte, dass sie noch nie einen Orgasmus hatte, und wenn ich ehrlich war, wusste ich auch nicht so richtig, was das war. „Frauen können bei Penetration gar keinen Orgasmus kriegen", fuhr sie fort. „Das weibliche Zentralorgan ist nun mal die Klitoris."

„Das weibliche Zentralorgan!", wiederholte Suse kichernd.

Ilka hielt Aufkleber hoch, die sie aus Hamburg mitgebracht hatte. Auf schwarzem Grund prangte ein knallrotes Frauenzeichen mit einer Faust. Darum rankte sich die Parole ‚Frauen nehmen Frauen mit‘.

„Eine neue Aktion", erzählte Ilka, die Maschinenbau studierte. „Damit Frauen gefahrloser trampen können. Also, wenn ihr ein Auto habt, klebt euch das Ding an die Windschutzscheibe und nehmt von nun an Anhalterinnen immer mit."

Am Abend berichtete ich Waleri von meinen neuen Erkenntnissen. „Klitoris? Was soll das sein?" Er stellte sich dumm, dabei wusste er genau, wo ich gern angefasst wurde. Die einzige Frau in der WG, die ein Auto besaß, war Marion. Ich erzählte ihr von der Aktion „Frauen nehmen Frauen mit" und sie pappte gleich einen der Aufkleber an die Windschutzscheibe.

Beim nächsten Hexentreffen sprachen wir über die Bedeutung der Selbstuntersuchung bei der Wiederaneignung der Herrschaft über den eigenen Körper. Es konnte nicht angehen, dass nur noch (männliche!) Gynäkologen wussten, wie die weiblichen Organe funktionierten und was gut für uns war. Das alte Wissen der Hexen und Hebammen war verschütt gegangen. In einem grünen Buch namens „Hexengeflüster", das ich mir gleich zugelegt hatte, fand sich jede Menge spannender Informationen. Bei Bauchkrämpfen half Tee aus Mönchspfeffer, eine Schwangerschaft war keine Krankheit, eine Geburt konnte auch zuhause stattfinden und statt Tampons empfahlen sich Menstruationsschwämmchen oder -tassen.

„Stellt euch vor, was mir passiert ist!", platzte es aus Sabine hervor, einer grazilen Psychologiestudentin mit Nickelbrille. „Ich hab mir doch aus dem Frauenzentrum in Berlin ein Spekulum mitgebracht." Ich erinnerte mich an das seltsame Kunststoffobjekt, das sie beim letzten Mal gezeigt hatte. „Und dann habe ich zuhause mit einem Spiegel und einer Taschenlampe meine erste Selbstuntersuchung gemacht. Ich hab alles so gemacht, wie es im ‚Hexengeflüster' steht. Und der Muttermund war schön rund und der Schleim glasig, alles wie es sein soll. Aber dann…" Sie konnte vor Lachen kaum weiterreden. „dann hab ich das Spekulum nicht mehr rausgekriegt, weil ich den Muttermund eingeklemmt hatte!"

In dem Moment klopfte es an der Tür und eine junge Frau mit südlichem Teint und wilden Locken steckte den Kopf zur Tür herein.

„Bin ich hier richtig auf dem Blocksberg?"

Nun lachten alle und eine Welle der Heiterkeit schwappte durch den Raum. Giovanna setzte sich gleich dazu. Wir freundeten uns schnell an. Sie studierte Altgriechisch und Latein, wusste alles über Matriarchate und zitierte französische Philosophen, deren Namen ich noch nie zuvor gehört hatte. Gleich am nächsten Wochenende besuchte sie mich in meiner WG, verknallte sich in Horst und bald ging sie bei uns ein und aus.

Franziska hatte sich zu einer drakonischen Maßnahme entschlossen, um Franz' Untreue Herr zu werden. Sie wollte mit ihm in eine andere Stadt ziehen und einen Neuanfang wagen. Ich hatte so meine Zweifel, ob das etwas bewirken würde. Franz wirkte zwar auf den ersten Blick zurückhaltend, konnte aber schnell Kontakte zum anderen Geschlecht knüpfen und umgehend zur Sache kommen, wenn er interessiert war. Franziska stellte ihm ein Ultimatum: „Entweder du kommst mit oder es ist vorbei."

In einer Wohngemeinschaft wollte sie erstmal nicht mehr wohnen. Sie verhandelten ein paar Wochen lang, was für ständige Frotzeleien innerhalb der WG sorgte, bis sie schließlich einen Studienplatz in Berlin bekam und Franz Farbe bekennen musste. Er erklärte sich bereit mitzukommen, aber nur unter der Bedingung, dass sie wieder in eine WG ziehen würden.

Mit Waleri verband mich inzwischen eine innige Beziehung. Ich war hingerissen von seiner künstlerischen Ader und der Selbstverständlichkeit, mit der er anders war als der Rest der Menschheit. Wer fuhr schon einen derart verbeulten Wagen, dessen Kennzeichen mit einem Hundehalsband befestigt war? Und wenn er mich küsste, bekam ich weiche Knie. Zu Beginn war ich so verknallt, dass ich in der Anatomievorlesung plötzlich sein Gesicht auf der Leinwand sah, wo in Wirklichkeit die autochthone Rückenmuskulatur oder das Schultergelenk erklärt wurden. Er wohnte auch in einer WG und mal waren wir bei ihm, mal bei mir, aber er verstand sich nicht mit Franz.

Als sich dann herauskristallisierte, dass Franz ausziehen würde, kam der Gedanke auf, dass Waleri doch in Franz' Zimmer ziehen könnte, mit dem zauberhaften Wintergarten, von dem man direkt in den Garten treten konnte. Dieser Garten wurde von einem Gärtner gepflegt; das ließ die alte Frau Kraft, die in der anderen Haushälfte wohnte, sich nicht nehmen: den Garten wie zu alten Zeiten von einem Gärtner pflegen zu lassen, auch wenn das Haus längst nicht mehr ihr, sondern einer geldgierigen Wohnungsbaugesellschaft gehörte. Wir kamen gut mit ihr aus. Onno kaufte gelegentlich für sie ein und Franz wechselte ihr schon mal eine Glühbirne aus oder schüppte im Winter Schnee. Zu unserem Glück war sie ziemlich schwerhörig und unsere Partys störten sie kein bisschen.
So besaß der Garten einen gepflegten englischen Rasen, Rhododendronbüsche, blaue Hortensien und ein paar große Gehölze, zwischen denen wir im Sommer Hängematten spannten. Der Wintergarten war das attraktivste Zimmer des ganzen Hauses und Waleri schlug gleich zu. Während Franz und Franziska noch verhandelten, meldete Waleri schon mal bei den voraussichtlichen Hinterbliebenen, also Onno, Horst, Marion, Jule und mir sein Interesse an. Wir waren alle einverstanden,

ich besonders! – und so zog Waleri zu uns in die WG. Er war jetzt mein Nachbar.

Auch Franziskas Zimmer unter dem Dach, neben Jule, wurde frei, und dort zog Giovanna ein. Onno, Jule und Marion erklärten zwar, dass sie keine Lust auf so 'ne spießige Pärchenwirtschaft hätten, aber sowohl Giovanna und Horst als auch Waleri und ich versprachen hoch und heilig, uns nicht auf die Zweierbeziehung zu fixieren. Das hieß zwar nicht, dass wir jetzt mit allen ins Bett wollten, aber wir wollten auch nicht ständig in Zweisamkeit schwelgen, sondern auch was mit anderen machen. Etwas zusammen machen, das war das Wichtigste.

Giovanna hatte vorher in einem möblierten Zimmer irgendwo in Bochum gewohnt und musste noch ihre Sachen von ihren Eltern abholen, die in Würzburg lebten. Ihr Vater war Italiener und an der Uni als Romanistik-Professor tätig. Eine höhere Tochter, spotteten wir, wenn wir beim Essen saßen, und sie bemühte sich nach Kräften, lauter zu schmatzen und abgerissener rumzulaufen als alle anderen.

Sie wollte für ein paar Tage zu ihren Eltern fahren und alles packen und wir kamen überein, dass ich sie dort mit Waleris Wagen abholte, denn der war groß genug für ein paar Umzugskisten. Er brauchte ihn zum Transport seiner Bilder und Skulpturen, aber für ein paar Tage konnte er ihn entbehren. Anschließend würden wir noch zu einer Tagung auf einen Frauenhof in Süddeutschland fahren. Vormittags sollten in Arbeitsgruppen aktuelle Themen der Frauenbewegung diskutiert werden: Feminismus und Kapitalismus, Frauen und die neue Linke, die Gründung eines feministischen Frauengesundheitszentrums oder die Forderung nach bezahlter Hausarbeit. Der Nachmittag war frei zum Wandern oder Baden gehen und am letzten Abend sollte dann eine Frauenband spielen. Aus Berlin natürlich. Anschließend wollten wir zurück ins Ruhrgebiet fahren. Doch es kam alles ganz anders

Alpenüberquerung mit Sechsfüßer

Ich hatte mich schon oft gefragt, was es eigentlich mit der großen weißen Flasche mit der Aufschrift „Jacutin" auf sich hatte,
die im Badezimmer auf dem Bord stand, auf dem wir alle unsere Toilettenartikel und manche auch ihre Medikamente oder
ein Döschen Valium für den Fall eines schlechten Trips lagerten. Jule war die Erste. Eines Morgens saß sie beim Frühstück,
sie aß zu der Zeit grobes Müsli aus ungeschroteten Körnern, die
so hart waren, dass sie mindestens eine halbe Stunde daran
kaute, und mir fiel auf, dass sie sich ständig am Kopf kratzte.

„Vielleicht musst du dir mal wieder die Haare waschen",
sagte Horst.

„Hab ich erst gestern Abend gemacht."

„Tja", sagte Horst grinsend, „dann ist es wohl wieder so
weit."

Jule seufzte. „Das befürchte ich auch."

„Lass mich mal gucken", sagte Horst, trat hinter sie und
suchte ihre Kopfhaut ab. Und zack, hatte er einen schwarzen
Krümel geschnappt. Der wurde sofort mit einem Streifen Tesa-
film fixiert, auf ein Blatt Papier geklebt, mit der Lupe betrachtet
– und als LAUS identifiziert. Jule seufzte erneut und machte
sich nach dem Frühstück an die Läusebekämpfung. Dafür war
also die große weiße Flasche da. Tags darauf entdeckte ich auch
die ersten Läuse und bald waren wir allesamt damit beschäftigt, Handtücher und Bettwäsche zu waschen, sämtliche Stroh-
teppiche zu saugen (einen Staubsauger konnten wir uns Gottlob von Waleris früherer WG leihen) und vor allem: unsere
Köpfe mit Jacutin zu behandeln, was ziemlich stank. Bei Onno
saßen sie auch im Bart. Leider war es mit einer Behandlung
nicht getan; man musste anschließend tagelang mit einem feinen schwarzen Kamm die Nissen auskämmen, was wir

gegenseitig beieinander machten. Eigentlich war das ganz gemütlich, so bei Tee und Keksen in der Küche.

Doch während Onno und Horst, Marion, Jule und Waleri ihre kleinen Mitbewohner, wie wir sie nannten, bald ausgerottet hatten, hatte ich es mit einem hartnäckigen Stamm zu tun. Kaum dachte ich, ich hätte sie besiegt, hatte ich wieder Stiche hinter den Ohren.

Wie vereinbart, machte ich mich trotzdem auf den Weg zu Giovanna. Und die hatte es noch schlimmer getroffen. Sie hatte noch nie mit Ungeziefer zu tun gehabt und dachte sich nichts dabei, dass es auf ihrem Kopf neuerdings so juckte. Dann war sie zu einem Familienfest eingeladen gewesen, und während der Rinderbraten aufgetragen und der Blumenkohl verteilt wurde, schrie plötzlich eine Tante, die den Krieg miterlebt hatte:

„Giovanna, was ist das?"

Von Giovannas Kopf war etwas winziges Schwarzes gesprungen, das hatte sie genau gesehen. Tante Berta sprang auf, zerdrückte das schwarze Etwas auf dem weißen Damasttischtuch mit dem Daumen, sah es sich durch ihre goldgeränderte Brille genau an und verkündete triumphierend:

„Da hat die Giovanna Läuse!"

Giovanna hatte nicht nur Läuse, sie hatte auch viel Gepäck. Die Bücherkisten hievten wir in den Kofferraum, wo wir erstmal Waleris Krempel sortierten: jede Menge Farbtuben, eine Staffelei, die wir Gottlob klein zusammenschieben konnten, Warndreieck, Erste-Hilfe-Kasten, etliche leere Weinflaschen. Außerdem mussten wir noch zwei pralle Koffer mit Winterkleidung, einen Karton mit Schuhen und Stiefeln, einen Korb mit Eingemachtem und Marmelade von ihrer Mutter und einen großen Rucksack mit dem Wichtigsten für die Reise verstauen.

Im Nu waren sowohl Kofferraum als auch Rückbank und der Platz hinter den Sitzen vollgepackt. Dann holte sie noch ihr Federbett aus dem Haus. Schließlich stand der Winter bevor. Auch das stopften wir noch ins Auto, ebenso wie ein dickes Kopfkissen, eine karierte Wolldecke und ein paar Plastiktüten mit Kleinkram. Als wir in Würzburg auf die Autobahn fuhren, lag der Wagen bedenklich tief und der Auspuff knatterte gewaltig.

Es war die Zeit der Schleyer-Entführung und wir tauschten aufgeregt die neuesten Informationen aus. Obwohl wir in der WG keinen Fernseher hatten, wurden wir überall mit dem Bild des entführten Schleyer konfrontiert und das Städtchen hing voll mit RAF-Fahndungsplakaten. Giovanna war in einer Gefangenen-Soli-Gruppe, die sich mit den Haftbedingungen beschäftigte und erzählte von den Auswirkungen der Isolationshaft. Der Staat war der Feind, da waren wir uns einig, und das Gewaltmonopol des Staates konnte man durchaus in Frage ziehen, aber einen Menschen entführen und mit seiner Erschießung drohen, damit die Genossen freikamen? Das ging zu weit. Irgendwann wurde der Auspuff so laut, dass wir unser eigenes Wort nicht mehr verstanden. Wir drehten einfach das Radio laut und ich trat aufs Gaspedal.

Der Himmel war blau, ich fuhr gern Autobahn und freute mich auf die Tage auf dem Frauenhof, doch schon bald konnte ich nicht umhin, mich wieder und wieder am Kopf zu kratzen. Vor allem im Nacken juckte es infernalisch, und auch Giovanna hatte Probleme, die Hände ruhig zu halten. Schließlich hielt ich es nicht mehr aus. Meine gesamte Kopfhaut brannte. Ich steuerte den Wagen auf den nächsten Rastplatz, riss die Hälfte der Ladung aus dem Wagen, bis ich endlich den Proviantkorb gefunden hatte und goss mir unter den erstaunten Blicken der rastenden LKW-Fahrer den gesamten Inhalt der Sprudelflasche über den Kopf. Welche Wohltat!

Als wir wieder eingeladen hatten und auf die Autobahn fuhren, zog sich der Himmel zu. Es wurde immer dunkler und grauer und dann setzte der Regen ein. Die müden Scheibenwischer kamen kaum gegen die herabprasselnden Wassermassen an. Eines der hinteren Fenster schloss nicht mehr richtig und der Regen sprühte auf Koffer, Kisten und Federbett. Wir hielten kurz an und versuchten, das Fenster hochzukurbeln, was nicht klappte. Im Gegenteil: Während der Spalt vorher nur ein paar Zentimeter gemessen hatte, war es jetzt eine Handbreit. Und wir waren auch noch nass geworden dabei.

Giovanna zerrte ihren Wintermantel aus den Tiefen des Gepäcks und auch ich zog mir was Wärmeres über. Missmutig fuhren wir weiter. Meine Vorfreude auf den Frauenhof war dahin. Was wie die Verheißung von sommerlichen Tagen auf blumenübersäten Wiesen geklungen hatte, wandelte sich zu einem Schreckensbild. Wie hatte es noch im Flyer geheißen? „Wir bieten einfache Mehrbettzimmer, frische Luft und viel Natur." Ich stellte mir einen heruntergekommenen Hof vor, über dem sich ohne Unterlass enorme Wassermengen aus den tief hängenden Wolken entluden. Wollten wir da wirklich hin?

Giovanna begann von Italien zu schwärmen. Dort war es immer warm, die Luft flirrte von südlicher Sonne, Düften, Pastellfarben. Und das Essen erst! Was waren schon Leberknödel gegen Spaghetti alla Carbonara oder Tiramisu oder Pesto Genovese? Dann tauchten aus dem Regen die ersten Schilder mit der Aufschrift Österreich/Italien auf und wir beschlossen, einfach weiterzufahren. Nach Italien. Der Wagen schaffte zwar kaum noch neunzig, aber wir waren bester Dinge und zuckelten einfach so lange weiter, bis es dunkel wurde. Dann steuerten wir einen Ort nahe der Autobahn an, parkten in einer ruhigen Seitenstraße, räumten das Gepäck so um, dass wir die Rücklehnen schräg stellen konnten, zerrten die Decken und Federbetten hervor und legten uns schlafen.

Am nächsten Morgen hatte der Regen aufgehört und wir fanden uns in einem reizenden bayrischen Dorf wieder. Gestärkt mit Brezeln und Leberkäse vom örtlichen Metzger, fuhren wir weiter. Der Wagen schaffte jetzt nur noch achtzig, der Auspuff knatterte lauter denn je, aber es ging voran. Wir durchquerten Österreich, brachten einige Tunnel und Steigungen hinter uns, wobei sich zum Geknatter nun auch noch ein metallisches Klappern gesellte – aber egal! Gegen Mittag erreichten wir die italienische Grenze.

Nun ging es bald wieder bergab; wir hatten die Alpen überwunden. Hochgefühl setzte ein! Wir steuerten eine Raststätte an, stärkten uns mit italienischem Kaffee und süßem Gebäck, was Giovanna natürlich alles in perfektem Italienisch orderte. Anschließend trat ich hinter den Anbau mit den Toiletten und goss mir eine Flasche San Pellegrino über den Kopf. Es krabbelte, juckte und lebte immer noch in meinen Haaren. In Verona, was nun unser Ziel war, würden wir uns in der Apotheke ein Mittel besorgen.

Unter Ächzen verließ der Wagen den Rastplatz. Der Himmel war zwar knallblau, aber unsere Zukunftsaussichten verdüsterten sich mehr und mehr. Es ging natürlich nicht ständig bergab, es gab auch Anhöhen. So sehr ich auch aufs Gas trat, mehr als 60 war nicht drin und das metallische Klappern wurde immer lauter. Die Autobahn war hier dreispurig, und wir fuhren selbstredend nur noch auf der rechten Spur. An Überholen war nicht mehr zu denken und die dicken Laster, die glücklich über die Alpen gekommen waren und nun gen Mittelmeer brausen wollten, begannen hinter uns zu hupen. Der Motorklang, als kämpfte er mit dem Tod, er röhrte und schrie aus

Leibeskräften. Ich trat das Gaspedal noch einmal ganz durch, und da war es vorbei. Der Motor gab nur noch ein Rumpeln und Krächzen von sich, die Tachonadel zitterte, rutschte nach links und ich musste wohl oder übel den Standstreifen ansteuern. Mist.

Da standen wir nun mit all unserem Gepäck, dem kaputten Wagen, von den Läusen ganz zu schweigen. Wir stiegen aus und winkten den Lastern, die sich hinter uns angesammelt hatten wie eine Prozession. Vielleicht konnte uns ja einer der Fahrer helfen. Schließlich hielt einer neben uns an, doch er wollte uns gar nicht helfen – im Gegenteil, wir sollten ihm helfen, der enormen Erektion Herr zu werden, die er gleich aus der Hose holte.

Nach einer Weile, wir hatten inzwischen die Motorhaube geöffnet und starrten ratlos auf den unerklärlichen Wust aus heißem Metall, Schläuchen, Kabeln, Vergaser, Zylinder und Dichtungsklappen, hielt ein Uniformierter an und redete auf uns ein. Er erklärte uns, dass wir hier nicht bleiben könnten, versprach, Hilfe zu schicken und brauste davon.

Wir setzten uns an den Straßenrand und trugen unser lückenhaftes Wissen über Verbrennungsmotoren zusammen. Da war dieser Tank voller Benzin, und das Benzin wurde in einen gasförmigen Zustand versetzt, dann entzündet, so dass es eine Art Explosion gab. Im Vergaser. Und dazu brauchte man auch die Zündkerze. Davon wurde dieser Kolben in Bewegung gesetzt, der dann immer auf und ab sauste und das wurde dann in eine rotierende Bewegung umgesetzt, mit Hilfe der Kardanwelle oder so. Wir hatten beide keine Ahnung.

„Nein, dazu braucht man die Kurbelwelle", schrie Giovanna.

„Quatsch, die Lichtmaschine!", brüllte ich und wir hielten uns die Bäuche vor Lachen. Insgeheim beschloss ich, mir zumindest Grundkenntnisse im Autoreparieren anzueignen. So schwer konnte das doch nicht sein, wenn jeder Depp dazu in der Lage war.

Stunden später kam ein Abschleppwagen und schleppte die müde Karre zur nächsten Autowerkstatt ein paar Kilometer abseits der Autobahn. Es gab ein großes Palaver, der Wagen wurde untersucht und der Meister erklärte uns, hier sei nichts mehr zu machen. Rotto. Perdito totale. Er schraubte die Nummernschilder ab und überreichte sie uns. Für den Zoll, bei der Ausreise. Gegen Zahlung von 200 DM war er bereit, uns die alte Möhre abzunehmen und dem nächsten Schrottplatz zuzuführen.

Gottlob war Verona nicht mehr weit und so blieb uns nichts anderes übrig, als uns ein Taxi zu bestellen, all unseren Krempel einzuladen und den Fahrer zu bitten, ein günstiges Hotel anzusteuern. Bevor er losfuhr, verschwand ich noch schnell hinter der Werkstatt und goss mir eine Flasche Wasser über den Kopf.

Die Signora an der Rezeption staunte nicht schlecht, als wir Giovannas Umzug inclusive der Federbetten in unser Zimmer schleppten. Die folgenden Tage verbrachten wir damit, uns Kartons zu besorgen, die Sachen einzupacken und nach und nach zum Güterbahnhof zu schaffen, wo wir zahllose Formulare ausfüllen mussten, und zwischendurch standen wir immer wieder vor dem winzigen Waschbecken in unserem Zimmer und seiften uns unter dem kalten Wasser den Kopf mit Anti-Läuse-Shampoo ein. So richtig helfen tat es nicht.

Paare

Als wir Tage später schweißüberströmt mit unserem immer noch umfangreichen Gepäck über die Alpen getrampt waren und nun endlich wieder die Tür mit der schmiedeeisernen Rosette aufschlossen, trafen wir niemanden an.

„Waleri! Horst! Wir sind wieder daaa!", riefen wir voller Wiedersehensfreude, aber es regte sich nichts. In meinem Zimmer standen Blumen, die musste Waleri mir hingestellt haben. Wie süß! Sein Zimmer war picobello aufgeräumt, aber er war nicht da.

Im ersten Stock fanden wir Horst. Er hatte sich vor seinem Bett auf den Boden gelegt, Haare und Bart waren üppig gesprossen und er roch aus jeder Pore nach Lavendelöl. Er entspannte sich und roch wie eine provencalische Bäuerin, denn zu dem Lavendelöl gesellte sich der Geruch von Erde und Wald und Dreck. Die Jungs waren im Wald gewesen.

Alle paar Wochen packten Horst und ein paar seiner Freunde ihre Schlafsäcke, Kochgeschirre, Lederbeutel und Satteltaschen und ein bisschen Proviant und entschwanden ins Unterholz der nahe gelegenen Mittelgebirge. Was sie da genau machten, blieb mir schleierhaft, es musste mit Männlichkeit zu tun haben. Vermutlich machten sie Feuer, kochten sich ihr Essen selbst und schliefen nachts im Moos. Und sie rauchten aus der Erde, was eine von Indianern inspirierte Methode des Cannabiskonsums war.

Als er uns hörte, schlug er die Augen auf, lächelte tiefenentspannt und breitete die Arme aus. Giovanna schmiegte sich gleich an ihn.

Abends tauchte auch Waleri auf. Ich hatte ihn aus Verona angerufen, ihm von dem Malheur mit dem Auto berichtet und war voller Schuldgefühle, schließlich liebte er sein Auto und brauchte es für den Transport seiner Bilder. Ich packte die Nummernschilder aus und überreichte sie ihm. Mit einem wehmütigen Blick stellte er sie auf sein Regal. Ansonsten nahm er den Verlust tapfer hin. Er hatte auch schon ein neues Auto im Auge, eine gebrauchte Kiste von einem Freund.

„Die ist auch besser in Schuss und wir könnten damit im Sommer nach Südfrankreich fahren!", sagte er und legte die Arme um mich.

„Vielleicht kann ich ja was dazugeben", erwiderte ich. Kein Wort des Vorwurfs, die Aussicht auf Urlaub in Südfrankreich, ein gemeinsames Auto, Blumen in meinem Zimmer – ich war begeistert und es dauerte nicht lange, bis wir im Bett landeten.

Danach hatten wir beide einen Riesenhunger und da sich die Vorräte in Grenzen hielten, beschlossen wir, eine Pizza essen zu gehen.

Die Hauptstraße des Städtchens war vor kurzem für den Autoverkehr gesperrt worden und wurde nun mit Hilfe von Waschbetonplatten und Blumenkübeln in eine Fußgängerzone umgewandelt. Hand in Hand staksten wir durch die Baustelle in Richtung Pizzeria. Es war nicht mehr viel los um diese Zeit, nur ein paar Jugendliche saßen rauchend auf einem Sandhaufen. Jemand führte seinen Hund aus, in der Sparkasse flackerte eine kaputte Neonröhre. Nieselregen setzte ein. Da blieb Waleri plötzlich stehen, ließ meine Hand los und starrte auf den Boden.

„Ich muss dir was sagen. Ich war mit der Marion ... also die Marion und ich ... Aber die hat mich verführt und das war auch nur einmal..."

Wir gingen nicht mehr essen an diesem Abend. Ich wollte nur noch nach Haus und niemanden sehen, ihn schon gar nicht. Ich war sogar froh, dass ich sein Auto geschrottet hatte. Es fühlte sich an wie ein Racheakt, obwohl ich da ja noch gar nichts von der Sache mit Marion wusste. Das neue Auto zahlte er anstandslos allein, das war seine Strafe.

Auch Giovanna hatte Probleme mit Horst. Der war zwar nicht mit einer anderen im Bett gewesen, aber er wurde immer wunderlicher. Oft lag er einfach nur in seinem Zimmer auf dem

Boden und entspannte sich. Dabei hatte er nicht besonders viel Stress; er arbeitete in der Schreinerei seines Onkels und fand das eigentlich immer okay, doch wenn er jetzt von der Arbeit kam, verschwand er sofort in seinem Zimmer, stellte die Musik ganz laut, schüttelte sich und rief laut:

„Nein, Onkel Albert. Ja, Herr Tschikowski, natürlich können wir da neue Fenster einbauen, aber sicher schaffen wir das!" – was auch immer am Tag vorgefallen war, er kommentierte alles lautstark. Das ging ungefähr eine halbe Stunde, dann war er erschöpft, kam in die Küche und aß etwas. Anschließend lüftete er sein Zimmer, um die schlechten Vibrationen zu entfernen, salbte sich mit Lavendelöl ein, legte sich auf den Boden und entspannte sich. Das konnte dauern.

Die Schreinerei stellte mehr und mehr auf den Einbau von Fertigfenstern um und das stank ihm. Er wollte mit Holz arbeiten, mit seinen Händen, das Material spüren, und darin war er auch gut. Aber jetzt sollte er mit einem Lieferwagen durchs ganze Ruhrgebiet kacheln und Kunststofffenster einbauen.

Wenn die Jungs am Wochenende nicht irgendwo im Unterholz campierten, ging er in den Wald am Stadtrand und brüllte aus Leibeskräften. Er hatte irgendwo das Wort „Urschrei-Therapie" aufgeschnappt und wollte sich so Luft machen. Seine Haare wurden immer länger und bald standen ihm die Locken in alle Richtungen ab, wie ein Afro. Auch den Bart stutzte er nicht mehr und sein Onkel begann jetzt auch noch, an seinem Äußeren herumzumäkeln.

Damit hatte Giovanna kein Problem. Im Gegenteil. In einer Mischung aus Schadenfreude und Renitenz stellte sie ihn ihrer Familie als ihren neuen Freund vor und betrachtete wie eine Ethnologin, wie die distinguierten Eltern und der Wilde sich zueinander verhielten. Die Eltern versuchten, Haltung zu bewahren, Horst bemühte sich, höflich zu sein und trotzdem sich selbst treu zu bleiben. Doch wer er selbst war, das wurde ihm zunehmend unklar.

Dann ging er eines Tages gar nicht mehr zur Arbeit. Er brauche Ruhe, viel mehr Ruhe, erklärte er, schlief tagsüber und ging nachts durch die Stadt, setzte sich zu den Stadtstreichern, die an der Bushaltestelle herumlungerten, rauchte mit ihnen Zigaretten und versuchte, sie in Gespräche über den Sinn des Lebens zu verwickeln. Sie interessierten sich mehr für den Nachschub an Schnaps, aber den wollte er ihnen nicht besorgen. Alkohol fasste er schon lange nicht mehr an, schon gar keine harten Sachen.

Als vor der Küste der Bretagne ein Öltanker Leck schlug und 15000 Seevögel jämmerlich verendeten, schloss er sich einer Umweltgruppe an, die im Haus der Jugend tagte und sich mit der Zerstörung der Umwelt befasste. Bald wusste er alles über den sauren Regen, über die Gefahren der Atomkraft, über die zunehmende Luftverschmutzung. Die anderen Gruppenmitglieder fuhren zu den Demos nach Gorleben, nach Kalkar, nach Brokdorf, doch er war nie dabei. Menschenmengen waren ihm nicht geheuer.

Weil er jetzt kein Einkommen mehr hatte, verkaufte er nach und nach seinen gesamten Besitz. Zuerst die Möbel – schließlich brauchte er den ganzen Plunder nicht, erklärte er. Dann die Kleidung – was sollte er mit mehr als zwei Hemden, zwei Hosen, zwei Pullovern, argumentierte er. Sobald wir Besuch hatten, bat er den in sein Zimmer und verwickelte ihn in ein Verkaufsgespräch. Ich glaube, er hätte sogar sein Hemd ausgezogen, wenn ihm jemand dafür eine nennenswerte Summe geboten hätte. Auch sein Werkzeug verscherbelte er, ebenso einen großen Teil seiner Platten. Mit dem Erlös konnte er sich ein paar Wochen über Wasser halten, dann kam er nicht umhin, sich wieder einen Job zu suchen.

„Wir sind hier kein Wohlfahrtsunternehmen!", erklärte
Onno auf der Hausversammlung. „Für seine Miete muss jeder
selbst aufkommen, ebenso für die Haushaltskasse."

Seit Franz' Auszug war er für die Finanzen zuständig. Er
führte das Haushaltsbuch und überwachte das Hauskonto, auf
das jeder seinen Anteil an der Miete einzahlte, die pünktlich
zum Monatsersten an den Vermieter überwiesen wurde. Horst
hatte schon zweimal nacheinander erst zur Monatsmitte ge-
zahlt.

„Du kannst ja auch Zeitungen austragen", sagte Onno und
Horst hatte schließlich ein Einsehen. Von nun an stand er auch
früh um vier auf und trug bei Wind und Wetter Zeitungen aus.
Zusätzlich half er ab und zu einem Freund, der einen Transpor-
ter besaß und Umzüge machte. Er war kräftig und konnte zu-
packen und kam so einigermaßen über die Runden.

Bei einem dieser Umzüge lernte er Jochen kennen.

Jochen war schon über dreißig, hatte Soziologie studiert und
arbeitete gerade an seiner Doktorarbeit über die Realisierung
der Prinzipien der französischen Revolution in den amerikanischen Landkommunen der Gegenwart. Er hatte ein paar Monate in den Staaten verbracht, und als er Horst davon erzählte,
war der gleich Feuer und Flamme. Eine Landkommune, das
war es doch, wovon er immer geträumt hatte. Er war beeindruckt von Jochens weltläufiger Art, denn außer in den USA
und in Südamerika war der auch schon in Indien gewesen, und
so lud er ihn gleich zu uns in die WG ein.

Jochen kam noch am gleichen Abend. Ich hatte mir einen
wilden Hippie vorgestellt, aber er sah aus wie mein Gemein-
schaftskundelehrer. Er war klein, hatte einen roten Bart, eine
Glatze, die umrahmt war von spärlichem schulterlangen Rest-
haar und rückte sich bei jedem zweiten Satz die Nickelbrille zurecht. Obwohl er keinen Grund dazu hatte, oder vielleicht

gerade deswegen, strich er sich ständig eitel die wenigen Haare zurück und sah mir und wohl auch allen anderen Frauen durchdringend in die Augen.

Horst hatte „Reis mit Scheiß" gekocht, was Reis mit einer Art Hack-Gemüse-Soße war und nach dem Essen erzählte Jochen bei Tee und rotem Libanesen von den Landkommunen. Die einen führten eine Art Gruppenehe, die anderen waren eher ein Bauernkollektiv. Eine dritte Untergruppe begriff sich als revolutionäre Zelle, die durch die Auflösung des Privateigentums und der sexuellen Unterdrückung die Veränderung der Gesellschaft vorantreiben wollte.

„Wie, sexuelle Unterdrückung?", fragte Marion da. „Haben die die Pille noch nicht, oder was?"

„Gruppensex, Rudelbumsen, nie gehört?", kicherte Onno.

Vor allem das Thema Sex stieß auf großes Interesse und so erklärte Jochen haarklein, dass die freie Sexualität revolutionäres Potential freisetze und dass die Unterdrückung der Sexualität Grundlage des Kapitalismus sei. Dass der Kapitalismus wegmusste, darin waren wir uns alle einig, aber dass es einen Zusammenhang zwischen Kapitalismus und Sexualität gab, war uns eher neu. Doch ich erinnerte mich, davon schon mal gehört zu haben, und zwar von den Leuten, die am Morgen nach der ersten großen Party in der Küche herumgehangen hatten.

„Wie ist das denn bei euch?", fragte er dann und strich sich ein paar der Haare aus dem Gesicht, die schon von ersten silbernen Strähnen durchzogen waren. „Lebt ihr die Gruppenehe?"

Allgemeines Getuschel und Gelächter brandeten auf. Horst legte den Arm um Giovanna.

Waleri sah mich fragend an und deutete dann mit dem Kopf diskret nach und nach auf alle Anwesenden. Kannst du dir das mit Onno vorstellen?, schien er zu sagen und schüttelte sich angewidert. Mit Horst? Mit Jule? Mit Giovanna? Da war er sich nicht so sicher, aber als ich ihn eifersüchtig anblinzelte, schüttelte er erneut den Kopf. Wir waren uns einig: Das kam für uns nicht in Frage. Den anderen schien es genauso zu gehen. Trotzdem fühlten uns furchtbar spießig, als wir zugaben, aus zwei Paaren und drei Einzelpersonen zu bestehen.

„Wenn es euch glücklich macht, ist das ja in Ordnung", erwiderte er jovial. „Aber die meisten macht das nicht glücklich."

„Und wie ist das bei dir?", fragte Horst.

„Also du hast ja bei dem Umzug geholfen, bei dem Umzug von der Gudrun. Das ist meine Freundin und die ...“

„Aber die ist doch ausgezogen", fiel Horst ihm ins Wort.

„Ja, weil es da noch die Anna gibt und sie konnte das nicht ertragen, dass die Anna dann ab und zu bei mir übernachtet und sie im kleinen Zimmer schlafen muss und deswegen hat sie jetzt eine eigene Wohnung und ich bin mal bei ihr ...“

„Verstehe", sagte Horst und blickte nachdenklich auf die Rauchkringel, die er alle paar Minuten in die Luft schweben ließ, „und mal bei der anderen Frau."

„Und das machen die mit?", fragte Jule empört. „Das ist ja die reine Vielweiberei! Ich würde platzen vor Eifersucht."

„Na ja, die Anna hat ja auch noch jemand anders und so ... Aber darauf kommt es auch nicht an, dass jeder nun möglichst viele Sexualkontakte hat. Es geht darum, dass es erstmal keine Verbote gibt und keine Restriktionen und man über alles spricht."

Nachdenkliches Schweigen machte sich breit.

„Naja, immer noch besser, wenn das offen ist, als wenn alle so tun, als ob nichts wär, aber sobald die feste Freundin dann mal verreist ist, springen sie mit jemand anders ins Bett." Die Bemerkung konnte ich mir nicht verkneifen und ich war sicher, dass alle genau wussten, wen ich meinte: Marion und Waleri.

„Nu tu mal nicht so", giftete Marion zurück. „Vor einem Jahr haste das noch nicht so eng gesehen."

Alle sahen mich an und ich wurde rot. Dann hatte sie anscheinend doch was von Franz und mir mitbekommen. Aber ich tat, als wüsste ich nicht, was sie meint, auch noch, als Waleri mich später am Abend in die Zange nahm. Ihn ging das genau genommen ja auch gar nichts an. Er hatte da noch nicht hier gewohnt, wir kannten uns noch nicht einmal.

Als Jochen wieder gegangen war, saßen wir noch eine Weile zusammen.

„Also ich kann mir das nicht vorstellen, so eine Gruppenehe", erklärte Onno, der, wie wir alle wussten, schon seit Jahren keine Freundin hatte.

Bisher hatte ich immer herumposaunt, dass niemand dem anderen gehöre; doch nach Waleris Nacht mit Marion war ich mir da nicht mehr sicher, ob das der richtige Ansatz war. Doch das Wort Treue nahm niemand in den Mund. Das klang nach Verlobung, Jungfräulichkeit, Kirche, Hochzeit, Spießertum und Eheschlafzimmer. All das lehnten wir kategorisch ab, genauso wie den Rest dieser verlogenen Gesellschaft, die noch immer voller Nazis steckte. Unsere Eltern, das war die frühere Hitlerjugend, das waren die jungen Männer, die knapp der Einberufung entgangen waren oder sich unabkömmlich stellen lassen konnten. Unsere Mütter, das waren die Frauen, die die Russen noch erlebt hatten oder den Einmarsch der Amerikaner in die Dörfer. Kriegskinder.

Wir wollten uns nicht damit abfinden, wie die meisten Beziehungen zwischen Männern und Frauen nun einmal waren, nämlich lieblos, unbefriedigend und verlogen. In der Hexengruppe beschäftigten wir uns ausführlich mit allen Facetten der unterdrückten weiblichen Sexualität. Die Antibabypille, die ein ausschweifendes Sexualleben ja erst möglich gemacht hatte, geriet zunehmend unter Beschuss. Doch was war von den Alternativen zu halten? Kondome galten als zu unzuverlässig. Wir experimentierten mit dem Diaphragma, was eine glitschige Angelegenheit war. Manche Frauen verlegten sich auf die Temperaturmethode und waren genau informiert über den Zeitpunkt des Eisprungs. Doch leider (oder erfreulicherweise!) konnte es bei orgiastischem Sex zu außerplanmäßigen Eisprüngen kommen – und damit zu außerplanmäßigen Schwangerschaften.

Viele der Frauen hatten eine Abtreibung hinter sich. Sie waren dafür nach Holland gefahren oder mussten eine Stange Geld auf den Tisch legen, damit ihr Gynäkologe bereit war, ihnen zu helfen. Der Paragraph 218 war immer noch nicht abgeschafft, sondern bestand jetzt aus einer Indikationslösung, womit wir überhaupt nicht einverstanden waren.

Immerhin gab es inzwischen zwei feministische Frauenzeitschriften, die „Courage" und die „Emma". In Berlin hatte das erste Feministische Frauengesundheitszentrum seine Räume eröffnet und jede Menge weiterer Projekte gründeten sich. Auch über Hexen redeten wir lange. Zwei Geschichtsstudentinnen aus unserer Gruppe gingen in die Archive und untersuchten, wann hier die letzten Hexenverbrennungen stattgefunden hatten.

Dann kam meine erste Walpurgisnachtdemo. Zusammen mit Jule und Giovanna fuhr ich nach Bochum. Wir hatten uns mit Kopftüchern, Besen und weiß geschminkten Gesichtern hexenmäßig ausstaffiert und schlossen uns den anderen Frauen an, die mit Trillerpfeifen und Kochtöpfen, auf die sie mit Holzlöffeln einschlugen, durch die Stadt marschierten. „Wir erobern uns die Nacht zurück", stand auf den Transparenten und: „Frauen, hört ihr Frauen schreien, lasst die andere nicht allein." Jule, Giovanna und ich hakten uns unter, reihten uns ein und brüllten mit den anderen: „Wir sind Frauen, wir sind viele, wir haben die Schnauze voll."

„Woman is the nigger of he world!", sang John Lennon und dem konnten wir nur zustimmen. Frauen verdienten weniger, hatten die schlechteren Jobs und die Vergewaltigung in der Ehe war noch immer straffrei. Die Unterschiede zwischen den Geschlechtern basierten allesamt auf Erziehung und Konditionierung, da waren wir uns einig, was die Männer nicht davon abhielt, sich in Wohngemeinschaften, politischen Gruppen, in Beziehungen oder in der Öffentlichkeit als Macher und Macker aufzuführen. Aber sie bewegten sich auf gefährlichem Grund und das war ihnen auch klar. Frauen mit lila Halstüchern oder in lila Latzhosen gehörten zum Straßenbild und ich hatte mir ein Poster von einer Guerilla-Frau an die Wand gehängt, die auf einem Trümmergrundstück mit einer MP posiert und darüber stand als Graffiti: **The women's army is marching**.

Während die Männer lange Haare trugen, schnitten viele Frauen sie sich raspelkurz und färbten sie womöglich noch hennarot. Nein, wenn Frau sein hieß, sich in diese stereotype Geschlechtsrolle quetschen zu lassen, konnten wir auf weibliche Attribute gern verzichten. Feminine Kleidung, Make-up, hohe Absätze, Parfüm, all das ging gar nicht.

Trotzdem war unser Leben keinesfalls asexuell. Alles war ein bisschen schmuddeliger und inmitten all der Schmuddelkinder kamen die natürlichen Lock- und Duftstoffe des Menschen wieder zum Vorschein. Keine Frau trug einen BH. Und kiffen konnte durchaus eine erotisierende Wirkung haben. Man hatte keine Lust mehr zu arbeiten, sondern Hunger auf Süßes, wurde matt und müde und da bot es sich doch an, sich ein bisschen hinzulegen – und warum dann allein?

Die Eifersuchtsgruppe

Doch das war die schöne hedonistische Theorie. In der Praxis sah es so aus, dass zwischen Waleri und mir erstmal Sendepause herrschte. Ich war sauer, er war befangen, wir schliefen nicht mal mehr in einem Bett. Dass wir uns wirklich trennen könnten – unvorstellbar. Aber wie wir aus der Krise herauskommen sollten, wussten wir auch nicht und so entschlossen wir uns, zu einer Eifersuchtsgruppe an der Uni zu gehen.

Die Gruppe war Teil eines Forschungsprojekts, wurde von einem Psychologiestudenten geleitet und außer uns waren noch drei weitere Paare sowie vier Frauen und zwei Männer da. Um den Raum etwas wohnlicher zu gestalten, hatte man die nackten Betonwände mit einer Waldtapete beklebt. Vor dieser Kulisse saßen wir im Kreis auf klappbaren, quietschenden Gartensesseln mit verstellbaren Lehnen und geblümten Polstern. Nachdem wir alle unseren Namen auf Tesakrepp geschrieben und uns auf die Brust geklebt hatten, stellten wir uns vor, inklusive der genauen Beschreibung der Eifersucht, die uns hergeführt hatten, wobei die ersten Tränen flossen.

Dann war von Eifersucht an sich erst mal nicht weiter die Rede. Wir machten Körperübungen, hüllten uns in Decken, spendeten einander Geborgenheit und nahmen sie uns wieder, gaben uns gegenseitig Klopfmassagen auf Nacken und Schulter (denn da sitzt die Angst, erklärte der Student), legten uns auf den Rücken, ließen den rechten Arm ganz schwer werden und tauchten in die tiefe Entspannung ein.

Anschließend spielten wir stille Post: Wir bekamen drei Zettel, einen gelben, einen roten und einen grünen, die wir verteilen sollten. Der gelbe hieß: Bei dir fühle ich mich wohl, der rote: Du machst mir Angst, und der grüne: Dir möchte ich näherkommen. Der Partner durfte nicht angeschrieben werden.

Es gab einen Mann namens Eberhard, der mir auf Anhieb gefallen hatte. Er war sehr groß und dünn, kam aus Wuppertal und hatte eingangs erklärt, dass eigentlich nicht er, sondern seine Frau das Problem mit der Eifersucht hätte, aber die sei bei dem gemeinsamen Kind, und er sei der Ansicht, dass an einer Beziehungskrise immer beide beteiligt seien. Er studiere Soziologie, hatte er noch hinzugefügt, und ohne groß nachzudenken, gab ich ihm meinen grünen Zettel: Dir möchte ich näherkommen. Er sah mich verdutzt an, stand auf, und ich merkte erst jetzt, dass er einige Köpfe größer war als ich. Er lächelte verlegen, was ich süß fand, und sagte: „Das freut mich aber! Dann wollen wir uns mal kennenlernen, oder?" Seine blauen Augen strahlten mich an. Er roch nach weihnachtlichen Gewürzen, obwohl es gerade Frühling war, und auch das gefiel mir.

„Du bist doch Medizinerin, oder?" Ich nickte. „Kennst du Paul Feyerabend?" Ich schüttelte den Kopf. „Musst du unbedingt lesen. Toller Philosoph. Der sagt, dass die westliche Medizin nur aus Brennen, Stechen, Schneiden und Ätzen besteht." Das hörte sich spannend an.

„Interessiert dich das Buch?"

„Ja, unbedingt. Kannst du mir das mitbringen?"

„Ich kann's dir gleich geben. Ich hab's im Auto."

Ohne weitere Umschweife verließen wir das Seminar und gingen zu seinem Auto. Praktischerweise hatte er einen ausgebauten VW-Bus mit einem ausklappbaren Bett und nachdem er mir das Buch gezeigt hatte, zogen wir die Gardinen zu und machten es uns gemütlich. Wir rauchten noch eine Tüte, dann schliefen wir miteinander. Jetzt war ich mit Waleri quitt.

Waleri hatte ebenfalls eine grüne Karte bekommen, und zwar von einem gewissen Frank. Die beiden hatten sich umständlich erklärt, dass es doch etwas ungewohnt sei, mit einem Mann auszugehen, waren verlegen geworden, hatten dann aber ein lautes Männerlachen angestimmt und waren gemeinsam abgerauscht. In eine Kneipe. Ein Bier trinken.

Die Gruppe war eher dazu geeignet, Eifersucht zu produzieren als sie zu befrieden. Aber immerhin passierte jetzt etwas.

Von nun an trafen wir uns einmal wöchentlich in der Eifersuchtsgruppe, machten Körperübungen, heulten, sprachen über die Kindheit und anschließend hatte ich Sex mit Eberhard. Waleri erzählte ich nichts davon und er fragte auch nicht groß nach. Wenn die Gruppensitzung vorbei war, ging er regelmäßig mit Frank weg und ich mit Eberhard. Und wenn ich spätabends nach Haus kam, lag er schon im Bett.

Doch schon nach wenigen Wochen bekam ich überraschend Besuch in der WG. Eberhards Freundin, die anscheinend Wind von der Sache bekommen hatte, stand plötzlich vor der Tür. Sie wolle mit mir reden und legte mir dann dar, dass sie eine Familie seien, auch ohne Trauschein. Sie bat mich, die Finger von Eberhard zu lassen. Ich war ziemlich verdattert, tat dann aber, wie mir geheißen.

Ich schrieb Eberhard einen Abschiedsbrief. Bei der nächsten Gruppensitzung waren weder er noch Frank da und so gingen Waleri und ich anschließend in die Kneipe. Mit jedem Bier wurden wir gesprächiger und gestanden uns endlich ein, wie sehr wir aneinander hingen und wie sehr uns das Geschehen der letzten Wochen und Monate bedrückte. Als ich zur Toilette musste, schlich er mir nach. Dann stand er in dem schummerigen Flur zwischen Zigarettenautomat und Konzertplakaten plötzlich vor mir, schloss mich in die Arme und wir knutschten und konnten nicht mehr aufhören. Wir waren wieder zusammen und ich war sehr glücklich.

Im Blaumann zu Frida Kahlo

Mexiko hatte mich schon immer interessiert und seit ich Carlos Castaneda gelesen hatte, war ich sicher: Da muss ich hin. Vielleicht fand ich ja dort meinen spirituellen Meister. In den Sommerferien arbeitete ich auf der Post und posaunte meine wagemutigen Pläne in alle Richtungen, in der Hoffnung, dass sich mir jemand anschließen würde, denn so ganz sicher war ich mir nicht, dass ich das wirklich alles allein bewerkstelligen wollte.

Waleri hatte kein Interesse, er machte in der Zeit Examen und hatte andere Dinge im Kopf. Giovanna war mit ihrem Studium und intensiver politischer Arbeit beschäftigt. Nach dem Tod der Stammheim-Häftlinge war sie zu deren Beerdigung gefahren und geschockt vom Aufgebot an Staatsgewalt zurückgekehrt. Doch das Thema Widerstand ließ sie nicht los. Sie befasste sich jetzt mit Frauen im Widerstand und war eingeladen worden, im Herbst an der Sommeruni für Frauen an der FU Berlin einen Vortrag zu halten. Horst war mehr im Wald als zu Hause. Zwei Kommilitoninnen von mir, Vera und Adelheid, meldeten schließlich Interesse an. Wir kannten uns kaum, waren uns aber bald einig, dass wir es zusammen wagen wollten.

Meine Vorstellungen von Mexiko speisten sich weitgehend aus Sendungen, die ich als Kind gesehen hatte, und da spielten böse Schlangen, Skorpione und andere wilde Tiere eine große Rolle und so erwog ich lange, mir zum Schutz vor dem Getier kniehohe Stiefel zuzulegen. Ich dachte auch über die Anschaffung eines Buschmessers nach, falls ich mal in Bedrängnis kommen sollte, aber als die beiden sich dann an meine Seite gesellten, schob ich diese Überlegungen beiseite. Allerdings bestand ich darauf, dass wir uns alle drei praktische Blaumänner zulegten, die uns zum einen möglichst unsexy aussehen ließen, was ja nur zu unserem Vorteil sein konnte, und außerdem in der Brusttasche genug Platz für die wichtigsten Papiere und einen

Notgroschen boten. Die anderen beiden fanden auch, dass das eine gute Idee war, und so stiegen wir an einem eisigen Tag im Februar in Brüssel ins Flugzeug: drei junge Frauen in formlosen blauen Latzhosen.

Es war mein erster Flug überhaupt und ich war mächtig beeindruckt vom Blick auf die Wolken und dem Tablett mit Rinderbraten, Rotkohl, Püree, Nachtisch und Salat, das die Stewardess mir hinstellte. Wir flogen mit Air Sabena und vor dem Essen fragte sie noch, ob wir lieber Rot- oder Weißwein trinken wollten.

Zu meinem Erstaunen unterschied sich Mexiko-City auf den ersten Blick nicht groß von den südeuropäischen Großstädten, die ich kannte, aber die Hitze war ein Schock. Wir stiegen in einem ehemaligen Kloster ab, das zu einem Hotel umgebaut worden war. In den fensterlosen Räumen war es zwar kühler, aber stickig, und auch in der Stadt machte uns die Luft zu schaffen. Mexiko-City liegt auf über 2000 Metern Höhe, Autos und Busse stießen eine Menge Abgase aus und wir kämpften so sehr mit Kreislaufproblemen, dass wir schon nach wenigen Tagen einen Arzt aufsuchten. Auf sein Geheiß setzten wir sofort die Malariaprophylaxe ab, die uns unser Hausarzt verordnet hatte. Die sei viel zu hoch dosiert und hier in der Stadt ohnehin überflüssig.

Während wir uns so weit wie möglich von einem weiblichen Erscheinungsbild entfernt hatten und mit bunten T-Shirts, blauen Latzhosen und strubbeligen, teilweise noch hennarot gefärbten Haaren durch die fremde Welt stiefelten, als hätten wir kein Geschlecht, wirkten die Indiofrauen mädchenhaft zart mit ihren bunten Kleidern und den langen Zöpfen, in die farbige Bänder geflochten waren. Sie hatten oft schwer zu schleppen an Körben voller Obst und Gemüse, die sie entweder auf dem Markt verkaufen wollten oder zur Ernährung ihrer zahlreichen Kinder brauchten, von denen sie nicht selten noch eins auf dem Rücken oder auf der Hüfte trugen. Was die Männer anging, beeindruckten mich vor allem die Mariachis, Blaskapellen aus schnauzbärtigen Mexikanern mit Sombreros und schmucken Hemden, die von Restaurant zu Restaurant zogen und den speisenden Herrschaften aufspielten. Am späten Nachmittag trafen sie sich auf einem Platz und gaben alle gleichzeitig Proben ihres Könnens, damit feierwillige Menschen sich hier eine Kapelle für den Abend engagierten.

Natürlich pilgerten wir auch zum blauen Haus von Frida Kahlo, die in Europa langsam zu einer Ikone der Frauenbewegung aufstieg. Es lag in einem südlichen Stadtteil von Mexico-City und empfing uns mit einer Mischung aus Museum, Gedenkstätte, volkskundlicher Sammlung und Atelier. Wir bewunderten die Bilder von Frida Kahlo, verfluchten ihren treulosen Diego Rivera, bedauerten sie ob ihres schweren Schicksals, betrachteten voller Andacht die Reliquien ihres Lebens und die gesammelten Kleider der verschiedenen Ethnien Mexikos.

Dann verließen wir die Großstadt Richtung Küste. Der Bus fuhr stundenlang durch trockene rote Landschaft, in der nichts wuchs als Kakteen, die wie riesige grüne Armleuchter neben den staubigen Pisten auftauchten.

Unser nächstes Ziel war Tehuantepec, laut *lonely planet* die Stadt der Frauen, und als wir uns nach einigen Zwischenstationen im Bus dorthin befanden, fiel uns gleich auf, wie anders diese Frauen aussahen. Sie hingen dick und breit in den Sitzen, behängt mit Schmuck, gekleidet in wallende lange Röcke und kunstvoll bestickte kurzärmelige Blusen. Es waren die Kleider, die wir im blauen Haus der Frida Kahlo gesehen hatten, doch unsere mangelhaften Spanischkenntnisse hatten uns nicht offenbart, was es mit diesen Kleidern auf sich hatte. Neben den dicken Frauen, die zudem noch oft Zigarren rauchten, saßen schmale Männer, ihre Männer. Schon das Äußere der Frauen unterschied sich ungemein von dem der Mexikanerinnen, die wir bisher gesehen hatten und so streiften wir mit großen Augen durch die Markthallen der Stadt und bestaunten die vielen Händlerinnen, von denen nicht wenige von stattlicher Statur waren und Brüste dick wie Melonen hatten. Männer waren dort nur vereinzelt zu sehen, und wie wir erfuhren, galten die Frauen als das geschäftstüchtigere Geschlecht. Sie hatten eigenes Einkommen und unter ihnen gab es auch manche Transvestiten, die Muxes, das dritte Geschlecht. Und das in einem Land der Machos.

Das Thema Männer und Frauen ließ mich nicht los und wenn ich mal allein war, weil Vera und Adelheid durch die Stadt streiften oder einen Kaffee trinken gingen, dachte ich über mich und Waleri nach. Der hatte in letzter Zeit häufig Besuch von jungen Männern gehabt, fast noch Jungs, mit geföhnten Haaren und Kajal um die Augen. Ohne dass ich genau sagen konnte, warum, missfiel mir das. Er kochte ihnen Erdbeertee, legte Elton John auf und hing an ihren Lippen, wenn sie von ihren Problemen mit den Eltern oder dem Chemielehrer erzählten. Wenn sie dann gegangen waren – meistens mussten sie unter der Woche um zehn zuhause sein –, las er seufzend Thomas Manns „Tod in Venedig" und schwärmte von Tadzio.

„Du darfst nicht so lächeln", las er mir vor.

Mich nervte sein Gesülze. Es machte mich geradezu aggressiv.

„Wenn du scharf bist, musst du 'rangehn!", zitierte ich einen Song von Nina Hagen, denn ich spürte, dass es das war, was er wirklich wollte. Ich fühlte mich ihm so verbunden und wollte ihn dabei unterstützen, zu sich zu stehen und sein Glück zu finden. Dass das uns beide endgültig auseinandertreiben könnte, war mir nicht bewusst. Ich schuldete es ihm, ihn zu begleiten

und nach Kräften zu unterstützen. Schließlich mochte ich ihn wirklich. Ich spürte, dass es ihn zu den Jungs zog, zu den Männern und mir war schon immer klar gewesen, dass er an mir genau das so mochte: das Jungenhafte.

Quiere hongos?

„Hongos? Quiere hongos?" Wollen Sie Pilze? Die Stimme war nicht laut, aber ich wurde wach davon. Jeden Morgen gegen sieben strich ein Junge mit einem Körbchen voller Pilze durch den schmuddeligen Flur unserer Herberge. Psilocybin, die beste Droge der Welt, sagten alle, aber wir hatten uns bisher noch nicht da rangetraut.

Ich drehte mich noch einmal im Bett um und sah auf die mintfarbene Wand, in die jede Menge Gäste ihre Namen geritzt hatten, Namen aus aller Welt. Paul, Kenneth, Micky, Pattie, Jennifer, Maud, Umberto, Paulo, dazu Geschlechtsteile und Herzen mit den Initialen eines Liebespaars. Angeblich hatten hier schon jede Menge amerikanischer Rockgruppen gehaust und sich Läuse geholt und Pilze gefuttert. Wir waren ins Landesinnere gefahren, nach Palenque, eine Stadt im Hochland. In der Nähe lag eine der alten Maya-Stätten, von der aber nur ein kleiner Teil freigelegt und erforscht war. Der überwiegende Teil gehörte noch immer dem Dschungel. Und wenn man von einer der eleganten Pyramiden über das Hochland schaute, sah man jede Menge Anhöhen und Hügel, unter denen sich unzählige weitere Pyramiden verbargen.

Vera und Adelheid schliefen noch. Ich hörte, wie sie gleichmäßig atmeten. Als ich aufstand und die Fensterläden öffnete, war der Himmel schon tiefblau. Die Schatten wurden kürzer und es war Zeit aufzustehen.

Am Nachmittag gingen wir in der Stadt ein Kokoseis essen. Es gab hier einen sensationellen Eisstand mit Sorten wie

Mango-Papaya, Limone oder Kokos-Schoko, der von zahllosen, vorwiegend amerikanischen Hippies belagert wurde.

Er war kein Ami, das sah man gleich. Vielleicht Däne oder Niederländer, groß, dünn, Zopf, langer Glitzerohrring. Vera, Adelheid und ich schlenderten mit unserem Eis in der Hand über den Markt, überall Indiofrauen, die mit ihren Kindern inmitten von Papayas, Süßkartoffeln und anderen fremdartigen Früchten und Gemüsen saßen. Und aus den Churrerias strömte der Duft von Schmalzgebäck und Kakao, den es je nach Vorliebe mit Vanille, mit Zimt, mit Zimt und Vanille oder Natur gab. Da war er wieder, der große Dünne, er gesellte sich zu uns und während ich mir im Geist schon ein paar Sätze englischen smalltalk bereitlegte, sprach er uns an.

„Servus, woher sans dann ihr?" Was für ein himmlischer Dialekt! Ich war hingerissen!

„Wir kommen aus dem Ruhrgebiet, und du?"

„Aus der Nähe von München, vom Dorf."

Er war schon seit zwei Monaten unterwegs, was man ihm auch ansah. Etwas abgerissen, aber relaxed.

Er gefiel mir. Und mir gefiel, dass er mit uns weiterschlenderte, vorbei an Uniformierten mit Maschinengewehren, wobei unsere Arme sich wie zufällig berührten. Er lächelte mich von der Seite an und als ich zurücklächelte, nahm er einfach meine Hand.

„I lang di so gern aa", sagte er nur. Als ich ihn aus der Nähe sah, bemerkte ich, dass er in einem Ohr diesen enormen Glitzerohrring trug, der natürlich eine Fälschung war, aber einer Prinzessin alle Ehre gemacht hätte. Das andere Ohrläppchen war rot und geschwollen und von einem schwarzen Zwirnsfaden durchzogen. Das Ohrloch hatte er sich vor ein paar Tagen selbst gestochen, mit einer abgeflämmten Nadel und einem

Korken hinterm Ohr, erzählte er. Er wollte weiter nach Guatemala und von dort dann rauf nach Kalifornien.

Wir gingen zusammen essen und als die Nacht hereinbrach und die beiden anderen sich verabschiedet hatten, nahm er mich bei der Hand und ich folgte ihm in sein schmuddeliges kleines Hotel. Wir gaben dem Nachtportier ein bisschen Geld, damit er mich mit aufs Zimmer gehen ließ. Ich mochte seinen schmalen Körper, sein langes Haar, und wenn er sprach, war das wie Musik. Seine Sprache hatte Rhythmus und Melodie und ich dachte an Streicher, an den Tusch einer Blaskapelle, an Wiesen voller Blumen.

Am nächsten Tag nahmen wir im Morgengrauen ein Taxi zu den archäologischen Stätten, kletterten auf eine der Pyramiden und betrachteten voller Andacht den Dschungel, aus dem morgendlicher Dunst aufstieg. Wie viele weitere Pyramiden mochten sich dort noch verbergen? Und was hatten die Mayas hier wirklich gemacht? Ballspiel? Unterirdische Kanäle gebaut?

Die Pyramiden waren überzogen von Hieroglyphen und mit Stuckfiguren verziert. Die Bilder und Ornamente zeigten kultische Handlungen, las ich im Reiseführer: Während Musiker Schlagzeug und Trompete spielen, wird das an ein Holzgerüst gebundene Opfer mit einem Speer traktiert. In der Brusthöhle eines geschlachteten Kindes wird ein Federbusch platziert. Die Maya brachten ihren vielen Göttern Menschenopfer dar. Hier, an diesem Ort. Kinder. Erwachsene. Sie wurden geköpft oder ausgeweidet oder ihnen wurde das Herz herausgerissen. Blutopfer. Sie führten Kriege zur Gewinnung von Menschenopfern.

Ein Schmetterling flatterte durch die Luft, ein mariposa. Langsam wurde es wärmer und die ersten Touristenbusse kamen. Wir gingen zu den Wasserfällen, den cascades, die in vielen seichten Becken langsam nach unten flossen. Wir ließen uns zu Füßen eines der mächtigen Bäume nieder, lauschten dem Plätschern und Rauschen und den Schreien der Vögel, die durch den Dschungel hallten. Alois packte Tagebuch und Malzeug aus, füllte einen Becher mit Wasser und zeichnete mit einem feinen schwarzen Stift Skizzen in sein Tagebuch, die er dann mit Aquarellfarben ausfüllte. Ein Blatt, eine Stelle am Ufer, einen Stein. Ich zog mich aus, ging ins Wasser, schwamm ein paar Züge und stellte mich unter den sanften Wasserfall. Als ich aus der Wolke aus sprühenden Tropfen trat, sah ich ihn am Ufer sitzen mit seinem verschossenen, ehemals weißen T-Shirt und dem langen Haar, das er mit einem Stirnband bändigte. Er lächelte mir zu.

Wir beschlossen, gemeinsam nach Yucatan weiterzureisen: Vera, Adelheid, Alois und ich. Am letzten Tag wollten wir endlich die Pilze probieren.

Alois, der inzwischen zu uns in die Pension gezogen war, hatte in der kleinen Gästeküche gekocht. Es gab zwei verschiedene Gerichte: einmal mit Ananas, einmal pikant mit Tomaten und Zwiebeln, und dazu Reis. Gekocht sollten die Pilze eine viel intensivere Wirkung haben als roh. Ich aß mehrere Teller voll, mal süß, mal pikant. Bald färbte sich der Himmel rosa und es war Zeit aufzubrechen. Schon ein wenig ungeschickt, spülten wir das Geschirr, schulterten unsere Rucksäcke und machten uns auf den Weg. Schwitzend gingen wir die Straße hinab und nahmen schließlich doch ein Taxi.

Es war ein breites Auto, in dem wir bequem mit dem Gepäck Platz fanden. Erleichtert sank ich in die Geborgenheit der Polster, war überwältigt von der Weichheit des Sitzes, der Wärme des Körpers neben mir. Dann sausten wir mit offenen Fenstern durch die Tropennacht, blau und saugend. Kopf raus, Haare im Wind. Im Bauch Sensationen zwischen Übelkeit und überdimensionaler Lust. Pilze im Gedärm, dauerndes Gluckern. Ich nahm Alois' Hand, die größer war als je zuvor und kuschelte meine Faust hinein. Er schloss mich in die Arme, knabberte an meinen Lippen. Ich spürte eine riesige Zunge im Mund, meine Zunge. Feucht und warm. Durstig, hungrig, satt zugleich. Während wir uns küssten, sah ich heftig wachsende tropische Pflanzen, die wie in einem Kaleidoskop immer neue Muster hervorbrachten. Alles färbte sich blau, dann tauchten bunte Tiere auf, die aussahen wie aus einem Comic.

„Die Tiere, die Tiere", stammelte ich.

„Welche Tiere? Die aus der Pension?", fragte Alois.

Sofort sah ich die Kakerlaken wieder vor mir und war im Nu auf einer grünen Wiese, über die eine riesige Schar Kakerlaken lief. Aber sie huschten nur kurz vorbei, wie über eine Leinwand, dann wurde die Wiese wieder grün und blühend. Ich atmete tief ein. Da berührte etwas meine Brust. Ich ließ den Kopf in den Nacken sinken. Ich fühlte mich überall berührt, atmete durch jede Pore. Ströme von den Zehenspitzen bis zu den Haarwurzeln wogten durch meinen Körper. Ich lag am Strand. Eine gewaltige Welle schwappte zwischen meine Beine. Du musst dich ergeben, hämmerte es in meinem Kopf, ergib dich. Ich sah mich in der Brandung liegen, mein Körper war aus Sand, die nächste Welle kam herangerollt und löste eine große, rote Explosion aus, die vom Bauch in jede Zelle meines Körpers strahlte.

Als ich die Augen wieder öffnete, kam ich von weit her. Erstaunt stellte ich fest, dass Alois neben mir saß. Durch mein vorsichtiges Räkeln wurde er auf mich aufmerksam.

„Was für Tiere?", fragte er mit weit aufgerissenen Pupillen. Ich wandte mich ihm zu, doch er wich erschreckt zurück. Mit ihm stimmte etwas nicht. Als ich seine Hand nehmen wollte, fing ich mir einen finsteren Blick. Für einen Moment glich sein Gesicht einer dämonischen Fratze.

Der Zug hatte die übliche Verspätung. Eine halbe Stunde, eine Stunde, zwei Stunden. Mexikanische Familien standen in Grüppchen zusammen, stattliche Frauen gingen auf dem Bahnsteig auf und ab. Kinder spielten. Ein Ball hopste himmelhoch. Alois schrieb Tagebuch, ich hockte neben ihm, betrachtete voller Staunen das Geschehen. Er wurde immer schweigsamer. Wenn ich ihn anschaute, wich er meinem Blick aus. Er ging weg, kam wieder. Stand riesenhaft groß vor mir, sein Gesicht ganz grau und alt. Saß lange da und starrte vor sich hin Mit fahrigen Bewegungen strich er sich übers Haar, das ihm wirr um den Kopf stand, rieb sich das zerknitterte Gesicht. Seine Augen flackerten unruhig hin und her. Ich fragte mich, was los war. War er auf einem schlechten Trip?

Endlich näherte sich die Lokomotive, ein in Dampf gehüllter schwarzer Koloss, und der Bahnsteig vibrierte. Wie im Western, dachte ich kurz. Der Zug war voller Menschen. Manche schliefen, waren schon Stunden und Tage unterwegs. In den Gepäcknetzen lagen enorme Gebinde aus tropischen Früchten und nach einigem Hin und Her fanden wir schließlich unser Abteil und die reservierten Plätze wurden für uns freigemacht. An den orangefarbenen Fenstern zogen die Silhouetten schwarzer Bäume vorbei und Alois starrte unablässig in die Nacht. An richtigen Schlaf war nicht zu denken, aber ich nickte immer wieder ein.

Als ich aufwachte, sah ich Vera und Alois auf dem Gang stehen und reden. Er lächelte, sie war verlegen, lächelte, wandte sich ab, wandte sich ihm wieder zu, sah aus dem Fenster. So ging es eine Weile hin und her. Dann sagte er anscheinend etwas, das sie erstaunte. Sie sah ihn von der Seite an, als ob sie nicht wüsste, was sie davon halten sollte. Daraufhin öffnete er abrupt die Abteiltür, nahm seinen Rucksack und erklärte, er wolle sich in das leere Nachbarabteil setzen, um ein wenig zu schlafen. Vera kehrte an ihren Platz zurück, war schweigsam und in sich gekehrt, aber man sah ihr an, dass es in ihr arbeitete. Ich fragte mich, was los war, und ging zu Alois nach nebenan.

„Ich habe mich in die Vera verliebt. Die ist wie eine Königin, so stolz und schön", erklärte er ohne Umschweife. Mir versetzte es einen Stich in die Eingeweide.

„Tut mir leid", fügte er noch hinzu.

Ich wusste nicht, wo ich nun hinsollte. Bei Alois wollte ich nicht bleiben, aber auch nicht zurück in mein Abteil, zu Vera. So strich ich den Rest der Fahrt durch den Zug, setze mich mal hierhin, mal dorthin. Viele Plätze waren nicht mehr frei, auf den meisten saß oder lag jemand oder hatte sein Gepäck dort gelagert, aber wenn jemand ausstieg, konnte ich immer mal wieder ein Plätzchen ergattern, bis jemand erschien, der genau diesen Sitz reserviert hatte. Zwischendurch stand ich am Fenster und sah in die Nacht hinaus. Schmerzvoll, traurig, verlassen.

Gegen Morgen erreichten wir Yucatan. Ich ging in mein Abteil zurück, schulterte meinen Rucksack. Vera und Adelheid saßen schon bereit. Alois' Abteil war leer.

Im Bahnhofscafé nahmen wir ein Frühstück ein, huevos rancheros und einen Milchcafé. Aus der Musikbox dröhnten „los tigros del norte", eine mexikanische Band, mit dem Schlager der Saison. Abwechselnd gingen wir zur Toilette, hatten Durchfall von den Pilzen. Vera suchte meinen Blick, doch ich wich ihr aus. Ohne dass ich es wollte, stiegen mir immer wieder die Tränen in die Augen. Da räusperte sie sich, griff in die Tasche und schob mir Alois' Glitzerohrring über den klebrigen Tisch. „Da, den soll ich dir geben. Er ist allein weiter. Ich hab ihm gesagt, dass mir die Freundschaft zu dir wichtiger ist."

In diesem Moment nahm ich sie das erste Mal richtig wahr. Sie hielt sich sehr gerade, hatte bernsteinfarbene Augen und ein fein geschnittenes Gesicht. Jetzt wusste ich, was Alois gemeint hatte. Sie war schön und stolz wie eine Königin.

Drei

Als wir nach zwei Monaten zurückkehrten – und ich weder von Schlangen gebissen worden war noch meinen spirituellen Meister gefunden hatte – war ich nicht mehr die Gleiche. Waleri holte mich vom Flughafen ab und als ich im Rückspiegel seines Autos mein Gesicht sah, war die Sorgenfalte zwischen den Augen einfach verschwunden. Ich hatte gar nicht gewusst, dass ich so glücklich sein konnte, und das wollte ich nicht vergessen. Am Flughafen hatte Waleri mich in die Arme geschlossen und leise gesagt: „Meine Thea. Da bist du wieder!"

Wir fuhren über vereiste Straßen und beim Erklimmen eines Hügels geriet der Wagen so ins Schlingern, dass wir um ein Haar den Abhang runtergerutscht wären. Zuhause in der WG gab es ein Festessen und ich war froh, alle wiederzusehen. Giovanna hatte in der Zwischenzeit ihr Studium geschmissen, wozu ich sie nur beglückwünschen konnte. Was wollte sie auch mit Altgriechisch und Latein? Horst berichtete begeistert von einer Landkommune in Griechenland. Onno knurrte nur: „Was willst du denn hier? Ich dachte, du bist du bist in Mexiko??", aber ich sah ihm trotzdem an, dass er sich freute, mich zu sehen. Sein Haar war noch länger geworden und er stapfte immer noch extrem laut die Treppe hoch. Jule war unterwegs und Marion hatte einen neuen Freund, einen langhaarigen, etwas zwielichtigen Typ mit Lederhose, Tattoos, Nietengürtel. Die Nacht verbrachte ich bei Waleri und wir lagen uns wieder in den Armen wie in den ersten verliebten Wochen. Ich hatte fast vergessen, wie dunkelbraun seine Augen waren, wie dreckig und ansteckend sein Lachen, wie groß seine Hände und wie geil seine Küsse.

Zwei Tage drauf begann das neue Semester und als ich von den Vorlesungen zurückkehrte, hockte in Waleris Wintergarten ein junger Typ mit Lockenkopf und einem süßen, herzlichen Lächeln. Er trug einen alten Morgenmantel aus weinroter Seide über den Jeans und kam gleich auf mich zu, um mich zu begrüßen. Er strahlte, Waleri strahlte und mir war sofort klar, wie der Hase lief. Sie waren verliebt. Waleri hatte einen Freund. Rudi. Anscheinend hatte er es wirklich geschafft. Er hatte sein Coming-out. Das freute mich einerseits für ihn, aber was war dann mit mir?

Eine böse Eifersucht bohrte sich in meine Eingeweide. Gerade hatte ich Waleri wieder ins Herz geschlossen und jetzt das! Rudi war gelernter Automechaniker, interessierte sich aber null für Autos, hatte nicht mal einen Führerschein und jobbte jetzt in einem Reifenfachhandel. Er wusste alles über Profile, Winter- und Sommerreifen, Felgen, Abrieb, Rollwiderstand, Nasshaftung. Die Ausbildung hatte er nur gemacht, weil er keine andere Lehrstelle gefunden hatte. Er war ein Spielkind. Bastelte erstaunliche Mobiles aus Federn und getrockneten Apfelschalen, baute Kerzenständer aus Autoteilen, sang in einer Band. Er war 19 und wohnte noch bei seiner Mutter in einer Bergarbeitersiedlung. Ich mochte ihn auf Anhieb.

Als er sich verabschiedete, brachte Waleri ihn zur Tür und ich hörte, dass die beiden sich im Flur küssten und kicherten und dann lange miteinander flüsterten.

Diese Nacht hatte ich Waleri für mich, aber ansonsten musste ich ihn von nun an mit Rudi teilen. Schon am nächsten Tag zog er mit einer Tasche voll Klamotten bei Waleri ein. Nur übers Wochenende, hieß es, aber er blieb ein paar Monate und wir sprachen ganz offen darüber, wie wir mit der Situation umgehen sollten. Wir kamen überein, dass wir das ganz gerecht regeln wollten: Eine Nacht gehörte Waleri mir, eine Nacht Rudi. Um die Lage ein bisschen zu entzerren, bat ich Giovanna, mit mir das Zimmer zu tauschen, und sie war einverstanden. Sie zog ins Erdgeschoss neben Waleri und ich wohnte jetzt unterm Dach, neben Jule. So bekam ich von Waleris Liebesleben nicht allzu viel mit. Trotzdem war es eine Qual für mich, zu wissen, dass er mit einem andern im Bett lag. Ob es ein Mann war oder eine Frau, spielte dabei kaum eine Rolle. Zum Frühstück waren wir dann wieder zusammen, kochten uns gegenseitig Kaffee und der jeweils Alleinschlafende wurde ein bisschen verwöhnt. Die WG betrachtete das mit Erstaunen. Onno hielt nichts davon, er war auch total unschwul, ebenso wie Horst. Die Frauen warfen mir fragende Blicke zu, aber irgendwie fühlte ich mich auch aufgehoben in der verschworenen Gemeinschaft, die wir Drei jetzt waren.

Waleri hatte sein Studium abgeschlossen und arbeitete jetzt in einer Werbeagentur, wo er mit dem Design von Verpackungen, insbesondere Pappschachteln aller Art, befasst war, und wenn das Wetter schlecht war, fuhr er mich vor der Arbeit zur Uni. Eines Tages zeigte er mir ein Foto, das er an den Rückspiegel geklebt hatte. Es zeigte Rudi und mich, wir kuschelten und tuschelten miteinander und Rudi hatte wie zum Schutz vor Blicken eine Hand über unsere Gesichter gelegt.

„Das ist meine Liebste mit meinem Liebsten!", sagte Waleri, bevor er den Wagen anließ.

Dann kam diese Gewitternacht. Blitze zuckten, Regen prasselte auf mein Dachfenster und der Wind brauste ums Haus. Heute war ich dran. Waleri gehörte mir und ich genoss es, mich an ihn zu schmiegen und fühlte mich schutzbedürftig in Anbetracht der Naturgewalten. Der Wind zog durch die Ritzen und die Kerze, die noch auf dem Schreibtisch brannte, flackerte und warf Schatten auf die Wände. Ich war fast eingeschlafen, als ich plötzlich Schritte hörte. Jemand kam die Treppe rauf, öffnete die Tür und da stand Rudi vor meinem Hochbett, aufgelöst, verweint, verzweifelt, in seinem weinroten Morgenmantel.

„Ich kann nicht schlafen", schluchzte er. „Ich hab Alpträume. Kannst du nicht zu mir kommen? Sonst muss ich nach Haus gehen." Waleri war sofort hellwach, löste sich aus meiner Umarmung, wandte mir den Rücken zu.

„Und dann komm ich nicht wieder", fügte Rudi noch hinzu.

„Aber du hast ihn die letzten beiden Nächte gehabt. Das ist einfach ungerecht", erwiderte ich.

Rudi zuckte nur die Schultern, schniefte und er tat mir leid, wie er so jämmerlich da stand. Trotzdem wollte ich nicht nachgeben. Warum musste ich immer zurückstecken?

Er warf Waleri noch einen Blick zu und trottete mit gesenktem Kopf zur Tür.

Waleri war alarmiert. „Das ist jetzt eine Ausnahmesituation", befand er. „Morgen…"

„Ja klar." Ich schnaubte abfällig. „Morgen… Und wenn es morgen schneit?"

„Ich kann ihn doch jetzt nicht alleinlassen!"

Ich hatte noch Rudis Worte im Ohr: „Und dann komme ich nicht wieder." Er kämpfte mit harten Bandagen und natürlich stand Waleri auf. Er sprang vom Hochbett, eilte Rudi hinterher und warf die Tür hinter sich ins Schloss. Die Kerze flackerte kurz, ging aus und einen Moment lang leuchtete der glühende Docht im dunklen Zimmer. Ein Rauchfaden zog durch den Raum. Dann blitzte es wieder und die Zimmerwände vibrierten vor Helligkeit. Kurz darauf donnerte es, erneuter Regen hämmerte gegen die Fenster. Ich fühlte mich so verlassen und zurückgesetzt.

Am nächsten Tag stopfte ich ein paar Sachen in eine Tasche und flüchtete in eine befreundete WG, in der gerade ein Zimmer frei war.

Bärbel, die ich nur flüchtig kannte, war für zwei Monate in Florenz um irgendwas für ihre Doktorarbeit in Kunstgeschichte zu recherchieren, sie schrieb über die Entwicklung der Perspektive bei Piero della Francesca. Ihr Zimmer war mokkafarben gestrichen und am Regal hingen diverse exaltierte Hüte. Alles nicht mein Geschmack, aber ich war froh, ein bisschen Abstand zu Waleri zu haben, obwohl er mir fehlte, ebenso wie Rudi. Ich schrieb ihm einen Abschiedsbrief und konnte vor Kummer kaum essen und schlafen. Eines Nachts, es war gegen halb eins und ich lag schon auf Bärbels Matratzenlager, wurde ich plötzlich aus dem Halbschlaf geschreckt. Jemand schmiss Steinchen gegen das Fenster. Mein Zimmer lag im ersten Stock und als ich ans Fenster trat, sah ich Waleri auf der gegenüberliegenden Straßenseite. Sein Gesicht war schmerzverzerrt.

„Das geht nicht", stieß er hervor, „das ist nicht so einfach vorbei, du bist doch meine Thea."

Er sah jämmerlich aus im Licht der Straßenlaterne, trug wieder den Pullover mit den viel zu langen Ärmeln, den seine Mutter ihm gestrickt hatte, und ich ließ ihn herein. Wir redeten die halbe Nacht und er beschwor mich, ihn nicht zu verlassen. Rudi wolle das auch nicht. So zog ich wieder ein und wir versuchten es noch einmal miteinander. Ich musste mich damit abfinden, dass es jetzt Rudi gab, und auch Rudi musste wohl oder übel akzeptieren, dass er Waleri nicht für sich allein hatte. Am ersten Abend aßen wir zusammen und waren voller Aufbruchsstimmung, jedenfalls solange, bis sich die Schlafenszeit näherte. Dann packte Rudi seine Tasche und zog von dannen, noch ein Bier trinken, wie er sagte, und dann zu seinen Eltern, wo er noch ein Zimmer hatte. Wir begleiteten ihn zur Tür.

„Bis morgen, mein Kullerpfirsich", sagte er zum Abschied zu mir, warf Waleri einen sehnsüchtigen Blick zu und trottete bedrückt davon. Dann fiel die Tür hinter ihm ins Schloss, und als Waleri und ich uns im kalten Flur gegenüberstanden, wurde mir bewusst, dass ich ihn verloren hatte. Wir hingen aneinander wie ein altes Ehepaar, wie Geschwister, aber er begehrte jetzt einen anderen Menschen, einen Mann. Und Bisexualität, gab es die wirklich? Ratlos stand ich zwischen leeren Bierkisten, einer übervollen Garderobe und einer verstaubten Anrichte aus Eiche, auf der immer die Post deponiert wurde.

Going to San Francisco?

Als ich einzog, hatte dort manchmal ein Brief an einen Typen gelegen, von dem Onno sagte, er habe früher mal hier gewohnt und sei dann in den Untergrund gegangen.

Gedankenverloren kramte ich in den quietschbunten Prospekten, die da heute lagen und hatte plötzlich einen hellblauen Luftpostbrief in der Hand, der an mich adressiert war. Er kam aus den USA und ich erkannte die Handschrift sofort: Alois.

Ich riss den Umschlag auf. Alois schrieb, er wohne jetzt in San Francisco im Haigh-Ashbury-Viertel, mit ein paar amerikanischen Freaks und denke viel an mich. Ich hatte Waleri von ihm erzählt, nicht in allen Details, aber doch so viel, dass die wenigen Informationen reichten, um ihn augenblicklich in Eifersucht zu versetzen, als er mein strahlendes Gesicht sah.

„Ich will das nicht!", knurrte er. „Wieso schreibt der dir? Was soll das? Alois, was ist das schon für ein Name?! Komm, wir gehen ins Bett."

Als wir dann auf seiner Matratze lagen, schmiegte ich mich an ihn, war froh über seine Wärme, die mich trotz allem tröstete. Nicht ich hatte ihn verlassen, sondern er mich, aber weder er noch ich waren in der Lage, dem ins Auge zu blicken. Die Entscheidung war noch nicht gefallen, aber sie war unausweichlich. Ich war froh über diesen Brief aus einem anderen Winkel der Welt, der in mir die Erinnerung an Mexiko weckte. Wie schön war es gewesen, mit Alois in der verwanzten Pension wie niedergestreckt von der tropischen Hitze auf dem Lager zu liegen, bedeckt nur von einem dünnen Laken, über uns der brummende Ventilator.

Drei Tage später folgte der nächste Brief von Alois, diesmal ein dickes Kuvert mit seinem Reisetagebuch. Ich faltete den beiliegenden Brief auseinander und las:

Liebe Thea,

ich möchte Dir mein Tagebuch zu lesen geben. Du kommst auch drin vor. Kannst du das Buch für mich aufbewahren? Ich hoffe, wir sehen uns wieder.

Love & peace
Alois

Sein Tagebuch war in abgeschabten blauen Stoff eingebunden, ein schmales, verschlissenes Buch mit dünnem Papier, prall von Notizen in seiner feinen, schwungvollen Schrift in einem blassen Chamois. Dazwischen eingeklebte Fahrkarten, Caférechnungen, Schokoladenpapier, Fotos und seine Zeichnungen, die er mit ein paar Pinselstrichen mit Aquarellfarbe coloriert hatte. Manche kannte ich: die Wasserfälle in Palenque, tropische Blätter, Marktszenen, Skizzen. Und ich fand auch einige Einträge über mich: *Heute Thea kennengelernt. Nach langem wieder eine Frau, die mich interessiert. Sie ist so… besonders. Lustig, schlau, stiefelt in den blauen Latzhosen durch die Welt, als käme sie direkt aus einem Comic. So unbekümmert!* Ich hielt beim Lesen inne. Ich und unbekümmert?? Ich überflog die nächsten Seiten und kam zu der Zugfahrt. *Vera war plötzlich wie eine Königin, so stolz und geheimnisvoll und ich war total verknallt in ihre grünen Augen. So eine Frau hatte ich noch nie gesehen. Thea kam mir vor wie meine kleine Spielkameradin.* Ich musste schlucken. *…meine kleine Spielkameradin* – das war nicht gerade das, was ich hören wollte. Aber so war es ja gewesen: Er hatte plötzlich nur noch Augen für Vera. Ich las weiter. *Ich bin dann aus dem Bahnhof und hab Thea nicht mal Adieu gesagt. Ich kam mir so feige vor, aber ich war auch verzweifelt, weil ich mit meinem verpilzten Kopf meinte, dass Vera die Frau meines Lebens ist und die hatte mir doch einen Korb gegeben. Ich war so wahnsinnig verknallt, aber nur solange die Pilze wirkten. Ich bin kaum Straßen weiter gekommen, dann war ich so erschöpft, dass ich mir in der nächsten Posada ein Zimmer genommen habe und da hab ich erstmal 24 Stunden geschlafen. Als ich wach wurde, habe ich Thea so wahnsinnig vermisst. Sie ist so süß und weich und geil!!! Und steckt mich an mit ihrem Übermut.*" Das gefiel mir schon besser. Und was meinte er eigentlich mit dem Satz *Ich hoffe, wir sehen uns wieder.?*

Bald entspann sich zwischen uns ein reger Briefwechsel. Ich erzählte ihm von meinem Leben und in seinen Briefen wehte die Hippieszene San Franciscos über den Atlantik. Nach ein paar Wochen warf er die Frage auf, ob ich ihn nicht besuchen kommen wolle und da sich das Leben mit Waleri und Rudi weiterhin nicht richtig gut anfühlte und ich auch keine Hoffnung auf Besserung hatte, erschien das wie die Lösung: Erstmal ab durch die Mitte. Das Studium bereitete mir auch nur noch Probleme und die Aussicht auf eine Reise nach San Francisco hob meine Stimmung augenblicklich.

Ich hörte einfach auf, die Vorlesungen zu besuchen, und besorgte mir einen Job auf der Post. Langholz sortieren im Schichtdienst. Ich arbeitete mal nachmittags, mal die ganze Nacht durch und meine Aufgabe bestand vor allem darin, die größeren Sendungen, die nicht maschinell sortiert werden konnten, per Hand in Fächer mit den Postleitzahlen von ganz Deutschland zu stopfen. An manchen Tagen war ich auch am

Band eingesetzt, wo die Inhalte der Briefkästen landeten, an anderen vor den wandhohen Fächern der Stadt. Dort sortierte ich nach Straßen, was schon nach Buchstaben vorsortiert war. Ab und zu durfte ich auch die umliegenden Briefkästen leeren und anschließend die verschiedenen Sendungen mit einem Hammer stempeln, was mir großes Vergnügen bereitete. Die Kolleginnen waren nett und ein junger Typ flirtete sogar mit mir. Er legte mir immer ein Mon Chérie auf den Tisch.

Die Nachtschichten waren anstrengend, ersparten mir aber die Frage, mit wem Waleri das Bett teilte. Eine Kollegin schien ein ähnliches Problem zu haben, sie erklärte unumwunden: „Ob ich mich hier ärger oder zu Hause, ist auch egal, und hier krieg ich wenigstens Geld dafür." Sie hatte drei Kinder und einen nichtsnutzigen Mann, und überhaupt waren die Kolleginnen sich einig, dass Männer nur Arbeit machten und einem auf den Füßen rumstanden. Ich arbeitete auch am Wochenende, um die Wochenendzuschläge mitzunehmen, und an Feiertagen für die Feiertagszuschläge, und so rückte die Reise immer näher.

Die Gedanken daran beflügelten mich und die Alltagsprobleme traten in den Hintergrund. Waleri nahm noch immer einen großen Platz in meinem Herzen ein, aber das Fleckchen, in dem die Erinnerung an Alois geschlummert hatte, schoss mehr und mehr ins Kraut. Dann telefonierten wir sogar. Eines Tages, es war am frühen Nachmittag und ich schlief noch, schließlich hatte ich die Nacht über gearbeitet, stapfte Onno in mein Zimmer und brüllte:

„Telefon, aber zackig, ist wohl aus den Staaten."

Ich war augenblicklich hellwach, hopste vom Hochbett und dann säuselte mir Alois auch schon in seinem knuffigen Bayerisch Komplimente ins Ohr.

„Du bist ne ganz ne Süße… wann kummst da her? Kumm doch her! I hab di so gern!!!"

„In zwei Wochen hab ich das Geld zusammen!"

„Ja super! I freu mi total wennst kommst!"

Er erzählte von seiner WG, die er nun endlich gefunden hatte. Er wohnte in der Castro Street mit zwei schwulen Musikern namens Rico und Charlton und einer Bauchtänzerin namens Wendy zusammen und ich stellte mir vor, wie sie den ganzen Tag kifften, tanzten, malten, Musik machten und hippiemäßig durch die Stadt streiften oder am Strand rumlungerten. San Francisco, das war für mich der Nabel der Welt oder zumindest sehr nah dran. Hier hatte doch alles angefangen, die ganze Hippie-Bewegung. Meine WG begann schon, mich damit aufzuziehen und sobald im Radio „San Francisco" von Scott McKenzie lief, wurde laut aufgedreht und es schallte durchs ganze Haus:

„Aber das ist doch alles längst kalter Kaffee", belehrte mich Onno, „in den 60-ern war da was los, aber heute… wenn du mal ein paar Hippies sehen willst, musste nach Amsterdam fahren."

Mir war das egal, schließlich wollte ich ja nicht die Szene besichtigen, sondern Alois besuchen. Damit ich das Geld schneller zusammenhatte, schob ich Extraschichten und arbeitete fast nur noch nachts. Wenn ich gegen halb sieben nach Hause kam, war ich zu aufgedreht, um sofort zu schlafen. Ich setzte mich in die Küche, aß etwas und genoss die Ruhe, die dann noch herrschte. Manchmal traf ich auf Horst oder Onno, die um die Zeit vom Zeitungsaustragen zurückkamen. Die anderen schliefen noch und standen irgendwann im Laufe des Vormittags auf, aber glücklicherweise lag mein Zimmer ja im Dachgeschoss, so dass ich davon nicht viel mitbekam. Trotzdem fiel es mir oft schwer, in den Schlaf zu finden. Es war zu hell, es war zu laut, ich war zu unruhig, irgendwas war immer.

Eines Morgens, ich wälzte mich wieder mal hin und her, stand Waleri vor meinem Bett.

„Post von deinem Hippie-Liebhaber", knurrte er und legte mir mit säuerlicher Miene ein Telegramm aufs Kopfkissen. Ihm gefielen meine Pläne nicht und er ließ keine Gelegenheit aus, gegen Bayern, Hippies, die USA im Allgemeinen und Kalifornien im Besonderen zu sticheln. Dass Alois mir ein Telegramm schickte, fand ich nicht einmal ungewöhnlich. Die Reise stand bevor und ich wollte spätestens nächste Woche den Flug buchen, vielleicht hatte es damit zu tun. So zog ich den Umschlag nur zu mir unter die Decke, lächelnd vor Vorfreude auf seine Zeilen. Doch die verging mir, als ich den Umschlag öffnete. KOMM NICHT. HAB MICH IN DIE WENDY VERLIEBT.

Plötzlich dröhnte es in meinen Ohren. Das Blut rauschte und pulsierte, als ob ein Hammer auf einen Amboss schlüge. Draußen fuhr eine Straßenbahn an und versetzte das ganze Haus in Vibrationen. Mir war heiß, mir war kalt. Ich hörte, dass Waleri im Treppenhaus ein paar Worte mit Rudi wechselte, dann ging er zur Arbeit und schmiss die Tür mit einem irren Krach ins Schloss. Wie hatte ich Alois nur ein zweites Mal vertrauen können? Schließlich hatte er mich schon einmal aus einer Laune heraus verlassen. Während ich mir heulend die Decke über den Kopf zog, klopfte es an der Tür.

„Na, mein Kullerpfirsich, was ist los?" Rudi brachte mir einen Tee, setzte sich zu mir und tröstete mich. Ich meldete mich krank und verbrachte den Tag im Bett. Am Abend nahmen Waleri und Rudi mich in die Mitte. Ich wollte nicht allein schlafen. Rudi hatte noch nie mit einer Frau in einem Bett geschlafen, gestand er. „Ist ja eigentlich gar nicht so schlimm." Er hatte noch nicht mal eine Frau geküsst. Warum auch?

Ich wusste nicht mehr, wohin mit mir. Das Studium hatte ich so gut wie geschmissen, mein Job war in zwei Wochen vorbei, mein Lover hatte mich soeben verlassen, und wie es mit Waleri,

Rudi und mir weitergehen würde, stand in den Sternen. Und zu allem Überfluss kam nun auch noch das Gerücht auf, die Vermieter wollten uns kündigen, um auf dem Grundstück einen Supermarkt zu bauen. Ich hatte mein Leben vor die Wand gefahren.

Doch nach ein paar Tagen Trauer regten sich meine Lebensgeister wieder. Als ich am Wochenende zu einer Party in einer befreundeten WG eingeladen war, zog ich mir meine mexikanischen Sandalen mit der Sohle aus Autoreifen an, schlüpfte in mein guatemaltekisches Hemd, dazu eine Pluderhose und stürzte mich ins Vergnügen. Leider hatte ich voller Stolz herumposaunt, dass ich nun bald in die Staaten fliegen würde, genauer gesagt nach Kalifornien, und so wurde ich ständig gefragt, wann es denn losging. Nachdem ich die Geschichte mit dem doofen Alois und seiner doofen Wendy zehnmal erzählt hatte, was mir jedes Mal die Tränen in die Augen trieb, war ich es leid und knurrte nur noch: „Ach, Amerika ist doch Scheiße. Zu den Imperialistenschweinen fahr ich nicht."

Die WG hauste in einem süßen kleinen Fachwerkhaus mitten in der Altstadt. Die Zimmer waren allesamt winzig und dunkel, aber das allerkleinste hatte Gertrud. Mit einem Teller Erbsensuppe setzte ich mich auf ihr Bett, das schon das halbe Zimmer ausfüllte und mit einem Flokati bedeckt war. Gertrud war Griechenland-Fan, hatte den ganzen Sommer in der Ägäis verbracht und an der Wand hing ein Plakat von einer griechischen Insel: Ein Blick über gekalkte Häuser hinweg aufs schimmernde tiefblaue Meer.

„Das mit eurem Haus ist ja wohl eine Riesensauerei", hörte ich jemanden sagen. Es war Pelle, ein Freund von Horst, und er erzählte mir nun, dass unsere Kündigung bevorstünde. Hatte er aus sicherer Quelle. Dabei hätte die Wohnungsbaugesellschaft, der das Haus gehörte, erst vor Kurzem einen neuen

Hauptsitz gebaut, voll protzig. Wir waren uns einig: Das waren üble Kapitalisten. Halsabschneider. Als ich meine Suppe aufgegessen hatte und den Teller in die Küche brachte, flüsterte Pelle mir zu:

„Los komm, wir schmeißen denen was ins Fenster! Ham sie verdient, die Schweine!"

Ich zögerte, aber seine Argumente waren triftig:

„Die brauchen mal einen Denkzettel. Und wir haben ein Alibi. Merkt doch keiner, wenn wir hier mal kurz verschwinden. In zwanzig Minuten sind wir zurück."

In mir brodelte genug Frust und Ärger und so hatte er mich im Handumdrehen überzeugt. Kurzentschlossen zogen wir unsere Jacken an und traten in die Nacht. Unterwegs suchten wir uns ein paar geeignete Steine, was bei der regen Bautätigkeit im Städtchen kein Problem war. In jede Tasche kam einer. Die neue Geschäftsstelle hatte eine riesige Glasfront und auf Pelles Geheiß warf ich den ersten Stein mitten auf die Scheibe. Es krachte zwar nicht, aber Pelle hatte mir erklärt, dass die Scheibe damit schon angeknackst sei und tatsächlich zersprang sie in tausend Stücke, als sein Stein aufprallte. Und wir rannten los.

Sofort setzte sich eine der Taxen, die am nahen Busbahnhof warteten, in Bewegung, offenbar um uns den Weg abzuschneiden, aber als der Wagen um die Ecke bog, waren wir schon in der Altstadt verschwunden. Das Herz schlug mir bis zum Hals. Pelle gab mir die Hand. Wir rannten, so schnell wir konnten, und da hörten wir auch schon Polizeisirenen. Ich bekam es mit der Angst zu tun. Und wenn sie uns jetzt erwischten? Was hatte ich mir dabei nur gedacht? Fast hatte ich keine Puste mehr, doch Pelle zog mich weiter und dann waren wir auch schon vor dem Haus unserer Freunde, schlüpften hinein und tauchten im Trubel der Party unter. Niemand hatte uns vermisst.

Ich ging nicht mehr zur Arbeit. Ich ging auch nicht mehr zur Uni. Was sollte das auch alles? Ich wollte keine Frösche mehr sezieren und auch keine weißen Mäuse. Ich hatte genug von wochenlang narkotisierten Katzen, an deren aufgeschnittenem Rückenmark neurologische Experimente vorgenommen wurden. Für die moderne Medizin hatte ich nur noch Verachtung übrig. Was machte uns krank? Der Kapitalismus, der bis in die privatesten Verhältnisse hinein unser Leben bestimmte. Und dagegen sollten Pillen helfen? Nein, damit hatte ich innerlich abgeschlossen. Doch andere Pläne hatte ich auch nicht. Ich schlief lange, schlich gegen Mittag in die Küche runter und fläzte mich auf das weinrote Sofa, das inzwischen so durchgelegen war, dass man es nur mit ein paar dicken Kissen darauf aushalten konnte. Ich kochte mir einen Tee, lauschte den Geräuschen des Hauses, dem Trappeln im Treppenhaus, dem Knarren der alten Dielen und harrte der Dinge und Menschen, die da kamen. Nach einer Weile rumorte es im ersten Stock. Jemand ging entschlossenen Schrittes ins Bad, die Wasserleitungen rauschten, dann war kurz Ruhe und schon kam Onno die Treppe herunter, riss die Tür auf und brüllte:

„Moin! Was machst du denn hier? Ham sie dich bei der Post gefeuert?"

Offenbar freute er sich, mich zu sehen. Bei ihm war alles wie immer, erklärte er, während er sich einen Tee kochte und ein Brot schmierte, das er im Stehen verschlang. Er hatte also noch immer keine Freundin, folgerte ich und trug im Morgengrauen Zeitungen aus. Im Nu hatte er das Brot auf, wischte sich die Krümel von Bart und Pullover, zog sich die obligatorische Öljacke an und stapfte hinaus, politische Arbeit, wie er sagte.

Am späten Nachmittag rumpelte es an der Haustür, jemand kämpfte mit dem Schloss, hatte den Kampf schließlich gewonnen und kurz darauf polterte unter Husten und Schniefen, beladen mit Tüten und Taschen, eingewickelt in Schals, Mützen und Häkeltücher, Jule in die Küche. Sie sah noch fahler aus als sonst und wirkte fahrig und müde. Sie war an der Unibibliothek gewesen und anschließend jobben. Dreimal die Woche arbeitete sie bei einem Architekten, hütete dessen Kinder, half bei den Hausaufgaben und machte Abendbrot. Sie setzte sich einen Moment zu mir, löffelte einen Joghurt und schleppte dann keuchend ihre schweren Taschen nach oben. „Nachtschicht", sagte sie lakonisch. Sie musste in der folgenden Woche ein Referat halten, über Don Quichotte, erzählte sie, und hatte noch keine Ahnung.

Gegen sieben kam dann Marion von der Arbeit. Sie war in Begleitung von ihrem neuen Freund, den ich immer noch etwas zwielichtig fand. Er hieß Harald, hatte fettige lange Haare, trug an der Seite geschnürte Lederhosen, wirkte wie Landfreak, wohnte aber mitten in Essen. Er sagte wenig, schien Marion aber mit Blicken zu dirigieren, während sie einen Rest Auflauf aufwärmte, den sie dann gemeinsam verspeisten. Ich bekam auch etwas ab und stocherte lustlos in den Nudeln, Möhren, Erbsen und Würfeln von Fleischwurst herum, die überzogen waren von einer harten Käsekruste. Gleich nach dem Essen zogen die beiden sich zurück, warfen die Anlage an, legten Eric Clapton auf und wie ich vermutete hatte, hatte Harald in dem Lederbeutel, der an seinem Gürtel baumelte, nicht nur Tabak, sondern auch Dope. Der Geruch von bestem schwarzem Afghanen zog durchs Haus.

Nur Giovanna und Horst bekam ich den ganzen Tag über nicht zu Gesicht. Schließlich dämmerte mir, dass sie bei einem Treffen in Köln waren. Ich hatte so was läuten gehört, auch wenn ich die beiden selbst seit bestimmt einer Woche nicht mehr gesehen hatte. Und tatsächlich tauchten spät abends, als ich schon am Einnicken war, Autoscheinwerfer auf dem Hof auf.

„Was machst du denn hier?", fragte Horst erstaunt. Er war
geradewegs zur Spüle gegangen, hatte sich ein Glas Wasser ab-
gefüllt und es auf Ex geleert. Erst dann bemerkte er mich.
„Guck mal Giovanna, die Thea ist wieder da!", rief er Richtung
Flur.

„Wieso? Ich bin doch schon seit Wochen zurück aus Mexiko!"

„Ja, vielleicht aus Mexiko, aber hier hat man dich doch trotzdem ewig nicht gesehen!"

Zerknirscht musste ich zugeben, dass er Recht hatte. Ich
hatte nur noch in meiner eigenen Welt gelebt, verstrickt in Ab-
schiedsschmerz wegen der zu Ende gehenden Liebe zu Waleri
und aufflammender Vorfreude auf Alois. Und all das auf der
wackligen Grundlage einer experimentellen Dreierkiste.

Da kam auch Giovanna herein, setzte sich an mein Lager
und nahm mich in den Arm. „Ach Schätzchen, ich hab's schon
gehört. Ist ja schrecklich!"

„Was denn?", fragte Horst. „Wieso weiß ich wieder von
nichts?"

„Na, es wird nichts mit Kalifornien", klärte Giovanna ihn
auf. „Der Typ hat abgesagt."

„Wegen Wendy", fügte ich hinzu.

„Das ist doch super!", rief Horst zu meinem Erstaunen.
„Dann kann sie ja mit uns nach Griechenland kommen!" Er zog
ein Flugblatt aus der Tasche und las mir vor: „Wir suchen rund
100 Leute, die verrückt genug sind, mit uns eine Insel zu bevöl-
kern, ein eigenes gesellschaftliches Konzept zu entwickeln und
zu leben."

Die beiden trugen sich mit dem Gedanken, einer griechischen Landkommune beizutreten. Jochen, der Kommunenex-
perte mit der Nickelbrille, hatte sie auf das Projekt gebracht. Es
befand sich noch in der Gründungsphase. Eine Kerngruppe
von etwa zwanzig Leuten hatte alles ausgeheckt und auch

schon ein Stück Land auf einer griechischen Insel gefunden. Wer mitmachen wollte, musste eine Einlage von 10.000 DM aufbringen. Giovanna überlegte, ihren Vater anzupumpen; Horst hatte auch schon verschiedene Optionen durchdacht.

Für einen Moment hatte er ungeheure Kraft und Begeisterung ausgestrahlt, doch die war schnell wieder verloschen. Obwohl er seit Monaten keiner festen Arbeit mehr nachging, sondern sich mit Zeitungsaustragen und kleinen Geschäften über Wasser hielt, machte er keinen erholten Eindruck. Ganz im Gegenteil: Er hatte etwas Getriebenes, als ob etwas an ihm nagte, dem er nun viel stärker ausgesetzt war als zuvor. Er hatte sich die Haare abgeschoren, hatte abgenommen, die Jeans wurden jetzt von einem kräftigen Gürtel an Ort und Stelle gehalten, und um seinen Hals baumelte an einem Lederband ein geschnitzter Talisman. Er kochte einen Tee und die beiden setzten sich zu mir.

„Ja, das mit Griechenland", sagte er und sah nachdenklich aus, „das wäre vielleicht was. Ich halt es hier in der Stadt nicht mehr aus. Ich muss hier raus."

Giovanna pflichtete ihm bei. „Der Krach, der Dreck, das macht einen auf Dauer ganz fertig."

Etwas Besseres als den Tod finden wir überall

Zur nächsten Versammlung zwei Wochen darauf begleitete ich sie. Man traf sich in den Räumen einer evangelischen Studentengemeinde in Köln; es kamen etwa fünfzig Interessenten zusammen. Zunächst hielt einer der drei Gründer namens Eckart einen kleinen Vortrag, um alle auf den gleichen Informationsstand zu bringen. Er war ein drahtiger Typ mit süddeutschem Akzent, ein Segler, der die Insel schon oft besucht hatte. Die Landzunge hatte er vom Boot aus entdeckt.
Er zeigte ein paar Dias von einem kargen, felsigen Gelände auf einer griechischen Insel; da sollte die Kommune entstehen. Vor

ein paar Wochen hatte er eine Option auf das Gelände erworben, das nun innerhalb von drei Monaten in den Besitz einer GmbH mit dem Namen „alternatives Leben Elaiónas GmbH" übergehen sollte. Er legte das Finanzkonzept dar, erklärte den Zeitplan und stellte die Kerngruppe vor, die aus fünf weiteren Leuten bestand: Ubi und Ela, ein Hippiepärchen aus dem Rheinland, das jetzt im Vogelsberg wohnte und schon lange nach einer Kommune suchte, sowie zwei Hamburger Sannyasins namens Wolle und Guido, ganz in Orange gekleidet mit einer Mala, einer Holzkette mit dem Bild von Baghwan, um den Hals. Der fünfte war ein schmächtiger Typ mit langem Zopf und weißer Kleidung, der sich später als Anhänger von Sri Aurobindo entpuppte und Josef hieß. Die sechs nahmen auf dem Podium Platz und erklärten wortreich, dass sie nur hier vorne säßen, weil sie derzeit einen Informationsvorsprung hätten, der aber hoffentlich bald abgebaut würde, und stellten sich den Fragen.

Und es gab viel zu besprechen: Sollte da jeder ein eigenes Stück Land bekommen? Konnte man bauen? Was gab das Land überhaupt her? Was bekam man für seine 10.000 DM? Wenig, wie ich im Laufe des Nachmittags feststellte. Man konnte sich als Teil einer entstehenden Kommune fühlen, musste sich aber um alles selbst kümmern. Man hatte das Recht, irgendwo auf dem Grundstück zu siedeln; alles weitere sollte sich vor Ort ergeben.

Die Leute gefielen mir. Obwohl viele um einiges älter waren als ich, hatte ich das Gefühl, hier unter meinesgleichen zu sein. Die meisten trugen abgewetzte Jeans und irgendwas, aber es gab auch Indienfahrer in bunt bestickten Westen und Pluderhosen, Männer mit Zappa-Bärtchen, Frauen mit hüftlangen Haaren und langen Röcken. Auch ein paar Kinder sprangen herum. Nach zwei Stunden machten wir eine Pause, in der man für kleines Geld Kaffee, Tee und energy-balls zu sich nehmen konnte, und in einer Ecke wurde gekifft. Jemand spielte Gitarre und sang dazu, eine Frau hatte einen Infotisch aufgebaut und verteilte weitere Informationen. Da stand plötzlich der Typ vom Podium neben mir, der sich als Josef vorgestellt hatte, und lächelte mich an. Er hatte asketische Gesichtszüge, aber gleichzeitig so warme braune Augen, dass mir sein Blick durch und durch ging. Ich empfand sofort großes Vertrauen zu ihm. Wir redeten ein bisschen, dann verzogen wir uns in eine Ecke, kuschelten uns in seinen Schlafsack und knutschen, während die anderen sich in Arbeitsgruppen zusammensetzten und alle möglichen Aspekte des zukünftigen Zusammenlebens diskutierten.

Als wir abends durchs Bergische Land zurückfuhren, regnete es in Strömen. Horst und Giovanna hatten sich vor ein paar Wochen ein gebrauchtes Auto gekauft und wir teilten uns das Spritgeld. Der Scheibenwischer funktionierte nicht mehr richtig, quietschte bei jeder Bewegung und verlor zunehmend den Kontakt zur Scheibe. Das Bodenblech war brüchig und an einer Stelle spritzte Wasser in den Fußraum. Die Welt um uns herum versank in dunkler Tristesse, wir hingegen brannten nun für unser neues Projekt: Landkommune in Griechenland.

Eine Landkommune!!! Ich stellte mir jede Menge Langhaariger vor, die nach getaner Arbeit um den reich gedeckten Tisch saßen und zusammen aßen. Es gab selbst gebackenes Brot, selbst gezogenes Gemüse und hausgemachten Käse von den glücklichen Kühen, die um das Haus herumliefen und zum Fenster hereinsahen und muhten. Der Himmel war immer blau, der Duft von Cannabis und Rosen zog durch die Luft und aus den Riesenboxen der Musikanlage dröhnte ständig meine Lieblingsmusik. Natürlich gab es ständig mein Lieblingsessen, wir waren alle immer einer Meinung (sonst wären wir ja nicht gemeinsam in einer Kommune) und das Leben war ein einziges Glück.

Wer mehr Geld besaß als der andere, zahlte mehr in die Gemeinschaftskasse ein, aber niemand wurde zu irgendwas gezwungen. Alle wären gleichberechtigt und negative Gefühle wie Hass, Neid und Eifersucht blieben einfach außen vor. Privatbesitz war abgeschafft. Alles gehörte allen und jeder Mensch nur sich selbst. Ich stellte mir eine Schaukel in einem alten Olivenbaum vor, in dem ich vor- und zurückschaukelte und die Beine in die laue, blaue Luft streckte. Ob es da nach Lavendel duftete wie in Frankreich? Streng genommen hatte ich keine Ahnung von Griechenland. Ich war noch nie da gewesen.

„Es gibt kein richtiges Leben im falschen, hat doch schon Adorno gesagt", riss mich da Giovanna aus meinen Gedanken. Sie hatte sich zu mir umgedreht und hob an zu einem kleinen Vortrag. Erstaunt nahm ich zur Kenntnis, dass sie doch immer noch die Alte war, blitzgescheit und wortgewandt. „Der Kapitalismus ist inzwischen in alle Lebensbereiche eingedrungen. Selbst zwischenmenschliche Beziehungen werden bestimmt vom Profitdenken, von der Frage: Was bringt mir das? Wie hoch ist der Mehrwert? Die Gesetze des Kapitalismus beherrschen nicht mehr nur die Produktion, sondern auch die Sphäre der Reproduktion. Nicht einmal mehr im Privatleben ist man sicher. Alles ist vergiftet. Alles hat Warencharakter und ist käuflich. Dem muss man entgegentreten."

„Jawoll, Frau Doktor!", frotzelte Horst.

„Du bist doof!", entgegnete Giovanna grinsend, fuhr aber unbeirrt fort.

„Der Kapitalismus zerstört auch die Natur. Ihm ist es egal, ob die Welt in hundert Jahren noch existiert oder nicht."

„Und wer ist dieser Kapitalismus? Wo ist der Schuft? Ich leg ihn um!" Horst trat das Gaspedal durch, als wollte er gleich loslegen mit dem Racheakt.

„Das ist eben keine Einzelperson, das macht es ja so schwierig. Natürlich gibt es ein paar Symbolfiguren, aber es ist das System, das uns krank macht."

„Und ich hab auch schon Magenschmerzen! Und die Flüsse sind auch vergiftet und die Wälder sterben." Horst zeigte auf die Bäume, die im Kegel des Scheinwerferlichts auftauchten. „Die hier, alle krank."

„Genau." Giovanna sprach unbeirrt weiter. „Das kann alles innerhalb des Kapitalismus nicht gelöst werden. Aber keiner kann sich ein Leben außerhalb überhaupt vorstellen. Darum hat ein Projekt wie das hier so eine große Kraft. Zum einen ist es ein Schritt in die richtige Richtung, auch wenn es ein kleiner Schritt ist. Zum anderen zeigt man dem Rest der Welt in einer modellhaften Aktion, dass es möglich ist, solidarisch, frei und in Einklang mit der Natur zu leben. Das hat revolutionäres Potential."

„Du bist soo klug!", spottete Horst. „Ich will eigentlich nur meine Ruhe haben und wieder mit Holz arbeiten. Weißt du, was ich mir da bauen will?" Er hupte ein paarmal, es klang wie ein Tusch. Dann sagte er salbungsvoll: „Ein Baumhaus!"

Horst und Giovanna waren nun fest entschlossen. Ich überlegte noch ein paar Tage und sprach auch mit Waleri. Der konnte das nicht nachvollziehen.

„Du immer mit deinem Hippiekram. Und wovon wollt ihr dann leben? Und wo willst du wohnen? Soll ich dir mein Zelt leihen?" Aufgebracht ging er im Wintergarten auf und ab. „Da stecken doch wieder irgendwelche Typen dahinter, die sich da einen Harem einrichten wollen."

„Walli, nu lass mal gut sein!" Rudi fand die Vorstellung von einer Landkommune zumindest interessant. Er schmiegte sich in seinen Sessel und lächelte mich an. Vielleicht war er auch froh, mich hier los zu sein.

„Du sollst mich nicht Walli nennen!", knurrte Waleri.

„Ist gut, Walli!" Rudi warf ihm einen neckischen Blick zu.

Die beiden sind ja inzwischen wie ein altes Ehepaar, dachte ich abfällig, und es gab mir einen Stich.

Marion, die sich auf so was verstand, legte mir die Karten. Sie benutzte das Hexentarot und legte das keltische Kreuz, mit dem man ein Problem in alle Bestandteile zerlegen konnte: tiefe Wurzeln, oberflächliche Ansicht, unmittelbare Vergangenheit, unmittelbare Zukunft, Ängste, Hoffnungen, Selbstbild, X-Faktor und so weiter. Mir fiel es schwer, die vielen Aspekte zu unterscheiden; ein klares Ja oder Nein wäre mir mehr entgegengekommen. Doch die letzte Karte, die alles zusammenfassen sollte, war außerordentlich positiv: Sie zeigte eine Gruppe von Frauen in langen Gewändern, die sich mit großen Bechern zuprosteten und tanzten.

Als ich sie sah, musste ich lächeln und Marion lächelte zurück. Das war doch ein eindeutiges Votum! Sie baute einen kleinen Stick, wir rauchten zusammen und dann befragte sie noch das I GING für mich. Dazu musste ich drei chinesische Münzen in die Hände nehmen, ein bisschen schütteln und sie sechsmal hintereinander auf das mitternachtsblaue Samttuch werfen, das sie vor mir ausgebreitet hatte. Im hinteren Teil ihres geheimnisvollen Buchs schlug sie in einer Tabelle nach, welches Zeichen der Taoismus mir zugedacht hatte, und las mir vor:

„Tai, der Friede. Oben Kun, das Empfangende, die Erde, unten Kien, das Schöpferische, der Himmel. Das Empfangende, dessen Bewegung sich nach unten senkt, ist oben; das Schöpferische, dessen Bewegung nach oben steigt, ist unten. Ihre Einflüsse begegnen daher einander und sind in Harmonie, so dass alle Wesen blühen und gedeihen. ... Das Zeichen deutet in der Natur auf eine Zeit, da sozusagen der Himmel auf Erden ist."

„Der Himmel auf Erden, das hört sich ja unglaublich an!“ Marion ließ das Buch sacken und lächelte. „Finde ich auch. Ich glaube, du solltest das machen! Aber ich les nochmal weiter.“ Sie schlug das Buch wieder auf und fuhr fort.

„Neun auf drittem Platz bedeutet: Keine Ebene, auf die nicht ein Abhang folgt, kein Hingang, auf den nicht die Wiederkehr folgt. Ohne Makel ist, wer beharrlich bleibt in Gefahr. Beklage dich nicht über diese Wahrheit, genieße das Glück, das du noch hast.“

„Tja“, sagte sie nachdenklich, „ist vielleicht nicht für immer. Vielleicht stellst du dich drauf ein, dass es zwar eine tolle Zeit wird, du aber irgendwann zurückkehrst.“

„Wann?“

„Keine Ahnung. Ob in ein paar Wochen oder in ein paar Jahren, das steht hier nicht.“

Nach ein paar Tagen unterschrieb dann auch ich den Gesellschaftervertrag. Ich brauchte zunächst nur eine Anzahlung zu leisten und die konnte ich von dem Geld, das ich für das Flugticket zur Seite gelegt hatte, aufbringen. Bei der nächsten WG-Versammlung eröffneten Horst, Giovanna und ich den anderen offiziell unsere Pläne. Spätestens im Oktober wollten wir übersiedeln.

„Ich fasset nicht. Da wollt ihr auswandern? Habt ihr euch dat auch überlegt?“ Jule strich sich die Haare aus dem Gesicht und sah uns entgeistert an. „Und was ist mit uns? Sollen wir hier allein zurückbleiben?“

„Wie, was ist mit euch?“, erwiderte Horst grinsend. „Ihr könnt ja mitkommen!“

„Und wann soll das losgehen?“, fragte Onno. „Ich hab nämlich auch noch eine Mitteilung zu machen“, fuhr er fort, setzte sich gerade hin und räusperte sich. Es wurde still.

„Wir haben die Kündigung. Die LNG hat uns zum 31. Dezember gekündigt. Der Brief ist heute gekommen.“

„Das gibts ja wohl nicht! Diese Schweine!" Horst sprang empört auf. „Die können uns doch nicht einfach rausschmeißen!"

„Ich denk, du willst sowieso ausziehen!?"

„Ja aber wann ich will, nicht wann die das wollen!"

Der hellblaue Käfer war bis unters Dach vollgepackt mit Kleidung, Schlafsäcken, Zelt, Werkzeug, Saatgut, Spaten, Hacke, Schaufel, Säge, Nägeln, Schrauben, Büchern. Sogar einen Sack Reis, Linsen und Erbsen hatte Josef eingeladen und unter der Motorhaube hatte er noch diverse Rollen Draht untergebracht. Schließlich stand der Winter vor der Tür und was man hat, das hat man, fand er. Auf der zweiten Versammlung in Köln, bei der ich offiziell ins Projekt aufgenommen worden war, hatten wir uns endgültig ineinander verguckt. Er strahlte großen Eigensinn und innere Ruhe aus; das musste vom ständigen Meditieren kommen. Er wollte schon Anfang September übersiedeln und ich hatte mich entschlossen, ihn zu begleiten. In zwei Monaten Nachtschicht auf der Post hatte ich das fehlende Geld für meinen Gesellschafteranteil zusammengekratzt. Rudi war in mein Zimmer gezogen und weil er kaum Möbel hatte, passte das gut. Er übernahm mein Bett, den Teppich und die Regale. Es gefiel mir zwar nicht, dass er jetzt an meine Stelle trat, aber es war immerhin sehr praktisch.

Überflüssigen Krempel brachte ich zur Müllkippe, meine Platten stellte ich Waleri als Leihgabe zur Verfügung. Im Gegenzug sollte er auf einen Koffer mit ein paar persönlichen Sachen aufpassen. Die medizinischen Bücher verschenkte ich, den Rest brachte ich zu meiner Mutter. Die war natürlich entsetzt, als ich bei ihr auftauchte, um ein paar Kisten unterzustellen. Ich wollte nicht viel mitnehmen nach Griechenland; nur meinen Schlafsack, ein paar warme Sachen und etwas Hausrat für den Anfang. Alles weitere würde sich finden.

„Meinst du, wir schaffen es heute noch bis nach Jugoslawien?", fragte ich. Es war später Nachmittag und bis zur Grenze waren es noch einige Kilometer. Der Wagen war alt und fuhr schon im leeren Zustand kaum noch achtzig. Jetzt war er pickepackevoll und ächzte die Anhöhen hinauf. Der Tacho war inzwischen auch kaputt; so mussten wir uns nicht über die langsame Geschwindigkeit ärgern.

„Wer weiß ...", erwiderte Josef. Er legte sich nicht gerne fest, was die Zukunftsplanung anging. In der Dämmerung erreichten wir die Grenze. Als sie uns sahen, holten die Grenzer gleich einen Hund, der uns abschnüffelte und ziemlich kläffte. Während der Hund zähnefletschend auf- und absprang, mussten wir den Wagen auspacken, was eine ziemliche Aktion war. Doch sie fanden nichts. Als wir schließlich wieder eingepackt hatten und weiterfuhren, verriet mir Josef, wo er das Dope versteckt hatte: Unter dem Motor!

Wir fuhren noch einige Kilometer ins Land hinein; aber da die Straße immer holpriger wurde und in der Dunkelheit auch zunehmend unübersichtlich, bogen wir auf einen Feldweg ab und schlugen auf einem weiten Acker unser Zelt auf, so wie wir es jeden Abend machten. Wir waren ja schon ein paar Tage unterwegs. Es war eine klare Nacht und ich hatte noch nie einen so prall vollen Sternenhimmel gesehen. Josef machte ein Feuer und wir wärmten uns eine Dose Bohnen, die wir dann direkt aus der Konserve löffelten, ganz wie im Western.

Am Morgen wurden wir von einer Stimme aus dem Schlaf gerissen. Im Zelt war es schon brütend heiß und wir fuhren erschrocken hoch. Josef steckte vorsichtig den Kopf aus dem Zelt.

„Da ist jemand", flüsterte er. „Nichts wie weg!"

So schnell es ging, zogen wir uns an und machten Anstalten, das Zelt abzubauen. Da kam ein älterer Mann auf uns zu. Er redete auf uns ein, wir verstanden kein Wort. Aber es klang aggressiv und er war mir nicht geheuer. Er trug eine weiße

Filzkappe, die auf seinem kahlen Schädel saß wie eine Eierschale. Dann strich er um unser Auto herum, gab einen uns unverständlichen Kommentar ab und sah sich schließlich das Nummernschild an. „Aah, Germania! Deutschland! Heil Hitler", zischte er verächtlich, krempelte sich den Ärmel hoch und zeigte uns eine eintätowierte Nummer. Er war im KZ gewesen. Wir sahen zu, dass wir wegkamen.

Nach zehn Tagen Fahrt und acht Stunden Fähre erreichten wir endlich unser Ziel. Vor allem Josef war sehr aufgeregt, als die Insel vor uns auftauchte. Ein Regenbogen spannte sich über die Ägäis, zuerst nur einer, dann noch einer und schließlich waren es vier Regenbögen – ein gutes Omen, fand Josef. Wir standen an der Reling, er legte den Arm um mich und ich war sehr glücklich. Die Fähre tuckerte an der Insel entlang und Josef, der eine handgezeichnete Karte dabeihatte, versuchte, das Grundstück auszumachen. Er entdeckte eine abgelegene Landzunge mit Olivenbäumen, einer geschwungenen blauen Bucht und ein paar halbverfallenen Steinhäusern. Auf einem wehte eine Fahne mit einem Regenbogen. Das musste es sein. Mein Herz machte einen Sprung.

Kurz darauf rollten wir mit dem alten Käfer, der es nur unter großen Mühen bis hierher geschafft hatte, von der Fähre. Ich brannte darauf, gleich zum Projekt zu fahren, aber Josef fand, jetzt müssten wir als erstes im örtlichen Kafenion einen Kaffee trinken, und so machten wir es. Wir saßen auf verblichenen Plastikstühlen vor einem Café, blickten auf den Hafen und Josef, der ein bisschen Griechisch sprach, versuchte, herauszufinden, wo das Grundstück sich befand. Die Blicke der Männer verfinsterten sich, sie wurden wortkarg und zeigten nur die Straße rauf. „Da hoch und dann links", erklärte Josef mir.

„Warum sind die denn alle so unfreundlich?", fragte ich.

Er zuckte die Schultern.

Alles gehörte allen und jede nur sich selbst

Wenn ich heute über die Zeit in Griechenland nachdenke, fällt mir zuerst der Geruch von Salbei ein, der über allem hing. Das Gelände war über und über mit Salbei bewachsen und da das Geld knapp war, gab es ständig Salbeitee zu trinken. Muss man mögen. Ich mochte ihn nicht. Auch die Olivenernte schmeckte mir gar nicht. Kaum hatten wir einen Fuß auf das Gelände gesetzt und uns als Gesellschafter zu erkennen gegeben, mussten wir mit anpacken. Dass ich hier so schwer arbeiten musste, hatte ich mir so nicht vorgestellt. Gut, was heißt „musste"? Streng genommen gab es niemanden, der mir etwas sagen konnte, aber es war Erntezeit und wir wollten auf Dauer auch von irgendetwas leben. Also hatte jemand die nötigen Utensilien besorgt und Lennon, ein verkiffter Typ aus dem Rheinland, hatte eine Leiter in den Baum gestellt und harkte von den Ästen, was er zu packen kriegte. Kaja, eine dicke Frau, die ihren enormen Busen so wie alle Frauen frei schwingen ließ, zerrte ebenfalls mit einer Harke an den Ästen herum, genauso wie Wolle und Guido, die ich ja schon kannte. Nach ein paar Stunden war der Baum halbwegs abgeerntet und wir lasen auf, was auf die Plastikplanen gefallen war, suchten Blätter und Äste heraus und füllten die grünen Oliven in Eimer.

Anschließend führte Lennon uns über das Gelände. Außer uns waren bereits etwa zwanzig andere Siedler da und hatten sich ein Plätzchen gesucht, an dem sie sich erstmal niederlassen wollten. Voller Stolz zeigte er uns sein Baumhaus, das er im „Garten Eden", wie das kleine Hochplateau genannt wurde, in einen alten Olivenbaum gebaut hatte. Kaja wohnte daneben in einer windschiefen Butze, die sie aus Strandgut zusammengezimmert hatte. Im Schatten des Baumes hatte Kristof sein spartanisches Lager aufgeschlagen, das aus einer Campingliege, ein paar Decken, Kisten und einer Seemannskiste bestand.

Außerdem war noch eine Kleinfamilie dabei, die Riedlers von der Mosel. Peter war Handwerker, Marion Lehrerin, völlig andere Szene, aber soweit ganz nett. Sie hatten ein vierjähriges Kind namens Siddharta und bewohnten einen verfallenen Ziegenstall, den sie gerade winterfest machten, weshalb sie auch an der Ernte nicht teilnahmen. Im Gegenzug waren sie fürs Kochen zuständig und im "Garten Eden" gab es jeden Abend ein einfaches, aber leckeres Essen. Außerdem hatte man einen phantastischen Blick übers Meer und Josef und ich waren uns gleich einig: Hier wollten wir bleiben.

Aber es war eine ziemliche Anstrengung, unsere Sachen nach und nach hoch zu schleppen. Der Garten Eden lag am äußersten Ende des Grundstücks und von der Straße, an der Josef den Käfer abgestellt hatte, war es ein halbstündiger Fußmarsch. Mannshohe Felsen ragten wie hellgraue Klippen aus dem harten Boden, es roch nach allen mediterranen Kräutern, die es nur gab, die Glöckchen von Ziegen bimmelten und in den ersten Tagen fühlte ich mich wie in einer Märchenwelt. Lennon und die Riedlers waren schon seit zwei Monaten hier und die Vorräte gingen langsam zur Neige. Als Josef seinen Sack Reis und die Hülsenfrüchte an die Vorratshöhle stellte, hatte niemand mehr etwas dagegen, dass wir uns der Gruppe anschlossen. Wir mussten eine Weile suchen, bis wir eine halbwegs plane Fläche fanden. Dann schlugen wir neben den Resten einer alten Steinmauer, die wir nach und nach wieder aufbauten, unser Zelt auf. Es war ein idyllisches Plätzchen zwischen dem Ziegenstall und ein paar alten Olivenbäumen. Wenn ich aus dem Zelt blickte, sah ich über das blaue Meer, das einige hundert Meter tiefer in der Sonne schimmerte.

Es gab noch zwei weitere Siedlungen: An der Bucht hausten in den Resten eines Bootsschuppens Ubi und Ela, das weitgereiste Hippiepärchen, das jeden Morgen ausgiebig Yoga machte und Meerwasser durch die Nase zog, eine alte indische

Praktik, wie ich erfuhr. Die beiden schienen so etwas wie die Anführer zu sein, und in der Bucht befand sich auch das Planungszentrum: ein Verschlag mit einer detaillierten Karte des Geländes, in die nach und nach sämtliche Siedlungen eingetragen wurden. Dort war auch die Grundstücksgrenze verzeichnet, die ansonsten niemand so genau kannte, was regelmäßig zu Reibereien mit den Griechen führte, wenn die ihre Ziegen frei herumlaufen ließen. Schließlich wollten wir nicht, dass die Viecher unsere frisch geernteten Oliven auffutterten oder sich an unseren Vorräten gütlich taten. Doch um alles einzuzäunen, fehlte uns das Geld.

Den Verschlag hatten die beiden selbst gebaut, als sie vor ein paar Monaten hier ankamen. Sie schliefen aber nicht darin, sondern in Hängematten, die sie zwischen den Olivenbäumen gespannt hatten. Was sie außer Yoga so machten, wusste ich nicht und es verbot sich natürlich, danach zu fragen. Wichtige Dinge, so viel war mal klar.

Die dritte Wohngruppe lag am Weg zum Garten Eden. In einem überdimensionalen bunten Zelt, das aussah, als wäre es vor dreißig Jahren von einem Wanderzirkus ausrangiert worden, wohnten Wolle und Guido, die ich schon aus Köln kannte, mit ihrer Freundin Uscha. Sie sahen aus wie indische Saddhus: Lange Haare, lange Bärte, orangefarbene Kleidung, Mala um den Hals. Uscha, eine hübsche große Frau mit Lockenkopf und herzlichem Lachen, war ebenfalls Sannyasin. Die drei waren lustig und entspannt und ich mochte sie. Sie waren ständig von einer Wolke aus Cannabis und Musik umgeben, dabei aber patent und tatkräftig.

In der Nähe gab es ein paar weitere Siedler, die noch nicht wussten, ob sie nun hier oder woanders ihr Lager aufschlagen sollten, und fürs Erste mit einem provisorischen Standplatz für ihr Zelt vorliebnahmen. Einer, ein rundlicher, bärtiger Schweizer namens Alfred, schien aber schon etwas länger da zu sein;

er hatte ein kleines Stück Land unter großen Mühen von Steinen befreit und versuchte, Gemüse darauf anzubauen, was dadurch erschwert wurde, dass gerade Herbst und nicht Frühling war und die einzige Zisterne sich unten in der Nähe der Bucht befand. Unter Qualen schleppte er täglich etliche Eimer Wasser den Hügel hoch.

Einmal die Woche kamen wir alle in der Bucht zusammen, kochten gemeinsam und besprachen alles, was so anlag. Und das war eine Menge. Wie sollte das Projekt weiterentwickelt werden? Wie wollten wir mit Konflikten umgehen? Sollten wir einen Sprecher wählen, der bei etwaigen Problemen Ansprechpartner war, zum Beispiel für den Bürgermeister des Ortes?

Sollte jede Gruppe für sich wirtschaften oder sollten alle in eine Kasse zahlen? Und sollten alle den gleichen Betrag einzahlen oder jeder nach seinen Möglichkeiten?

Was war mit Kindern?

Die Griechen fühlten sich durch die Nackten gestört. Sollten wir darauf Rücksicht nehmen und fürderhin nur noch in Badehosen ins Wasser?

Ein Schäfer, der seit Jahren seine Schafe über die Insel trieb, kam uns immer näher. Zunächst fanden wir das romantisch, aber dann dämmerte uns, dass die Schafe alles fressen würden: auch den Salbei und Alfreds Gemüsepflanzen. Und sie würden überall ihre Köttel hinterlassen. Aber hatte der Schäfer hier nicht so etwas wie Weiderecht?

Keiner kannte sich mit den örtlichen Verhältnissen aus und bis auf Ubi und Josef sprach auch niemand Griechisch, und Josef nur ein paar Brocken.

Nachdem in einer deutschen Tageszeitung etwas über die Aussteiger auf einer griechischen Insel gestanden hatte, parkte eines Abends, es muss Anfang Oktober gewesen sein, ein VW-Bus mit einer WG aus Wuppertal an der Straße. Heraus stolperten fünf halbbekiffte Jungs, die sich vorgestellt hatten, hier für lau Urlaub zu machen. Als wir ihnen erklärt hatten, dass das kein Ferienclub war und sie sich im Ort ein Zimmer nehmen sollten, erwiesen sie sich doch noch als große Hilfe, denn einer von ihnen hatte ein paar Semester Ingenieurswesen studiert und konnte uns in Sachen Wasser beraten. Wir dachten darüber nach, von der Zisterne eine Wasserleitung zum Garten Eden oder zum Sannyasinzelt zu verlegen, denn so ging es ja nicht weiter.

Die Gesellschaft umfasste inzwischen zweihundert Mitglieder, von denen immer mehr eintrudelten. Manche der Neuankömmlinge hatten realitätsferne Vorstellungen. Sie stiefelten mit einem Rucksack voller überflüssigem Krempel aufs Gelände, fragten nach dem Büro und wenn man ihnen erklärt hatte, dass es kein Büro gab, was meist die Aufgabe der Sannyasins war, da ihr kunterbuntes Zirkuszelt schon von der Straße aus zu sehen war, waren sie ratlos. Wo sie denn schlafen könnten, war dann meist die nächste Frage. Ja, wo schon? Wo du willst. Da hinter der Macchia oder drüben unter dem Baum...

Am liebsten wäre ihnen nach der anstrengenden Fahrt wohl ein gepflegtes Gästezimmer und ein ordentliches Abendessen wie bei Muttern gewesen, nicht wenige dachten, sie würden hier in ein gemachtes Nest kommen. Doch das Gegenteil war der Fall. Außer den alten Olivenbäumen, dem Salbei, der stacheligen Macchia, den weißen Klippen und dem schimmernden blauen Meer gab es hier rein gar nichts. Kein Haus, keinen Strom, kein Wasser, zu Beginn noch nicht mal ein Plumpsklo.

Schon bald war mir schleierhaft, was ich daran zu Beginn so romantisch gefunden hatte. Mein Geld, von dem ich zweimal die Woche im Dorf Käse, superleckeren griechischen Joghurt, Tomaten und Brot kaufte, wurde immer weniger. Im Garten

Eden wurde fast nur noch Reis mit ein bisschen Gemüse gekocht, und in den anderen Gruppen sah es nicht besser aus.

So wurden Neuankömmlinge auch darauf gecheckt, ob sie Bares dabeihatten, das sie in die Gemeinschaftskasse einzahlen konnten. Die Olivenernte war nach ein paar Wochen vorüber und es stellte sich heraus, dass die Oliven von schlechter Qualität waren – kein Wunder, da die Bäume jahrelang nicht gepflegt worden waren. Wir bekamen zwar einige Kanister Öl für den Eigenbedarf zusammen, die auf die drei Gruppen verteilt wurden, aber in barer Münze zahlte sich die viele Mühe nicht aus. So viel war mal klar: Es mussten andere Einnahmequellen her. Denn ob wir für den Eigenbedarf genügend Obst und Gemüse würden anbauen können, war fraglich.

Obwohl ich oft das Gefühl hatte, auf wackligem Grund zu bauen, wenn nicht im wahrsten Sinne des Wortes Luftschlösser zu errichten – schließlich lag der Garten Eden weit oben –, bildeten sich erste vorsichtige Strukturen heraus, ganz von allein, wie es schien, anarchisch und selbstbestimmt. Ubi und Ela bauten einen Backofen, in dem sie zweimal in der Woche für alle Brot buken.

Die Sannyasin boten jeden Morgen vor der Arbeit eine Meditation frei nach Bhagwan an. Das war immer ein wildes, ekstatisches Gezappel, das aber nach einer halben Stunde durch zarte Sitarklänge vom Kassettenrekorder aufgelöst wurde.

Und wer wollte, konnte sich nachmittags von Uscha massieren lassen. Mit Olivenöl, versteht sich.

Dann kam der Regen und obwohl das eigentlich in jedem Griechenlandbuch stand, waren wir komplett überrascht davon, dass es auch hier eine Art Winter gab. Es war inzwischen Mitte Oktober, aber noch so warm, dass man in kurzen Hosen und T-Shirt herumlaufen konnte. Nur nachts wurde es schon etwas kühler. Dann hatte sich eines Morgens, als ich aufwachte und aus dem Zelt schaute, der Himmel zugezogen. Es war bedeckt und trüb und im Laufe des Tages begann es zu regnen; zuerst nur ein paar vereinzelte Tropfen, dann regnete es von Stunde zu Stunde stärker, bis es sich schließlich eingeregnet hatte, und zwar in Dimensionen, die einem norddeutschen Landregen alle Ehre gemacht hätten. Nachts kam dann noch Wind dazu und am nächsten Morgen stand der Garten Eden unter Wasser.

Josef und ich versuchten, unser Zelt mit einer Plane zu verstärken, was mehr schlecht als recht gelang. Es gelang uns zwar, die Plane über das Zelt zu werfen und mit Steinen zu sichern, aber damit wurde die Angriffsfläche für den Wind nur vergrößert und man musste ständig fürchten, dass die Zeltstangen endgültig den Geist aufgaben. Lennon wurde es in seinem Baumhaus auch langsam ungemütlich. Er nagelte im strömenden Regen noch verschiedene Bretter und Bleche und Latten aufs Dach, aber *dicht* war etwas anderes. Um einen unverstellten Blick aufs Meer zu haben, hatte er ein riesiges Fenster freigelassen, das natürlich keine Scheiben besaß, und dort regnete es jetzt hinein. Kristof hatte seine Campingliege unter einen Felsvorsprung gezerrt und seine Sachen in eine trockene Felsspalte gestopft.

Das war alles kein Dauerzustand.

Außer Josef hatte niemand Gummistiefel dabei – wer hatte schon mit so was gerechnet? Anstatt wie sonst im Freien ein Feuer zu machen und gemeinsam zu frühstücken, versammelten wir uns jetzt bei Riedlers um den Küchentisch, den Vater Riedler aus Olivenholz zusammengeleimt hatte. Bisher hatten alle über die spießige Kleinfamilie gelästert, die sich auf den Winter vorbereitete, aber das war jetzt schlagartig vorbei. Nun wurden die Riedlers hofiert. Sie hatten ein Dach über dem

Kopf, ein trockenes Bett und einen passablen Vorrat an Feuerholz, mit dem sie den Herd anheizten.

Aber der Regen war nicht das einzige Problem. Es wurde kalt, die ersten bekamen Husten. Und nun, da man sich nicht mehr draußen aufhalten konnte, stellte sich auch die Frage: Was tun? Womit sollte man sich den lieben langen Tag beschäftigen? In nassen Klamotten im feuchten Zelt rumliegen und ein zerfleddertes Buch lesen? Neuankömmlinge hatten manchmal eine deutsche Zeitschrift dabei; die Bücher konnte man größtenteils vergessen. Hermann Hesse konnte ich nicht mehr sehen. Josef hatte damit kein Problem; er widmete sich dann dem Studium der Texte Sri Aurobindos oder meditierte. Aber mir wurde es langweilig und ich fragte mich, was ich überhaupt mit einem Mann wollte, der stundenlang im Lotussitz verharrte und unansprechbar war. An Sex hatte er auch kein Interesse mehr.

Als sich gegen Abend der Himmel kurz aufklarte, machten wir uns auf den Weg zu den Sannyasins. Die Luft war wie reingewaschen und man konnte die Natur gurgeln und schmatzen hören. Nach Monaten der Trockenheit war endlich Regen gefallen und sämtliche Bäume, Kräuter, Gestrüppe, Büsche, Blüten und Flechten saugten gierig auf, was sie bekommen konnten, und entfalteten mit einem wohligen Seufzen ihre vertrockneten Gliedmaßen.

Auch den Sannyasins hatte der Regen gutgetan. Sie hatten Schüsseln und Wannen aufgestellt und Wasser gesammelt, in dem sie nun mit Olivenseife ihre Kleider einweichten. Orangefarbene Pluderhosen, weinrote T-Shirts, pinke Jacken, lila Unterhosen, lachsfarbene Hemden und rötliche Shorts – alles in den Farben von Bhagwan. Auch im Inneren des Zelts hatte sich der Impuls zur Reinigung Bahn gebrochen. Wolle, Guido und Uscha hatten alles geputzt und es duftete nach Lavendelöl.

Erstaunlicherweise war das Zelt wasserdicht; bis auf zwei kleine Stellen, unter denen nun Eimer standen, hatte es nicht hereingeregnet und so war die Stimmung hier deutlich besser als im Garten Eden. Außerdem hatten sie etwas vor, wie sie beim Tee glückstrahlend erzählten: Sie wollten einen Trip nehmen. LSD. Darauf freuten sie sich schon seit Wochen und sie hatten nur auf den richtigen Zeitpunkt gewartet. Und der war nun gekommen.

„Wollen wir?", sagte Uscha, strich sich die dunklen Locken hinter die Ohren, setzte sich ganz gerade auf und rieb sich voller Vorfreude die Hände.

„Ja!", erwiderte Guido und kramte aus seinem Überseekoffer, der ihm als Schrank, Tisch und Nachtkonsole diente, ein paar Papers hervor: Löschpapier mit einem Sternchen – und LSD.

„Wartet, ich stell Musik an", sagte Wolle noch, und dann nahmen sie alle ein kleines Stück rötliches Papier, das mich an Zündplättchen aus einer Knallpistole erinnerte, legten es sich auf die Zunge und warteten ab.

„Wollt ihr auch?", fragte Uscha und ich nahm schließlich auch, aber nur einen halben.

Josef lehnte ab. „Ich pass auf euch auf! Außerdem ... Ich brauch keine Drogen mehr."

„Wieso?"

„Meditation ist besser als alle Drogen!"

Draußen setzte langsam der Regen wieder ein und genauso langsam kam auch der Trip. Irgendwann bemerkte ich, dass wir alle um einen der beiden Eimer herumsaßen, das hereinrinnende Wasser bewunderten und die munteren Tropfen und ihr Platschen erheiterten uns dermaßen, dass wir minutenlang schallend lachten. Wenn es nicht Stunden waren. Josef passte auf uns auf, stellte spacige Musik an, schnitt eine Wassermelone auf und kredenzte einen Teller mit knallroten Melonenspalten, die den Sannyasins geradezu heilig erschienen. Ich konnte mich nicht erinnern, jemals etwas Köstlicheres gegessen zu haben.

Dann hockten wir uns auf das Matratzenlager und sahen zur Zeltöffnung hinaus ins Freie, wo gerade die Sonne unterging. Das war doch tausendmal besser als jedes Kunstwerk, besser als jeder Film.

Nach einer Weile wurde uns kalt und wir schlossen die Zeltöffnung, zündeten ein paar Kerzen an und Wolle holte seine Gitarre hervor. Er war sicher kein virtuoser Gitarrenspieler, aber in meinen Ohren klang es wie Harfen und Schalmeien, wie himmlische Musik. Uscha summte leise und Guido klopfte den Rhythmus mit – zuerst auf allem, was gerade in Reichweite war, dann holte er aus einer Ecke Bongos und so verging die halbe Nacht. Ich hing derweil meinen Gedanken nach. Das Zelt war ein Zirkuszelt und wir zogen durch die Welt mit unseren Raubtieren und Elefanten.

Gegen Morgen wurde ich wach. Mir tat alles weh: Der Kopf, der Rücken, der Bauch, die Beine. Ich lag auf dem Boden und war komplett durchgefroren. Als ich mich vorsichtig aufrichtete, wurde mir schwindelig. Ich hatte brennenden Durst, großen Hunger und extrem schlechte Laune. Uscha, Guido und Wolle lagen auf ihrem Lager und schliefen, Josef war verschwunden. Draußen regnete es noch immer. Alles war klamm und kalt. Die Kerzen, die das Zelt abends gewärmt und beleuchtet hatten, waren längst ausgegangen und als sich meine Augen nach einigen Minuten an die Dunkelheit gewöhnt hatten, zeichneten sich die Zeltstangen schwarz ab. Sie erinnerten mich an die Beine einer überdimensionalen Spinne, die sich über uns in Position gebracht hatte, um uns zu vernichten.

Außerdem musste ich dringend aufs Klo.

Vorsichtig tastete ich mich gen Ausgang, suchte ewig nach meinen Schuhen und trat ins Freie.

Mit Mühe und Not erreichte ich den Donnerbalken und als ich mich erleichtert hatte, war mir schon etwas wohler, wenngleich ich die ganze Zeit befürchtet hatte, hineinzufallen. Was sollte ich jetzt machen? Mich trotz des Regens zum Garten Eden durchschlagen und zu Josef ins Zelt krabbeln – falls er dort war? Oder zurück zu den Sannyasin? Ich entschied mich für die Sannyasins und legte mich ohne große Umstände zu ihnen aufs Lager. Einer von ihnen – ich konnte in der Dunkelheit nicht erkennen, ob es Wolle oder Guido war, murmelte unverständliche Worte, grunzte im Halbschlaf, zog mich an sich und schloss mich in seine warmen Arme.

Als ich gegen Mittag wieder zu mir kam, hatte ich das Gefühl, ein böser schwarzer Alb hocke auf meiner Brust. Mir war so schwer und deprimiert wie lange nicht. Der warme Mensch, neben dem ich eingeschlafen war, war verschwunden. Ich lag mutterseelenallein in einem muffigen, undichten Zelt auf einem klammen Lager. Voller Schreck bemerkte ich, dass ich versehentlich die Schuhe angelassen hatte. Das gesamte Lager war schlammverschmiert. Was wollte ich überhaupt hier? Bäuerin werden? Dann hätte ich auch in dem bösen norddeutschen Dorf bleiben können, aus dem ich kam. Oder war es so viel besser, Olivenbäuerin als Kartoffelbäuerin zu sein? Ich war mir da nicht so sicher. Aber was wollte ich zu Hause? Und zu Hause, wo war das überhaupt? War das meine Wohngemeinschaft? Was sollte ich da? Meinem Freund beim Coming-out zugucken? Doch den Gedanken schüttelte ich schnell ab.

Obwohl es mir immer noch einen leichten Stich versetzte, dachte ich gerne an Waleri und auch an Rudi. Es war keine einfache Zeit mit den beiden gewesen, aber ich fühlte mich Waleri nah, und wenn ich an Rudi dachte, fiel mir zwar ein, wie er in seinem weinroten Morgenmantel an meinem Bett gestanden

und Waleri einkassiert hatte, aber ich spürte auch noch seine
Wange an meiner, wenn er lächelte und leise sagte: „Na, mein
Kullerpfirsich, wie gehts?" Und Giovanna und Horst, wieso ließen die eigentlich nichts von sich hören? Sie hatten doch vor-
gehabt, spätestens in einem Monat nachzukommen. Der
musste doch längst um sein. Ich beschloss, ihnen zu schreiben.

Ubi und Ela waren auf die glorreiche Idee gekommen,
abends alle zum Essen einzuladen, und das war definitiv die
Rettung. Ela war mit einem exorbitanten Regenschirm, den sie
vor Jahren in Schottland erstanden hatte, wie sie jedem erzählte, der danach fragte, von Lager zu Lager gegangen und
hatte allen Bescheid gesagt. Wir hatten schon eine Weile keine
richtige Vollversammlung mehr gehabt, und es war Zeit, sich
mal wieder auszutauschen.

Es gab griechische Reisnudeln mit gebratenen Tomaten und
frischen Kräutern. Köstlich! Dazu hatte jemand ein paar Flaschen einheimischen Rotwein aufgetrieben, und wir labten uns
mit einer derartigen Freude und Wollust an dem einfachen
Mahl, als hätten wir monatelang gedarbt. Nach dem Essen
stand eine Aussprache auf dem Programm. Ela holte einen ei-
förmigen rötlichen Halbedelstein hervor und erklärte, der
würde nun herumgehen und wer ihn in der Hand halte, solle
bitte sagen, was ihn gerade bewege. Kommentare seien nicht
erwünscht.

Kristof war als Erster dran. Er sah schlecht aus. Schmutzig,
übernächtigt, seine Brille war halb zerbrochen. Er starrte vor
sich hin, schluckte und sagte schließlich mit heiserer Stimme:
„Ich bin hässlich, dumm und stink nach Pisse."

Damit gab er weiter an Wolle, der neben ihm saß. Der nahm
den Stein aufmerksam in die Hand, zuerst in eine, dann in
beide, lächelte und sagte: „Ich bin schön und klug und das bist

du auch." Er trat auf Kristof zu und legte ihm die Hand auf die Schulter.

Mit einer barschen Bewegung schüttelte Kristof sie ab. „Lass mich in Ruhe mit deinem Glück!", knurrte er.

Uscha war die Nächste. Sie war noch nicht ganz wieder da. Sie nahm den Stein, sagte nichts, schloss die Augen, summte versunken eine Melodie, schlug dann die Augen auf, lächelte und gab weiter.

Peter Riedler erklärte mit einem vorwurfsvollen Unterton, wie froh er sei, die letzten Monate nicht mit Kiffen, sondern mit Arbeit an seinem Haus verbracht zu haben.

Seine Frau pflichtete bei, bemühte sich aber noch, festzustellen, dass es für sie eben eine ganz ernsthafte Sache sei und sie sich hier eine Existenz aufbauen wollten.

Siddharta sprach es dann aus: „Die ganze Zeit haben die uns alle ausgelacht und jetzt wollen sie bei uns am Ofen sitzen."

Lennon atmete tief ein und aus, ließ einen Moment verstreichen. Dann sagte er leise: „Ich hab die letzten zwei Monate nur geackert." Als er den fragenden Blick von Peter Riedler bemerkte, fügte er hinzu: „Vielleicht hab ich die ganze Olivenernte fast allein gemacht? Und jetzt frag ich mich, wo die Kohle für den nächsten Einkauf herkommen soll. Irgendwie nicht gerecht."

Neben ihm saß Josef. Ich wich seinem Blick aus. Er sah noch asketischer aus als sonst, ruhte vollständig in sich und sagte mit entrücktem Ausdruck: "Ich bin sehr glücklich, hier zu sein, und nehme alle Probleme an."

Kaja war so heiser, dass sie kaum ein Wort herausbrachte. Sie schnäuzte sich ständig. Zwischen zwei Hustenattacken stieß sie nur hervor: „Zu kalt, sonst alles okay!"

Die Wuppertaler Studenten erklärten, dass sie sich wohl fühlten, aber in den nächsten Tagen wieder nach Hause fahren wollten. Man konnte geradezu sehen, wie sich verschiedene

Ohren spitzten und in Richtung der verheißungsvollen Ankündigung drehten. Lennon schien Interesse zu haben. Ich auch.

Ubi rieb sich gemütlich den runden Bauch und erklärte, er sei ein bisschen müde, sonst aber okay. Ela war wie immer ganz im Hier und Jetzt und freute sich über die schöne Luft. Ich wusste nicht, was ich sagen sollte und das sagte ich dann.

Der Winter kam, man musste näher zusammenrücken und einen Kassensturz machen. Meine hatte im Herbst den Keller mit Kartoffeln gefüllt und aus den Früchten des Gartens Marmelade gekocht. Sie hatte Rotkohl eingemacht und bergeweise Äpfel geschält, um sie zu Apfelmus zu verarbeiten. Und was hatten wir für den Winter vorbereitet? Nichts außer vielleicht ein paar Kanistern Olivenöl.

Vorgestern hatte ich mein Geld gezählt. Ich hatte noch genau 132 Mark 67. Damit würde ich wohl kaum über den Winter kommen. Und dann? Wovon sollte ich hier überhaupt leben? Womit konnte ich meinen Lebensunterhalt verdienen? Vor meiner Abreise hatte ich mir darüber keine Gedanken gemacht. Irgendwie hatte ich mir das alles anders vorgestellt, als so eine Art Hippie-Bauernhof, wo die Erde voller Möhren, Rüben und Kartoffeln war, die Büsche voller Beeren und die Bäume voller Äpfel und Birnen und Kirschen und – da wir uns ja am Mittelmeer befanden! – wuchsen auch noch jede Menge Tomaten, Paprika, Auberginen und Knoblauch. Einfach so, von selber. Obwohl ich ein Landkind war, hatte ich keine Ahnung von Landwirtschaft und Gartenbau, und damit befand ich mich hier in bester Gesellschaft. Selbstversorgung war wohl doch schwieriger als man dachte, wenn sie nicht auf so steinigem Gelände quasi unmöglich war.

„Das ist doch wohl meine Sache!" Eine ungewohnt laute Stimme riss mich aus meinen Gedanken. Das war Wolle. "Hör doch mal endlich auf damit." Damit griff er in die Tasche, holte seinen Tabak heraus und begann, sich eine Zigarette zu drehen.

„Finde ich nicht. Hier ist ein Kind und mich stört der Rauch auch" Peter Riedler hatte schon öfter gegen das Rauchen gewettert und hob jetzt zu einer größeren Rede an. Seine Frau nickte zustimmend, während die anderen Raucher, allen voran Guido und Uscha, genervt die Augen verdrehten.

„Das ist dermaßen ungesund. Und dann einen auf Vegetarier machen!", fuhr er fort.

„Was hat das denn damit zu tun? Rauchen ist das eine und Leichtenteile essen das andere."

Siddharta fing an zu heulen. „Papa, wir essen doch keine Leichen, oder?"

Peter legte ihm beschwichtigend den Arm um.

„Das Rauchen könnte ich ja noch akzeptieren", mischte sich nun Marion Riedler ein. „Aber dass ihr hier Drogen nehmt, finde ich nicht okay."

„Wer nimmt hier Drogen?" Ubi war auf einmal ganz Ohr. „Find ich scheiße. Das steht sogar in den Statuten, schwarz auf weiß. Drogen sind hier nicht erlaubt, wir haben keinen Bock, Ärger mit der griechischen Polizei zu bekommen."

Uscha warf mir einen verschwörerischen Blick zu und strich sich mit dem Zeigefinger über die Lippen. Ich verstand. Ich würde alles abstreiten. Woher wussten die Riedlers das mit dem Trip überhaupt? Ich sah zu Josef herüber. Hatte der etwa geplaudert?

Wolle schüttelte genervt den Kopf.

„Marion, was erzählst du denn da?"

„Meinst du, ich bin doof? Das riecht man doch. Ich hab schon öfter, wenn ich an eurem Zelt vorbeigekommen bin, Haschisch gerochen."

Ubi begann zu lachen. „Wir reden über Haschisch? Das ist nicht dein Ernst! Alle rauchen hier Haschisch, und damit hat auch niemand ein Problem. Und ich dachte, du sprichst von Shore!"

„Wie, Shore?"

„Na, Äitsch! Über Gras streite ich mich schon lange nicht mehr. In Indien rauchen alle. Ela und ich, wir ziehen jeden Abend zum Sonnenuntergang einen durch. Seit Jahren. Solltest du auch mal machen, dann wärst du vielleicht ein bisschen entspannter."

Wir saßen noch lange zusammen.

Als Lennon erneut die Finanzprobleme ansprach, machte Ubi ihm einen Vorschlag: Er könne in Krefeld in seiner Firma arbeiten. „Wie, du hast eine Firma?", fragte Lennon verdutzt.

„Naja, meine Familie", erwiderte Ubi, „aber ich könnte da sicher was einfädeln. Wir stellen Schrauben her."

Lennon, der so hieß, weil er mit seiner Nickelbrille aussah wie John Lennon, schlief eine Nacht darüber und am nächsten Tag sprach er erneut mit Ubi. Dann gingen die beiden in den Ort und telefonierten vom Kafenion aus mit Ubis Familie. Man sicherte Lennon einen halbwegs einträglichen Job zu, und ein Zimmer könne er auch haben. In Ubis früherer WG, wo jetzt seine Exfreundin wohnte.

Ich hatte auch genug von der Kälte und sehnte mich nach einem warmen Nest. Und ich hoffte, dass meine WG mich wieder aufnehmen würde. Zur Not konnte ich sicher fürs Erste bei Giovanna pennen. So packte ich meine Siebensachen wieder zusammen. Das Landleben war nichts für mich. Ich war nicht zur Bäuerin geboren, so viel war mal klar. Ich hatte keine Lust, mein Leben mit der Aufzucht von Tomaten und Zucchinis zu verbringen oder stinkende und tretende Ziegen und Schafe zu melken, um aus ihrer Milch ebenso stinkenden Käse zuzubereiten. Auch die Olivenernte begeisterte mich wenig. Ein paar der Frauen hatten angefangen, Schafwollpullover zu stricken, die sie auf den Märkten verkaufen wollten. Auch dazu hatte ich keine Lust. Schmuckmachen kam ebenfalls nicht in Frage. Den ganzen Tag Perlen auffädeln und aus Silberdraht irgendwelche Broschen flechten – lieber nicht.

Und das mit Josef war auch vorbei. Wir mochten uns wirklich, doch jetzt musste jeder seiner Wege gehen. Er wollte nicht zurück nach Deutschland, ihm gefiel es hier. An meinem letzten Abend – seit ich eine Entscheidung gefällt hatte, war das Wetter wieder besser! – saßen wir im Garten Eden auf dem großen Felsen und sahen übers Meer.

„Falls das hier nicht klappt", sagte er, „fahre ich weiter nach Indien."

„Zu deinem Guru?", fragte ich ein wenig spöttisch.

„Ja, genau", erwiderte er und grinste, „zu meinem Guru. Möchtest du nochmal das I GING befragen?"

Er holte ein in Stoff eingeschlagenes Bündel Schafgarbenstängel aus seinem Zelt und gab mir Anweisungen. Das I GING kannte ich ja schon, aber dass man es eigentlich mit Schafgarbenstängeln befragte, war mir neu. Dafür hatte Josef also immer die Schafgarben gepflückt! Ich musste einen Stängel zur Seite legen und den Rest in zwei Haufen teilen. Dann vom Haufen rechts einen Stängel abnehmen und immer wieder hin und her sortieren und welche zur Seite legen und zählen. Es war eine komplizierte Prozedur, die ich nicht verstand, aber er ritzte nach und nach sechs waagerechte Linien in den Fels.

„Unten das Haftende, das Feuer, und oben das Sanfte, der Wind… schön! Könnte die Sippe sein. Ich guck mal nach."

Damit verschwand er im Zelt und kam kurz darauf mit einer Kerze und einem Buch wieder. Er ließ ein bisschen geschmolzenes Wachs auf den Felsen tropfen, klebte die Kerze darauf und las mir vor: „*Gia Jen, Die Sippe. Oben Sun, das Sanfte, der Wind, unten Li, das Haftende, das Feuer.*" Dann überflog er ein paar Zeilen und murmelte nur: „Das ist konfuzianischer Unfug, das brauchen wir nicht, aber das hier" – er erhob die Stimme: *„Der Wind kommt aus dem Feuer hervor: Das Bild der Sippe. So hat der Edle in seinen Worten die Sache und in seinem Wandel die Dauer."* Er sah auf. „Ich glaube, es ist gut so. Du solltest zu deiner WG zurückkehren. Genau. Da steht es: *Anfangs eine Neun bedeutet: fester Anschluss innerhalb der Sippe. Reue schwindet."*

Er hielt inne, betrachtete erneut das Zeichen, das in der hereinbrechenden Dunkelheit nur noch schwach zu erkennen war. Dann nahm er einen Stein und malte ein zweites Zeichen daneben, schlug erneut das Buch auf. „Und daraus ergibt sich Guan, die Betrachtung. Das ist ein Turm, man hat eine weite Aussicht. Im Monat September-Oktober geschieht etwas. Dann ist Schluss. Die lichte Kraft zieht sich zurück, die dunkle ist wieder im Steigen."

Lennon hatte vor, im Frühjahr zurückzukommen und stellte eine Kiste mit seinen wichtigsten Sachen bei den Riedlers unter. Sein Baumhaus machte er winterfest, so gut es ging. Morgens um sechs ging es dann los gen Heimat. Wir schulterten unsere Rucksäcke und trabten zu den Jungs, die schon bei ihrem VW-Bus auf uns warteten.

Die Fähre tuckerte wieder um die Insel herum, und diesmal erkannte ich die Bucht mit der Regenbogenfahne. Die zwei Gestalten, die da in der Morgensonne am Strand herumliefen, waren Ubi und Ela. Ich blickte nach oben zum Garten Eden. Jemand schwenkte etwas Rotes. Das musste Josef sein, der mir Adieu sagte.

Planetengetriebe und weiße Ware

„Was willst du denn hier?", knurrte Onno gewohnt herzlich, als er mir gegen halb zwei Uhr nachts die Tür öffnete. Nach drei Tagen Fahrt war ich endlich am Ziel, aber zu meinem Schrecken war es hier noch deutlich kälter als in Griechenland. Dass auch in Deutschland Winter war, hatte ich vor lauter Vorfreude auf ein warmes Nest vollständig verdrängt.

„Wir haben kein Zimmer frei!", fügte Onno noch hinzu, aber ich sah ihm an, dass er sich enorm freute mich zu sehen. Bei einer Kanne Tee tauschten wir die Neuigkeiten aus. Die Kündigung – auch dass uns gekündigt worden war, hatte ich verdrängt! – war noch nicht rechtskräftig. Sie hatten einen Anwalt eingeschaltet und der hatte gemeint, dass es durchaus noch den Sommer über gut gehen könnte. Aber dann müssten wir vermutlich raus.

Das war ja im Prinzip eine gute Nachricht, aber da ich die Sache mit der Kündigung überhaupt nicht auf dem Zettel hatte, wurde für mich eine schlechte Nachricht daraus. Immerhin ginge es ja noch über den Winter hier weiter, meinte Onno tröstend.

Als ich bei Waleri anklopfen wollte, winkte Onno ab.

„Der ist übers Wochenende verreist."

„Mit Rudi?"

„Mit Rudi ist längst Schluss. Der wohnt auch gar nicht mehr hier. Waleri fährt jetzt ständig nach Amsterdam. In die Szene."

„Wie, in die Szene?"

„Na, in die Schwulenszene. Darkroom und so."

„Wie, Darkroom, was ist das?"

„So 'n Hinterraum, in dem es dann zur Sache geht. Im Dunkeln. Darum heißt das Darkroom."

„Wie jetzt, mit Fremden?"

„Ja klar."

Mein Waleri im Dunkeln, mit Fremden, in der Schwulenszene... Mir wurde ganz anders.

Doch das war noch nicht alles. Der Knaller kam erst noch.

Horst und Giovanna waren vor einer Woche abgereist. Vor einer Woche. Nach Griechenland. Sie hatten also alles so gemacht wie vereinbart. Ich hätte mich schwarz ärgern können.

Mit den beiden wäre es vielleicht doch gegangen da in Griechenland. Wir hätten uns zusammen etwas aufgebaut. Mit Giovanna machte bestimmt auch Pulloverstricken Spaß, und Horst hätte uns sicher in kurzer Zeit eine wetterfeste Butze zusammengezimmert. Aber das Ganze hatte auch etwas Positives: Dann war zumindest Platz für mich. Dachte ich zumindest. Aber weit gefehlt. Am Mittwoch, erklärte mir Onno, würde eine Frau namens Jolante, eine Künstlerin, wie er betonte, in Giovannas Zimmer einziehen. Und Horsts Zimmer sei auch schon vergeben, an einen Musiker namens Diego, einen Freund von Marion.

„Und mein Zimmer, was ist damit?", fragte ich bang. Wenn Rudi wieder ausgezogen war, war es womöglich frei.

„Da wohnt jetzt dieser Jochen."

Ausgerechnet. Dieser Jochen, der uns alle überhaupt auf diesen Landkommunentrip gebracht hatte, wohnte jetzt hier. Ich mochte ihn nicht. Das konnte ja heiter werden. Als er sah, dass sich meine Miene zunehmend verdüsterte, sagte Onno jovial: „Aber du kannst ja heute Nacht auf dem Sofa pennen", und an seinem Blick sah ich, dass ich damit wieder in den Schoß der Familie aufgenommen war. Es würde sich schon ein Plätzchen für mich finden, da war ich sicher.

„Wen haben wir denn da?" Ein grausames Quietschen, das ich selbst im Schlaf als das Quietschen der Türangeln der WG-Küche identifizierte, hatte mich unsanft aus dem Schlummer gerissen. Und jetzt stand Jochen vor meinem Lager, das ich mir mit dem halbfeuchten, nach Salbeitee und Ziegenkötteln riechenden Schlafsack auf dem Küchensofa bereitet hatte, und musterte mich interessiert. Mit seiner Brille, der Cordhose und dem Tweedjackett sah er genauso aus wie die anderen Schlaumeier, die an der Uni so rumliefen. Er verströmte den Geruch von Rasierwasser, der mich immer an die Duftdrüsen von

Ottern erinnerte, und brannte auf Neuigkeiten. Müde rieb ich mir die Augen.

„Gibt's Probleme in der Landkommune?" Widerwillig drehte ich ihm den Rücken zu und hörte, wie er den Gasherd anzündete, Teewasser aufstellte, noch eine Flamme anzündete, eine Pfanne hervorholte, den Kühlschrank öffnete und etwas herausholte. Dann begann es zu brutzeln und nach Fett zu riechen. Kurz darauf stieg der Geruch von gebratenem Bacon auf. Er schlug zwei Eier in die Pfanne. Ich hatte gar nicht gewusst, dass einem auch im Schlaf das Wasser im Mund zusammenlaufen konnte.

„Für mich bitte auch ein Ei", grunzte ich verschlafen.

„Eins oder zwei?"

„Zwei."

Ohne mich weiter zu behelligen, stellte er mir kurz darauf einen riesigen Becher heißen Tee mit Milch und einen Teller mit zwei Spiegeleiern, Speck und einer Scheibe Bauernschnitten hin. Es waren die besten Spiegeleier meines Lebens und ich verputzte sie liegend auf dem Sofa.

Jochen fuhr an die Uni, wo er einen Job am Philosophischen Seminar hatte. Da ich nun schon einmal wach war, nahm ich erstmal ein heißes Bad und hängte mich dann ans Telefon, um mir einen Job zu organisieren. Zwei Stunden später hatte ich Arbeit, im Lagerbüro einer großen Maschinenfabrik in Bochum. Gleich am nächsten Tag konnte ich anfangen.

Ich bekam in einem großen Büro mit etwa zehn Schreibtischen, die nach vorn ausgerichtet waren wie in der Schule, einen Platz zugewiesen. Der Chef stellte mir einen Karteikasten aus Holz hin. Darin befanden sich mehr oder weniger vergilbte Karten, auf denen extrem große Maschinen und Maschinenteile festgehalten waren. Die Firma beabsichtigte, das Lager zu verkleinern und wollte nun prüfen, welche Teile man ruhigen

Gewissens verschrotten konnte, da sie nicht mehr nachgefragt wurden. Auf den Karten waren die wichtigsten Informationen festgehalten: Lagerort, wie viele Exemplare sind vorhanden, wann wurde das letzte bestellt, wie lange wurde das Teil nicht mehr bewegt. So lernte ich die Grundlagen der Lagerhaltung kennen, was mir auch in meinem sonstigen Leben zugutekommen sollte. Immer wenn ich etwas ausmisten musste, fragte ich mich fürderhin, wie lange die verschiedenen Objekte nicht mehr bewegt worden waren, auch wenn es sich nur um ein Paar Sommersandaletten handelte. Hier hatte ich mit Objekten mit so beeindruckenden Namen wie „Planetengetriebe" zu tun. Ich hatte keine Ahnung, was ich mir darunter vorzustellen hatte, aber es war vermutlich sehr, sehr groß und sehr, sehr schwer.

Nach ein paar Wochen war das Lager aufgeräumt und ich suchte mir einen neuen Job. Wieder landete ich im Lager, aber diesmal im Regionallager eines Versandhauses. Es ging inzwischen auf Weihnachten zu und man brauchte dringend jemanden, der die Telefonzentrale besetzte und die aufgebrachten Kunden besänftigte, die zum Teil schon seit Monaten auf ihre Bestellung warteten und sich nun fragten, ob sie das Weihnachtsfest etwa ohne neue Couch, funktionierende Waschmaschine oder die neue Kühl-Gefrier-Kombination feiern mussten. Die beiden letzten Objekte zählten zur „weißen Ware", wie die großen weißen Küchengeräte genannt wurden. Bei besonders hartnäckigen Anrufern rief ich die zuständigen Mitarbeiter auch mal ans Telefon, indem ich Durchsagen machte, die ich bisher nur aus Kaufhäusern kannte: „Herr Müller bitte 21, Herr Müller bitte." Das hieß dann, dass er sich dringend bei mir melden sollte.

Nach Feierabend traf ich im Bus oft die Sekretärin des benachbarten Kranverleihs. Ein Kranverleih, das fand ich mindestens genauso abenteuerlich wie ein Planetengetriebe, auch wenn ich immer noch nicht wusste, was das sein mochte. Angeblich konnte man meine Stimme auf dem gesamten Betriebsgelände hören, so laut waren die Durchsagen. Manchmal fragte sie mich: „Und, hat Herr Müller sich noch gemeldet?"

Aber auch dieser Job währte nur kurz. Anschließend arbeitete ich in einer Fernseherfabrik und konnte die wertvolle Erfahrung machen, wie anstrengend Bandarbeit ist. Auf einem Fließband kamen immer neue Innereien von Fernsehern auf mich zugerollt und ich musste verschiedene Teile zusammenfügen, verkabeln, ineinanderstecken. Es waren etwa sieben Handgriffe, die ich tun musste, aber ich war viel zu langsam. Ich schaffte kaum drei, dann kam schon der nächste Apparat auf mich zu. Widerwillig übernahmen meine Kolleginnen ein paar meiner Aufgaben, um den ständigen Stau aufzulösen. Schließlich teilte der Chef mich woanders ein: Nun musste ich Platinen in eine riesige Stanzmaschine stecken, die mir wie ein gefährlicher Schlund mit messerscharfen Zähnen erschien.

Ich hatte Angst, mir würden die Finger zerquetscht. In der Halle herrschte ein ziemlicher Lärmpegel, und wenn ich einen Moment verschnaufte und den Blick schweifen ließ, was immer nur sehr kurz möglich war, da es sonst irgendwo zu einem Stau kam oder der Chef mir böse Blicke zuwarf, staunte ich über die halbfertigen Fernseher, die auf allen möglichen Bahnen durch die Halle schwebten. Doch auch an der Stanzmaschine war ich nicht zu gebrauchen. So kam ich in die Endprüfung.

Da gefiel es mir schon besser. Ich arbeitete mit drei anderen jungen Frauen zusammen. Zwei von ihnen waren grell geschminkt, immer in Schwarz gekleidet und trugen die ersten Irokesen, die ich zu sehen bekam. Die dritte lebte irgendwo am Kanal, wo sie sich mit ihrem Freund, einem verwegenen Holländer, aus alten Fenstern, Türen, Brettern und allem möglichen Material aus Schrott und Sperrmüll eine Behausung zusammengezimmert hatte.

Wir vier verstanden uns gut und mochten auch unseren Job: Mit einem gut gepolsterten Hammer sollten wir auf die Gehäuse der fertigen Fernseher klopfen, um zu untersuchen, ob alles halbwegs stabil zusammengelötet war, verschiedene Testbilder einstellen und technische Prüfungen vornehmen.

Die Jobs waren anstrengend, aber langsam füllten sich meine Taschen wieder. Nur fragte ich mich bisweilen, ob ich Fabrikjobs wirklich besser fand als in Griechenland Oliven zu ernten. Da war ich mir nicht mehr so sicher, aber die Olivenernte war eigentlich ja keine Option gewesen. Schließlich warf sie kein Geld ab. Kurz vor Weihnachten war auch der Job in der Fernseherfabrik beendet. Wir vier von der Endprüfung leerten vor dem Fabriktor eine Flasche Sekt, dann stellte ich mich an die Straße, um nach Hause zu trampen. Als ein Wagen hielt, hatte ich mein Ziel vergessen. Mein Geist war noch vollständig in Anspruch genommen von Planetengetrieben, der weißen Ware und durch Fabrikhallen schwebenden Fernsehern.

Meine Mutter, bei der ich mich gleich nach meiner Rückkehr gemeldet hatte – aus unerfindlichen Gründen war ich doch sentimental geworden –, traktierte mich ständig mit Fragen. Dabei gab es zwei Themen: 1.Kommst du zu Weihnachten? 2.Was hast du denn jetzt vor? Nachdem ich die erste Frage hartnäckig immer wieder mit den gleichen Worten „Nein, ich komme Weihnachten nicht", beantwortet hatte, schoss sie sich aufs Thema Zukunft ein. Wie soll es denn jetzt weitergehen? Was hast du denn jetzt vor? Nichts. Ich hatte nichts vor. Worauf sollte ich auch bauen? Das Studium war mir zuwider. Meine Beziehung war im Eimer. Meine WG würde sich im Sommer auflösen und ich hatte nicht einmal ein richtiges Zimmer. Jule, die ja zwei ineinander übergehende Zimmer bewohnte, hatte mir freundlicherweise eines davon überlassen, aber eine Dauerlösung war das nicht.

Die neuen Mitbewohner jedoch gefielen mir gut. Jolante, die in Giovannas Zimmer im Erdgeschoss gezogen war, war Künstlerin und studierte in Essen an der Folkwangschule. Sie malte und schrieb Gedichte, trug Pluderhosen und mit kleinen Spiegelchen bestickte Westen. Sie erinnerte mich an den kleinen Muck. Waleri hatte sie auf irgendeiner Vernissage aufgelesen; sie wirkte ein bisschen verloren und zerrupft mit ihren abgeschorenen Haaren und den melancholischen Augen und ich mochte sie gleich.

Diego, ein rundlicher Typ, der jetzt in Horsts Zimmer im ersten Stock wohnte, hatte ein Klavier mit in den Haushalt gebracht und wenn er spielte, hörte man das in jedem Winkel. Aber er spielte gut, und so gab es keine Beschwerden. Allerdings war das Klavier schon alt, manche Tasten klemmten und andere gaben gar keinen Ton mehr von sich. Diego wollte im Sommer mit seiner Freundin nach Neuseeland auswandern und dort Schafe züchten. Er brauchte also nur eine Bleibe über den Winter. Er war schon über dreißig und hatte irgendwas mit Architektur gemacht. Zusammen mit Marions seltsamem Freund Harald, der mir immer noch nicht geheuer war, spielte er in einer Band. Während meiner Abwesenheit hatten sie schon ausbaldowert, dass sie dann im Keller einen Probenraum einrichten würden, sobald die Heizsaison vorbei war, denn sonst war es dort zu kalt.

Patchouli

Dann war es schließlich soweit: der 24. Dezember brach an. Meine Mutter hatte von Tag zu Tag schärfere Geschütze aufgefahren, um mich zu einem Besuch bei ihr zu überreden, aber das war das Letzte, was ich mir vorstellen konnte.

Es war ein eisiger Winter, im Radio wurde von zweistelligen Minusgraden berichtet, und ich war froh, dass ich mich nicht wie der Rest der WG durch Schneewehen arbeiten oder über vereiste Landstraßen kämpfen musste. Das Haus war leer. Waleri hatte sich nach Berlin abgesetzt, Jochen war mit seinen beiden Freundinnen nach Texel gefahren, Onno war zum Frühschoppen in die Kupferkanne gezogen, um ein paar Bierchen zu trinken, so wie jede Weihnachten und jede Ostern und eigentlich jeden anderen Tag des Jahres auch. Marion fuhr immer zu ihren Eltern und Jolante ... keine Ahnung. Sie war jedenfalls nicht da. Ich war einfach zu Hause geblieben, genauso wie Diego. Wir hatten uns nicht groß was vorgenommen. Gemütlich ein paar Kekse backen, Glühwein schlürfen, vielleicht einen Vogel in den Ofen schieben. Ich hatte mir zur Feier des Tages Weihnachtskugeln an die Ohren gehängt.

„Abkühlen lassen, dann die übrigen Zutaten unterrühren", las Diego aus dem Backbuch vor. Er zog den Topf vom Herd. „Da haben wir noch Zeit für ein kleines Tütchen." Er kramte Tabak und Blättchen aus der Tasche hervor. Zu Weihnachten hatte seine Dealerin ihm ein Stückchen Schwarzen Afghanen geschenkt, weich und ölig, damals noch nicht mit Glycerin gestreckt und eine echte Delikatesse. Schließlich war er Stammkunde.

„Du weißt, dass Jesus seinen ersten Stoff von den Weisen aus dem Morgenland geschenkt bekam", erzählte er. „Highsein war in allen spirituellen Traditionen nicht nur legal, es war sogar heilig. Das ist Weihnachten!" Er erwärmte das Dope über einer Kerze. Mitten ins duftende Ritual klingelte das Telefon. Ärgerlich. Aber wenn es meine Mutter oder mein Vater waren, musste ich kurz hin. Ich sprintete die ausgetretenen Treppenstufen hinauf. Aus dem Hörer klangen Lautsprecherdurchsagen und Stimmengewirr.

„Hallo?", rief ich. Es knackte und brutzelte in der Leitung. Dann vernahm ich die Stimme meiner Mutter.

„Ich bin am Hauptbahnhof!", schrie sie. „Also in Essen Hauptbahnhof! Wie muss ich jetzt weiter?"

Das klang unheilvoll. „Wo willst du hin?", fragte ich matt.

„Na, zu dir! Du bist doch alleine, hast du gesagt, und ich auch, und da hab ich gedacht, ich bring dir deine Geschenke persönlich vorbei!" Tolle Idee. Meine Mutter hatte es noch in jedem Jahr geschafft, Weihnachten zum Drama zu machen. Ich nuschelte etwas von „ausgerechnet heute unpassend" und überraschenden Gästen und einer wichtigen WG-Versammlung.

„Ich verstehe nichts, es ist so laut hier", brüllte sie.

„Dann nimm die S-Bahn", schrie ich zurück. „In Essen-Steele musst du umsteigen." Es knackte schon wieder in der Leitung, diesmal endgültig, und sie war weg. Aber sie kam. Konnte höchstens noch sein, dass sie es nicht schaffen würde mit meinen rudimentären Anweisungen. Dann würde sie aufgeben und wieder nach Hause fahren.

„Reg dich nicht auf", besänftigte Diego mich. „Ist doch eh alles egal." Süße, würzige Rauchschwaden zogen durch die Küche, und er hatte dieses entrückte Grinsen mit dem Blick ins Nirwana. „Sie kommt oder sie kommt nicht", trug er noch bei. Wir versuchten, die Lebkuchenproduktion fortzuführen, kippten mehr intuitiv als nach Rezept Mehl, Backpulver und Gewürze zusammen, gossen Milch dazu und strichen, was dabei herauskam, aufs Blech.

Sollte ich die Küche aufräumen? Wir entspannten uns lieber ein bisschen. Als der Kuchen langsam Farbe annahm, klingelte es an der Tür. Ja, sie hatte es geschafft. Das war sie, auch bei schlechtem Wetter noch Grande Dame. In schwarzen Knautschlackstiefeln, in einem grasgrünen Mantel, einen Fuchspelz um den Hals geschlungen. Für ihre 47 sah sie nicht schlecht aus. Umgeben von einer Wolke aus Winterfrische rauschte sie in die ofenwarme Küche. Diego wollte eben den Lebkuchen in kleine Rauten schneiden; angeblich hatte er auch mal Hammer und Sicheln als Keksform geschafft, aber im Zustand leichten Deliriums klappte das nicht.

„Oh ja", sagte meine Mutter und ließ ihren Blick über das speckige Inventar, das ramponierte Sofa, die alten Schränke schweifen. „Außen Villa, innen Sperrmüll." Die ockerfarbenen Wände hatten Marion und Harald vor ein paar Wochen bis in Hüfthöhe mit Schilfmatten verkleidet. Zum Schutz vor Zugluft lagen zusammengerollte Decken vor den alten Fenstern, die von Eisblumen überzogen waren. Auf dem Eichentisch standen ungeordnet sämtliche Backzutaten, und wenn man es genau nahm, war da auch noch das Frühstücksgeschirr, das ich in die Spüle hätte räumen können, wenn sich dort nicht das Geschirr vom gestrigen Abend getürmt hätte. Ich hatte die Wahl, mich entweder für meine Mutter oder für die WG zu schämen.

Diego wischte sich die Hände am Jeanshintern ab und schritt mit irrem Lächeln auf sie zu: „Wie schön, dass Sie uns mal besuchen kommen, und das zu Weihnachten, nehmen Sie Platz!" Er deutete auf die alten Eichenstühle, die wir schon lange beziehen wollten, denn auf den ehemals moosgrünen Sitzpolstern klebten die Spuren vieler langer Nächte. Teereste, Kaugummi, Spaghetti aglio e olio, Bier. Wenn die Männer an ihren Autos herumgeschraubt hatten, setzten sie sich anschließend mit ihren ölverschmierten Hosen direkt an den Tisch, und unsere Katze hatte auch manches Haar hinterlassen. Mit einem kurzen Blick scannte Mutter die angebotene Sitzfläche. Sollte sie ihr schickes Kostüm ruinieren? Diego erfasste intuitiv, was hinter ihrer Stirn vorging, eilte nach nebenan und zauberte ein besticktes Sofakissen hervor, das er umdrehte, damit sie auf dem ausgeblichenen, jedoch sauberen weinroten Samt Platz nehmen konnte.

So ein Kissen hätte meine Mutter sonst nicht einmal mit nappaledernen Handschuhen angerührt.

„Was darf ich Ihnen denn anbieten, meine Dame? Eine Tasse Kaffee? Oder lieber einen Tee?"

„Einen Kaffee", erwiderte sie huldvoll, und ich fragte mich, wo Diego den Kaffee hernehmen wollte. Auf der letzten WG-Versammlung hatten wir beschlossen, aus Solidarität mit unterdrückten Kaffeebauern und aus Gründen der Sparsamkeit nur noch Tee zu trinken. Doch Diego schien subversive Verstecke zu kennen. Er schritt zu dem orange lackierten Vorratsschrank, an den jemand ein mittlerweile von Fettflecken übersätes Porträt von Bob Dylan geklebt hatte, und förderte ein Päckchen Nicaraguakaffee aus dem Dritte-Welt-Laden ans Tageslicht. Das musste Marion gehören, aber egal.

Während er eine Kanne Kaffee kochte, packte meine Mutter ihre Geschenke aus einer überdimensionierten Papiertasche, wie man sie in Modehäusern bekommt. Sie überreichte mir ein großes, ein mittleres und ein klitzekleines Paket. In dem großen war eine Ledertasche, die man mit einem Messingbügel zusammenklappen konnte und die Platz bot für jede Menge Bücher, Studienunterlagen, Kittel, Stethoskope und Seziermesser. Genau so eine klassische Hebammentasche hatte ich mir seit Langem gewünscht. Viele meiner ehemaligen Kommilitonen hatten auf dem Flohmarkt ein altes Schätzchen ergattert. Doch diese Tasche war aus mokkabraunem Krokodilleder. Ich schluckte. Außerdem studierte ich doch gar nicht mehr, aber meine Mutter hoffte wohl, dass ich wieder auf den Pfad der Tugend zurückkehren würde.

Aus dem mittleren Paket quollen ein Kilo Räucherlachs und ein Kilo Champagnertrüffel. Beides wurde in meiner Familie traditionell zu Weihnachten in rauen Mengen verputzt. Wunderbar, aber musste sie vor meiner WG meine dekadente großbürgerliche Herkunft zur Schau stellen? Diego jubelte.

„Champagnertrüffel!" Er stopfte sich zwei in den Mund und kaute sie schmatzend durch, statt sie langsam auf der Zunge zergehen zu lassen, wie es sich gehörte. Meine Mutter sah ihm amüsiert zu. Sie war in einer Art Zoo gelandet.

Verdrießlich öffnete ich das dritte Päckchen. Parfüm. Klar. Ich hatte es kommen sehen. Ich verabscheute das nach Bergamotte, Maiglöckchen und Amber stinkende Zeug, das sie mir jedes Jahr aufs Neue schenkte. Wenn überhaupt Parfüm, dann Patchouli. Das gab es im Indienladen in winzigen Flacons, und die dunkle Essenz duftete so verführerisch nach den Geheimnissen des Orients, dass schon ein einziges Tröpfchen hinterm Ohr zwangsläufig eine wilde Liebesnacht nach sich zog. Es war ein Aphrodisiakum sondergleichen. Doch Diego probierte jetzt das dekadente Chanel und dieselte sich begeistert ein. Meine Mutter hob indigniert die Brauen.

„Wo kann ich mir hier mal die Hände waschen?", fragte sie, und während Diego ihr den Weg zur Toilette zeigte, die in einem Kabuff zwischen dem ersten und zweiten Stock untergebracht und mit einem Plakat der siegreichen russischen Revolution dekoriert war, warf ich einen bangen Blick auf den Putzplan. In dieser Woche war Jochen für die Toilette eingeteilt gewesen, jetzt war er verreist, und ich hoffte inständig, dass er ausnahmsweise seinen Pflichten nachgekommen war.

„Schätzeken, die is doch ganz lustig, mach dir ma keinen Kopf!", lallte Diego, als er zurückkam. Ich wollte mir gerade ein paar Lebkuchen in den Mund stopfen, Nervennahrung. „Langsam", bremste er mich. „Bist du sicher, dass du das heute verträgst? Nicht dass du auf den Horror kommst"

„Hast du da etwa was reingetan?"

„Nur so 'n bisschen, für den Geschmack!"

Nur so 'n bisschen. Der schwarze Afghane war viel stärker als der grüne Türke, den wir sonst hatten. Vor allem in Gebäck war die Wirkung nicht zu unterschätzen.

„Aber hat meine Mutter nicht eben schon ...?"

Da stand sie auch schon wieder in der Tür und ließ einen forschenden Blick durch die Küche schweifen. Sie war als Missionarin bei einem unterentwickelten Stamm gelandet.

„Also, komm, wir machen den Abwasch!", befahl sie. Eh ich widersprechen konnte, hatte sie sich die Schürze umgebunden, räumte die versiffte Spüle aus, forderte Spülbürste, Spülmittel, Schwamm und legte los. Als hätte er sein ganzes Studentenleben lang nur auf genau dieses Kommando gewartet, begann auch Diego, klar Schiff zu machen. Er holte Besen und Schrubber hervor (ich wusste gar nicht, dass wir einen hatten), fegte und wischte die Küche, und als er damit fertig war, deckte er den Tisch, drehte das Radio lauter, so dass Kinderchöre „Oh Tannenbaum" durch die Küche schmetterten und zündete eine Kerze an. Weihnachten. Wir verspeisten Bauernschnitten mit Billigmargarine und Räucherlachs.

„Und jetzt möchte ich noch mal was vom Lebkuchen!", erklärte meine Mutter.

„Oh, die sind jetzt noch nicht gut", fiel mir ein, „oder genauer gesagt, die müssen noch ein paar Tage in eine Blechdose. Dann sind sie schön weich."

„Ach, was! Ich habe doch kein Gebiss!"

„Aber selbstverständlich bekommen Sie Lebkuchen, gnädige Frau", erwiderte Diego. „Ihre Tochter wollte Ihnen sowieso welche schicken!"

Unglücklicherweise klingelte in diesem Moment das Telefon. Diego machte keine Anstalten zu gehen. Ich warf ihm einen durchdringenden Blick zu. Auf keinen Fall gibst du ihr Lebkuchen!, funkte ich ihn an, und lief die Treppe hoch. Mein Vater. Er wünschte mir ein schönes Fest und alles Gute, besonders für die Zukunft, und berichtete dann von Darmkrebs, Parodontose, Diabetes, Arthrose und Krampfadern. Ich bemühte mich, Ruhe zu bewahren. Da stand plötzlich meine Mutter neben mir. Sie nahm mir den Hörer aus der Hand.

„Johannes", säuselte sie, „wie schön, dich auch mal wieder zu sprechen!" Da war nicht einmal Ironie in ihren Worten. „Dir auch frohe Weihnachten." Sie plauderte noch einen Moment, ließ sich Vaters neue Freundin geben und erklärte ihr, wie er die Gans am liebsten hatte, nämlich mit Maronen und Äpfeln gefüllt, und die Haut müsse kross sein. Dann legte sie auf und grinste mich listig an: „Schlimm?"

Ihre Mundwinkel waren voller Lebkuchenkrümel.

„Schätzeken, ich bin dann weg, bis später!", hörte ich Diego rufen. Ehe ich etwas erwidern konnte, fiel die Tür ins Schloss.

Heiligabend allein mit meiner Mutter auf Haschkeksen.

„Willst du mir nicht das Haus zeigen?", fragte sie. Ich stotterte etwas von „im Augenblick nicht so aufgeräumt" und „alle hastig aufgebrochen", aber sie ließ sich nicht abschrecken. Und so führte ich sie durch die ramponierte alte Villa, deren bessere Tage mindestens ein halbes Jahrhundert zurücklagen. In Onnos Zimmer türmten sich die leeren Bierkisten und die Zeitungen, die von seinem Job als Austräger übrig geblieben waren. Es roch wie in einer Kellerkneipe am frühen Morgen. Meine Mutter zog eine Augenbraue hoch. Bei Jochen ließ das zwei mal zwei Meter große Bett, über dem ein Spiegel angebracht war, auf ein heiteres Sexualleben schließen, ebenso die drei gefüllten Kondome, die an einer Schnur von der Decke baumelten. Sie wandte sich diskret ab. In meinem Zimmer suchte sie die Möbel, die sie mir nach meiner Rückkehr aus Griechenland per Spedition geschickt hatte. Ich hatte sie gleich verkauft. Mutter atmete tief durch. Waleri, den sie ja kannte und, wie sie sagte, ganz sympathisch fand und eventuell sogar als Schwiegersohn akzeptiert hätte, hatte sein Zimmer mit Schwulenpornos dekoriert, während bei Diego alles voller Flugblätter der KPD/ML lag. Sie nahm eines in die Hand, entzifferte ein paar Zeilen und schüttelte lächelnd den Kopf.

Nun hatte sie genug gesehen.

„Aus dem Haus könnte man was machen", fasste sie ihre Eindrücke zusammen, aber sie müsse nun zum Bahnhof, um den letzten Zug zu erwischen. Gute Idee! Ich bedankte mich für die Geschenke und ließ sie widerstandslos ziehen. Erleichtert wankte ich in die Küche, fläzte mich auf das alte rote Sofa, legte die Füße auf den Tisch und stopfte mir einen Lebkuchen nach dem anderen in den Mund. Endlich konnte ich mich entspannen.

Es war dunkel geworden. Leichtes Schneetreiben hatte eingesetzt. Ab und zu knarrte eine der alten Dielen, sonst war es still im Haus. Und kalt. Wer hätte eigentlich Ofendienst gehabt? Ein Blick auf den Plan: Waleri. Der war in Berlin. Ich stapfte in den Keller, öffnete die untere Klappe des monumentalen Ofens, der die Heizkörper im Erdgeschoss und im ersten Stock beheizte, und stocherte in der Glut, bis die überflüssige Asche nach unten rieselte. Ich zog die Ascheschublade heraus und kippte den Inhalt auf den Aschehügel in der Ecke. Der ging mir schon fast bis zum Oberschenkel. Wir sollten ihn bei Gelegenheit wegschaffen, aber vielleicht nicht heute. Der Ofen hatte Zug bekommen, die Kohlen glühten. Schweflige Gase stiegen mir in die Nase. Von oben kamen Geräusche. War Diego zurück? Hatte jemand gerufen? Ich kippte zwei Eimer Eierkohlen nach. Dann hörte ich wieder etwas. Die Klingel.

„Mach auf, mach doch auf, ich bin's!", hörte ich es rufen, als ich die Treppe wieder hinaufstieg. Meine Mutter. Sie presste die Nase gegen die schmiedeeiserne Rosette vor dem Fenster der alten Tür und blickte mir aus der von Schnee durchwirbelten Dunkelheit entgegen. Sie war malerisch von Flocken bedeckt, der grüne Mantel ebenso wie der Fuchspelz um ihren

Hals. Sie erinnerte an einen verschneiten Tannenbaum. Und sie war total durchgefroren.

„Ich hatte kein Kleingeld für den Automaten", erklärte sie und schüttelte im Flur den Schnee ab. „Dann hab ich einen Herrn gefragt, ob er mir Geld wechseln kann. Der hat meinen Zehnmarkschein genommen, ihn kurz gegens Licht gehalten und war weg, mit meinem Geld. Dann musste ich erst was wechseln gehen, in der Bahnhofskneipe." Sie roch nach Jägermeister. „Und dann kam der Zug nicht, erst hieß es, eine halbe Stunde Verspätung, dann der Zug kann gar nicht mehr fahren. Die Oberleitungen sind vereist."

„Du bleibst einfach über Nacht", erwiderte ich.

„Werde ich wohl müssen."

Sie hatte Hunger. Wir hatten Grünkohl von der Vorwoche im Kühlschrank, den aß sie mit verblüffendem Appetit. Ich ließ ihr ein Bad ein und goss eine Portion vom billigen Fichtennadelschaumbad dazu, das wir auf WG-Kosten angeschafft hatten. Unser Badezimmer war riesig, darin befand sich aber nur ein Waschbecken, was nicht viel war für sieben Bewohner plus Bettgenossen. Frühmorgens zwischen zehn und elf wurde es schon mal eng. Mutter sah sich interessiert um und während der Duft des Schaumbads sich im Raum ausbreitete, ließ sie den Blick über das Mobiliar schweifen, die altersschwache Waschmaschine, die frei stehende Wanne mit Löwentatzen als Füßen, den gelb lackierten Stuhl, der uns als Ablage diente. Hastig räumte ich die Teetasse und den halbvollen Aschenbecher weg, die anscheinend jemand da vergessen hatte. An der Gastherme hing ein Zettel: „Wenn du die nächste Revolution erleben willst: hier niemals dran drehen!" Auf dem zwei Meter langen Bord, unter dem schmuddelige Handtücher baumelten, hatte jeder seine Shampoos und Seifen und Deos aufgestellt. Einige lagerten da auch ihre Psychopillen, Valium, Librium, was man so brauchte, falls man mal einen schlechten Trip erwischt hatte.

Mutter trat heran, griff nach einer der Schachteln und drehte sie hin und her, als ob sie verwundert wäre über die ungewöhnliche Packungsgröße. Ich ließ sie allein.

Als Mutter in der Wanne lag, richtete ich Marions Zimmer für sie her, das neben dem Bad lag. Marion hatte es mit den Häkelgardinen und Chippendale-Möbeln ihrer Großeltern eingerichtet. Ich drehte die Heizung auf, zündete eine Kerze an, legte eine Platte der Beatles auf, von der ich wusste, dass sie sie mochte, zupfte die Patchworkdecke zurecht und legte ihr eines von meinen Nachthemden aufs Kopfkissen. Während ich noch überlegte, was sie zu den dicken blauen Bänden der Marx/Engels Gesamtausgabe sagen würde, ertönte ein gellender Schrei.

„Hallo! Hilfe!"

Plötzlich klapperten Türen, ich hörte Schritte, eilte auf den Flur und da kam mir schon meine Mutter entgegen, klatschnass und notdürftig in ein Handtuch gehüllt.

„Da sind drei Männer!", schrie sie. „Die sind einfach ins Badezimmer gekommen! Einer mit rotem Zottelbart und dann noch zwei mit langen Haaren!"

Ich hatte vergessen, ihr zu sagen, dass unser Bad ein Durchgangszimmer war. Onno war offenbar von seiner Zechtour zurückgekehrt und hatte noch ein paar Kumpels mitgebracht, um hier weiter zu feiern. Er war ebenso erschrocken wie sie.

Ich deckte das Bett auf und reichte ihr mein Nachthemd, das sie dankbar anzog.

„Und hättest du für deine Mutter vielleicht frische Bettwäsche?"

Eigentlich wirkte alles einigermaßen sauber, roch auch nicht wirklich schlimm, aber gut. Als das Bett frisch bezogen war, fand sie es immer noch muffig. Ich hielt ihr das Fläschchen Patchouli unter die Nase, das Marion am Bett stehen hatte. Sie tupfte sich ein Tröpfchen ins üppige Dekolleté und legte sich nieder. Und nun war auch ich geschafft. Während Onno sich mit seinen Kumpanen in der Küche über den Lachs hermachte und mir zusammenfassend die dekadenten kapitalistischen Ursachen von Weihnachten darlegte, kamen auch Jochen und seine beiden Freundinnen zurück. Sie waren nicht wie geplant bis Holland gekommen, sondern nach hundert Kilometern im Schnee stecken geblieben. Es begann die übliche Debatte: Wer schläft bei Jochen, wer geht nach Hause? Beide Mädchen hatten eine eigene Wohnung, und eigentlich gab es die Abmachung, dass mal Gudrun und mal Anna bei ihm schlief, mal blond, mal dunkel, doch heute wurden sie sich nicht einig. Es war wohl Gudrun dran, aber Anna hatte ihn in der vergangenen Woche nur ein einziges Mal gehabt. Sie arbeiteten ehrlich an ihrer Eifersucht, um die Revolution voranzutreiben. Ich war froh, dass ich seit Wochen ohne Beziehung war und ging zu Bett.

Gegen drei Uhr früh wurde ich von lauter Musik geweckt. Mein erster Gedanke war: Meine arme Mutter! Sie hatte einen leichten Schlaf und war bestimmt schon aus dem Bett gefallen vor Schreck. Da spielte jemand volle Pulle *In-a-Gadda-da-Vida* von Iron Butterfly. Normalerweise war das eines meiner Lieblingslieder, aber nicht mitten in der Nacht, zumindest nicht in dieser.

Das konnte nur Onno sein. Oder Jochen. Oder Diego. Oder war noch jemand zurückgekommen? Ich hämmerte mit dem Absatz meiner Holzclogs auf den Boden. Die Musik wurde leiser gedreht, doch was dann einsetzte, war nicht besser. Liebesgestöhn. Also war es der dauergeile Jochen, der seinen Pflichten gegenüber Anna nachkam. Oder hatte Diego jemanden abgeschleppt? Doch so nervig es war: Diese Art von Geräuschbelästigung ließ sich einfach nicht verhindern. Der Orgasmus war revolutionär; nur wer die Charaktermaske des Kapitalismus hinter sich ließ und die Panzerungen der unterdrückten Sexualität durchbrach, konnte sich befreien. Jochen hatte mir

erst letzte Woche die Schriften von Wilhelm Reich in die Hand
gedrückt. Ich zog die Bettdecke über den Kopf.

Doch wie es ihre Art war, ließ meine Mutter auch dieses
Weihnachtsfest nicht verstreichen, ohne einen Auftritt der dritten Art aufs Parkett zu legen. Sie stürmte nicht ins Zimmer der
Liebenden und riss ihnen die Decke weg, wie sie es einst bei
meinem Bruder gemacht hatte. Sie bekam auch nicht vor Ärger
eine Nierenkolik, wie sie es in anderen schwierigen Lebenssi-
tuationen zu tun pflegte. Sie litt nicht.

Ich saß beim Frühstück. Anna, auf die am Abend offenbar
nicht die Wahl des Paschas gefallen war, war gerade hereinge-
kommen und hatte selbstgebackenes Nussbrot mitgebracht.
Wir plauderten und hatten bereits eine Kanne Tee geleert, als
meine Mutter barfuß mit zerwühltem Haar in die Küche ge-
strumpelt kam. In einer Wolke von Patchouli. Sie hatte sich am
Abend nicht abgeschminkt – womit auch? – und die Mascara
war verlaufen. Ihr Mund sah aus wie nach drei Wespenstichen.
Am Hals hatte sie einen dicken Knutschfleck. Sie ging breitbeinig. Und sie kicherte. Doch das Schlimmste war: Sie trug den
weinrot-grau-gestreiften Bademantel von Jochen.

Bevor sie gegen Mittag abreiste, schenkte sie Jochen ihren
Fuchspelz. Der trug ihn noch jahrelang wie eine Trophäe, als
hätte er den Fuchs eigenhändig erlegt. Für ihn war es ein Sym-
bol des Niedergangs der Bourgeoisie, erklärte er mir. Ich hätte
ihn töten können. Aber wir brauchten ihn noch für die Revolution.

Wenn die Nacht am tiefsten ist…

Wie die eigentlich aussehen sollte, die Revolution, und was
dann kommen würde, war mir nicht so richtig klar. Das ging
den anderen genauso. Doch in einem waren wir uns einig: So
ging es nicht weiter. Wir waren dagegen. Gegen diese Gesellschaft, gegen diese Politik, gegen diese Kultur. Gegen den

Nato-Doppelbeschluss, gegen den Einmarsch der Sowjetunion in Afghanistan, gegen die Wiederaufbereitungsanlage in Gorleben, gegen die Chemieindustrie, die den Rhein zu einer Giftkloake gemacht und in Seveso eine grauenhafte Giftwolke in die Luft geblasen hatte. Wir waren gegen den US-Imperialismus, gegen die alten Nazis, gegen den Radikalenerlass, gegen das Patriarchat, gegen die Zerstörung der Umwelt, gegen die pornographischen Frauendarstellung auf dem STERN-Cover, gegen den Konsumterror. Und jetzt war auch noch Rudi Dutschke gestorben. Ausgerechnet auf Heiligabend.

Aber es gab auch Lichtblicke. In Nicaragua hatten die Sandinisten den Diktator Somoza gestürzt. Jede Menge linksalternativer Projekte schossen aus dem Boden wie Pilze an einem milden Herbsttag. Die taz hatte sich gegründet und man munkelte, dass gerade eine neue Partei aus der Taufe gehoben wurde.

Zu Silvester schmissen wir wieder eine Party, allerdings ohne viel Aufwand. Wir besorgten ein paar Kisten Bier, ein paar Zweiliterpullen Lambrusco, stellten die Boxen in den Flur und drehten die Lautstärke richtig hoch. „Ton, Steine, Scherben" brüllten:

„Ich war oft am Ende, fertig und allein
Alles, was ich gehört hab, war ‚Lass es sein!'
So viel Kraft hast du nicht, so viel kannst du nicht geben.
Geh den Weg, den alle geh'n, du hast nur ein Leben

Doch ich will diesen Weg zu Ende geh'n,
und ich weiß, wir werden die Sonne seh'n!
Wenn die Nacht am tiefsten ist, ist der Tag am nächsten!"

Es war rauer und kälter als auf der ersten Party, auf der ich Waleri kennengelernt hatte. Seitdem war viel passiert. Wir waren ein Paar geworden, er hatte seine Liebe zu Männern entdeckt, ich hatte das Studium geschmissen, war nach Griechenland ausgewandert. Und ich war zurückgekommen. Ich lehnte im Flur an den aufeinandergestapelten Bierkisten. Wie immer bei unseren Partys war "open house" angesagt und ich sah mir die Gäste an. Manche sahen gefährlich aus, trugen zerrissene Jeans und Lederjacken mit einem weißen Anarcho-A auf dem Rücken, oder dem Kraaker-A aus Amsterdam. Während ich in Griechenland war, hatten sich viele die Haare abgesäbelt, und zwar mit einer extrastumpfen Schere. Man trug sie jetzt struppig, zur Not mit Bier oder Zuckerwasser präpariert.

„Wo hast du deine Matte gelassen?", fragte ich einen der Jungs. „Zu viel Tränengas reingekriegt", erwiderte der. „Sind die Haare abgebrochen."

Beim Rundgang durch die Einkaufszone war mir schon aufgefallen, dass die Hippieklamotten, die wir früher aus London oder Amsterdam mitgebracht oder in Indienläden aufgetrieben hatten, wenn nicht auf dem Flohmarkt in Berlin, den Kaufhäusern als Inspiration für die neueste Kollektion gedient hatten. Afghanische Schafsfellmäntel gab es jetzt mit Kunstpelz, Kaninchenfellverbrämung und billiger Maschinenstickerei. Jeans wurden schon vorgewaschen und ausgefranst angeboten. Und wer sie trug, fühlte sich gleich ein bisschen wild. Der Kapitalismus hatte seine Feinde an die Brust gedrückt und zerquetscht. Er hatte uns unsere Sprache genommen, denn die bestand nicht nur aus unseren Worten – mit jeder Lebensäußerung, jedem Kleidungsstück hatten wir unseren Protest ausgedrückt. Jetzt war es nicht mehr so klar, wo die Front verlief.

Angewidert hatte ich vor den Schaufenstern gestanden und die in Hippieklamotten gewandeten Puppen betrachtet. Indienbluse, weiter Rock, lange Haare, Stirnband, Jesuslatschen. Eine der skurrilen Gestalten hatte sogar noch ein Fußkettchen getragen.

Die neue Musik gefiel mir. Aggressive, schnelle Gitarren-
riffs, laut, dazu mehr Geschrei als Gesang. Und es wurde mehr
gehopst als getanzt. Pogo. Waleri hatte richtig aufgedreht und
beschallte das ganze Haus. Er war umgeben von einer Gruppe
junger Typen. Sie standen im Wintergarten herum, lachten und
scherzten. Dann legte jemand eine Platte von „Brühwarm" auf,
die mit großem Hallo kommentiert wurde. Die Jungs strömten
auf den Flur und tanzten.

„Sie ham mir gesagt, dass ich ne schwule Sau bin
Und sie ham mich geplagt, schon als kleines Kind
Und ich hab nur gelernt, mich selber zu hassen;
mich auf Schritt und Tritt ihrem Leben anzupassen

Sie ham mir ein Gefühl geklaut
und das heißt Liebe. Liebe. Liebe.
Sie ham mir ein Gefühl geklaut
und das heißt Liebe
Denn meine Liebe ist in ihrer Welt verboten."

Die Jungs tanzten wild und stolz. Manche sangen den Ref-
rain mit: *„Sie ham mir ein Gefühl geklaut und das heißt Liebe. Liebe.*
Liebe. Denn meine Liebe ist in ihrer Welt verboten." Nur Waleri war
nicht zu sehen. Er wich mir aus. Ich hatte seit meiner Rückkehr
kaum ein paar Worte mit ihm gewechselt. Rudi hatte ich noch
gar nicht wiedergesehen.

Der nächste Song war von „Ton, Steine, Scherben":

„Wenn niemand bei dir ist
und du denkst,
dass keiner dich sucht
du hast die Reise ins Jenseits
vielleicht schon längst gebucht

und all die Lügen geben dir den Rest,
halt dich
an deiner Liebe fest."

Die Songs gingen mir nahe. „*Wenn die Nacht am tiefsten ist, ist der Tag am nächsten…Sie ham mir ein Gefühl geklaut und das heißt Liebe… Halt dich an deiner Liebe fest!*" Irgendwann stand ich heulend in der Ecke. Ich war zwar zornig, aber ich war auch traurig und fühlte mich so allein inmitten all der Menschen. Giovanna war in Griechenland, Waleri zwar nebenan, aber weit weg.

Gleich am ersten Januar um zehn Uhr trat ich einen neuen Job an. Putzen in einer Kneipe in der Altstadt, Mittwoch bis Montag von zehn bis zwölf. Eine Freundin hatte mir den Job vermittelt und mir noch am Abend vorher den Schlüssel vorbeigebracht. Als ich aufschloss, schlug mir der Gestank von abgestandenem Bier und kaltem Rauch entgegen; ich fand es vollständig eklig und die Liedzeile vom letzten Abend passte perfekt. Wenn die Nacht am tiefsten ist ... Viel tiefer konnte die Nacht nicht mehr werden.

Als Landärztin Gutes tun – dieser Vision von einer sinnvollen Zukunft hatte ich lange genug nachgehangen. Doch dann hatte ich mich dazu entschlossen, mein Glück nicht weiter aufzuschieben, sondern sofort einzufordern. Macht kaputt, was euch kaputtmacht! Nieder mit der Zweierbeziehung! Doch sowohl die offene Beziehung mit Waleri und Rudi als auch das Landprojekt waren gescheitert. Das war alles nichts für mich.

Verdrießlich holte ich eine Mülltüte aus der Besenkammer und leerte erstmal die Aschenbecher. Dann räumte ich die rumstehenden Flaschen weg (die Gläser hatte der Barmann erfreulicherweise noch gespült), zog die hellgrünen Gummihandschuhe über, füllte einen Eimer mit heißem Wasser und

Putzmittel und wischte die Tische ab. Stellte die Stühle hoch, fegte den Boden und verfrachtete den Dreck anschließend auf ein Kehrblech. Als ich dessen Inhalt in die Mülltüte kippte, bemerkte ich zwischen ein paar zerdrückten Zigarettenschachteln, einer Socke, einem (verpackten!) Präservativ und einer angebissenen Stulle ein glitzerndes Etwas. Ich griff danach und hatte einen goldenen Ohrring mit einer Perle in der Hand. Ohne groß nachzudenken, steckte ich ihn in die Hosentasche. In dem Moment schlug die Kirchturmuhr; es war elf. Eine Stunde hatte ich schon rum, für zwei wurde ich bezahlt. Also musste ich mich beeilen. Ich kippte den Inhalt des Putzeimers ins Klo, füllte ihn erneut und wischte die Böden. Anschließend öffnete ich die Eingangstür, klemmte einen Holzkeil unter das Türblatt, damit ein bisschen frische Luft reinkam, und wandte mich den Toiletten zu. Wie sagte das I GING? Die Arbeit am Verdorbenen ... Natürlich war das eine wichtige Arbeit, die jemand tun musste – aber warum musste ich das sein?

Jetzt noch die Toiletten wischen, dann war es geschafft. Warum hatte ich mir nur einen so beschissenen Job gesucht? War es nicht tausendmal besser, Oliven zu ernten? Oder Pillen zu verschreiben?

Als ich gerade einen blutigen Tampon hinter der Toilette hervorholte, hörte ich eine Stimme.

„Hallo, gibt es heute keinen Frühschoppen?", rief irgendein Scherzbold.

„Nein", brüllte ich, „geschlossen!"

„Aber ein Bierchen können Sie uns doch machen. Nur eins!"

„Nein, hier ist geschlossen!" Ärgerlich stiefelte ich aus dem hinteren Bereich, wo die Toiletten lagen, in den Schankraum. Was mussten diese Trunkenbolde mich aufhalten? Ich wollte fertig werden mit der Arbeit. Im Gegenlicht sah ich die Silhouetten von zwei Männern, die mir irgendwie bekannt vorkamen.

„Dann wenigstens einen Kurzen!"

„Nein!“

„Nur einen!“

Als ich vor ihnen stand, erkannte ich sie. Es waren Waleri und Rudi. Sie wünschten mir ein frohes neues Jahr, hatten eine Flasche Sekt dabei und wollten mich zu einem Spaziergang abholen. Ich beeilte mich mit den Toiletten und als die Turmuhr zwölf schlug, schloss ich die Kneipe ab, die beiden nahmen mich in die Mitte und los gings.

„Na, mein Kullerpfirsich“, sagte Rudi, schmiegte sich an mich und lächelte mich liebevoll an. Er wollte alles haarklein erzählt haben. Mit wem ich nach Griechenland gefahren war, ob wir Sex hatten, wie der Sex war, ob es da scharfe Männer gab, was ich so den ganzen Tag gemacht hatte... und ich genoss die Aufmerksamkeit, die mir zuteilwurde und spürte eine warme Welle und echtes Interesse an meiner Person, von beiden. Von Rudi ebenso wie von Waleri. Als ich Waleri fragte, wie es ihm eigentlich so ergangen sei, wich der aus und Rudi übernahm es, mich auf den aktuellen Stand zu bringen. Waleri hatte verschiedene Liebschaften und war jetzt mit seinem Coming-out endlich wirklich durch. Sogar seinen Eltern hatte er es gesagt.

„Meine Mutter hat geweint“, sagte Waleri leise. „Ich soll dir schöne Grüße ausrichten.“ Ich sah ihn von der Seite an. Er biss die Zähne aufeinander und malmte, wie er es immer im Schlaf gemacht hatte. Ob das jetzt vorbei war? Er war mir so vertraut, dass es fast weh tat.

„Und dann kam Thomas“, fuhr Rudi fort.

Waleri wurde verlegen. „Du sollst das nicht alles erzählen“, sagte er zu Rudi, mit einer Stimme, die klang wie bei einem Vierzehnjährigen im Stimmbruch. Er kiekste und war auf einmal so tuntig, dass ich mir auf die Zunge beißen musste, um nichts Böses zu sagen.

So kannte ich ihn nicht. Er war mir fremd. Und was mit Thomas war, wollte ich lieber gar nicht wissen. Es tat mir weh.

Am späten Nachmittag trennten wir uns; die beiden wollten noch in die Szene fahren, und auch was ich mir darunter vorstellen musste, wollte ich lieber nicht wissen. Ich trottete nach Hause. Jochen, Diego und Jolante saßen in der Küche zusammen und kifften und tranken die letzte Kiste Bier leer. In der Spüle stapelte sich das schmutzige Geschirr, alles stand voller leerer Flaschen und auf dem Boden klebten Brotreste, Konfetti, Bierpfützen. Missmutig stapfte ich die Treppe hinauf in mein Zimmer; da lag doch tatsächlich eine Schnapsleiche in meinem Bett, ein dünner rothaariger Typ. Ich weckte ihn und erklärte ihm, dass er jetzt nach Hause gehen müsse. Er sah mich mit großen Augen an, und verschwand, ohne ein Wort zu sagen. Eine Stunde später tauchte Jule auf.

„Wo ist George?", fragte sie, und es stellte sich heraus, dass das einer ihrer besten Freunde war. Er war eigens aus Irland angereist und ich hatte ihn rausgeschmissen.

Jule und ich waren einfach nicht füreinander geschaffen. Ich war froh, dass sie mir Unterschlupf gewährte und wir waren beide froh, die Miete zu teilen, aber ein Dauerzustand war das nicht. Sie war zwar oft weg, aber wenn sie da war, gingen wir uns gegenseitig auf den Wecker. Ihre zwei Zimmer unterm Dach gingen ineinander über und waren nur durch ein indisches Tuch voneinander getrennt, das anstelle einer Tür im Türrahmen hing. Also gar nicht. Als sie realisierte, was mit George gelaufen war, sah sie mich so böse an, als ob sie mir gleich eine kleben wollte, ließ es dann aber bleiben und lief stattdessen laut schimpfend die Treppe runter und Richtung Kupferkanne, in der Hoffnung, ihn dort zu finden. Als sie die Tür hinter sich ins Schloss geknallt hatte, kam Jolante rauf, um sich zu erkundigen, was los sei – und um mir etwas zu bringen, das im Getöse der Party unbeachtet in der Küche gelegen hatte: ein Brief von Giovanna. Sofort riss ich ihn auf und las.

Liebe Thea,

wie schade, dass wir uns verpasst haben! Inzwischen sind wir schon einige Zeit hier in Griechenland und ich will mich endlich aufraffen, dir mal zu schreiben! Die ersten Wochen waren hart. Schon in der ersten Nacht ist uns in einem Gewitter das halbe Zelt davon geflogen (wir waren wie du im Garten Eden), dann haben wir uns an einem der großen Felsen in der Nähe der Zisterne (hinter der Macchia) aus Brettern, Steinen und Planen einen Unterschlupf gebaut. Angeblich soll es im Februar ja vorbei sein mit dem Winter, aber bisher ist das alles kein Spaß. Es ist ständig alles klamm, wenn nicht nass und mein Geld schmilzt wie Vanilleeis im August. Irgendwie hatte ich mir vorgestellt, Tomaten anzubauen, gelegentlich vom Schäfer ein Stück Käse zu kaufen und ansonsten von Luft und Liebe zu leben, aber das ist nicht. Obwohl: Ich hab mich ein bisschen verguckt. In den einen der Sannyasins, Wolle, den mit der Glatze, du kennst ihn bestimmt. Horst hat das mitbekommen, als ich eine Nacht weggeblieben bin, und ist voll ausgeklinkt. Er war sowieso schon schlecht drauf und hat ständig gemeckert. Aber dann hat er die Nacht nicht geschlafen und kriegte so einen flackernden Blick, dass mir angst und bange wurde. Er hat mich nicht geschlagen, aber als ich gegen Mittag zurückkam, hat er meine Handgelenke ganz fest gepackt, mich durchdringend angestarrt und gesagt: Mach das nie wieder!!! Und wenn doch? hab ich erwidert. Da hat er mich losgelassen, auf den Boden gespuckt und ist ans Meer gelaufen. Später hat er ungefähr eine halbe Stunde lang laut geschrien, das hat er ja früher ab und zu gemacht, wenn er im Wald war.

Zwei Tage drauf hat er mir schließlich erklärt, er würde jetzt ausziehen, hat seine Sachen zusammengepackt und ist mitten in der Nacht ins Dorf gelaufen. Und dann ist er angeblich von Haus zu Haus und hat geklingelt und gefragt, ob er da schlafen kann. So finster wie der aussah, hat ihn niemand aufgenommen und dann hat er sich schließlich in irgendeinen verfallenen Stall gelegt. Am nächsten Tag kam die Sonne raus und er ist an den Strand und hat sich völlig euphorisiert ins Wasser gestürzt und bei Sonnenuntergang ALLE SEINE SACHEN VERBRANNT!!! AUCH DEN PASS UND DAS GELD. UND IST DANN NACKT DURCHS DORF GELAUFEN. Und jetzt sitzt er auf dem Festland im Knast. Ubi, der ja als einziger halbwegs Griechisch spricht, hat ihn da besucht und Kontakt mit der deutschen Botschaft aufgenommen, aber die sagen, sie können bzw. wollen nichts machen. Ubi sagt, Horst sei total abgemagert und würde mit zwei anderen dunklen Gestalten in einer Zelle hocken und onanieren oder mit Putzbröckchen um sich werfen.

Er gehört in eine Klinik, aber die gibt es hier nicht, und die Lage ist sehr bedrückend. Fällt dir was dazu ein? Mit seiner Familie hab ich schon telefoniert, aber die sagen nur: Selber Schuld. Wenn er was will, soll er sich melden.

Tja, das ist die Lage. Zuerst hab ich mir schwerste Vorwürfe gemacht, dass er meinetwegen so durchknallt, aber Wolle meinte, das wäre nicht meine Schuld. Sehe ich jetzt auch so.

Leider habe ich Wolle nicht für mich, du weißt ja, wie die Sannyasins so sind, aber ich bin nicht allzu betrübt deswegen. Bisher genieße ich noch, was er mir entgegenbringt.

(Hast du mal mit einem Sannyasin??? Und noch dazu mit Thaigras? Ich sag nur: MULTIPLE ORGASMEN …)

Wie ist es dir ergangen? Wohnst du überhaupt wieder in der Bahnhofstraße oder hast du dir was anderes gesucht? Ach, noch was: Hast du noch mitbekommen, dass hier am Gemeinschaftshaus abschließbare Fächer installiert wurden? So für Privatkram, Wertsachen, Geld, Tabak und so. Letzte Woche wurden drei davon aufgebrochen. Jemand hat die Vorhängeschlösser geknackt. Aber es wurde nichts geklaut, sondern was reingelegt. Bei einem eine Muschel, bei einem anderen ein Päckchen Tabak, bei dem dritten ein paar Drachmen. Cool, oder?

Jetzt kommt gerade Wolle und wir kochen was. Es ist heute recht mild und das Meer ist ganz glatt und silbern. Anfang Januar feiern die Griechen Neujahr und dann wollen wir in die kleine Kirche im Ort gehen. Ich lerne fleißig Griechisch und hoffe, dass ich hier Fuß fassen kann. Ich liebe dieses Gelände und das Licht!

Ich umarme dich, meine Süße, und hoffe, dass es dir gut geht! Lass mal von dir hören!

Baci!!!

Giovanna

P.S. Wolle redet ständig von einer Kommune in Schottland namens Aquarius. Muss toll sein. Mal davon gehört?

Jochens Geheimnis

Ich flitzte gleich nach unten, um die Kiffer in der Küche zu befragen. Jochen war Gottlob schon wieder verschwunden.

„Aquarius?", fragte Jolante. „Eine Kommune namens Aquarius? Und wo soll die sein?"

„Hoch oben in Schottland, in der Nähe von Edinburgh, da hausen son paar Spinner, die riesige Kohlköpfe anbauen", sagte Diego. Er hatte mal zwei Semester Anglistik studiert und war schon oft in England, Schottland und Wales gewesen. „Aber frag doch mal Jochen, der kennt sich mit so was doch aus."

Jolante und ich tauschten einen Blick und verdrehten die Augen.

„Jochen?!", erwiderte ich genervt. Der war der Letzte, den ich fragen würde. Er war mir schon immer auf den Wecker gegangen und nach der Sache mit meiner Mutter fand ich ihn so richtig scheiße. Jolante war ganz meiner Meinung. Jochen war ein blöder Macho, da konnte er noch so viel von Emanzipation und Befreiung schwadronieren.

In dem Moment rumpelte es an der Haustür und unter ziemlichem Getöse kamen Jule, George und Jochen zurück. Jule ging gleich auf mich los.

„Find ich voll scheiße, dass du George rausgeschmissen hast, das ist einer meiner besten Freunde", schrie sie.

„Tut mir ja auch leid. Das wusste ich doch nicht."

„Dann musste mal vorher nachdenken, bevor du so was machst!"

„Kinder, nun stellt euch doch nicht so an!" Jochen machte neuerdings auf Herbergsvater. Jolante und ich tauschten erneut einen genervten Blick. „Sonst muss eben einer von euch ausziehen, wenn das zu eng ist. So hoch ist die Miete ja auch wieder nicht."

„Was geht dich das eigentlich an?", fragte Jule. Jule war froh, die Miete mit mir zu teilen und ich war auch nicht gerade gut bei Kasse. Sie hatte ihr Studium vor einem Jahr abgeschlossen, aber keine Stelle als Lehrerin bekommen. Wegen des Radikalenerlasses. Sie war jahrelang in der DKP aktiv gewesen.

„Die paar Kröten kann man doch wirklich noch aufbringen", trat Jochen nochmal nach.

„Ja du vielleicht mit deiner Assistentenstelle!", giftete Jule. „Aber stell dir vor, es gibt Menschen, die die paar Kröten nicht so ohne Weiteres aufbringen können."

Jule hatte ziemliche Finanzprobleme. Sie hatte einen Haufen Schulden und jobbte jetzt dreimal die Woche in einer Kneipe und gab Nachhilfe, und einen Putzjob hatte sie kürzlich auch noch angenommen.

„Wo wir schon dabei sind", fuhr Jochen fort, „ich fände es gut, wenn du die Miete, wie es im Vertrag steht, spätestens am 30. des Vormonats überweist, so wie alle anderen auch."

„Ja Chef!"

Jule drehte sich auf dem Absatz und stapfte nach oben.

„Ist doch wahr!", rief Jochen ihr noch hinterher. „Jeder muss seine Miete pünktlich zahlen, sonst klappt das hier nicht."

Jolante bedeutete mir, mit zu ihr zu kommen. Wir saßen noch die halbe Nacht zusammen und redeten. Ich konnte sie gut leiden und mir gefielen die Bilder, die sie malte. Es waren großformatige Porträts von Kindern und Jugendlichen, mit dicken Pinseln in kräftigen Farben.

„Vielleicht sollten wir zusammen nach Schottland fahren", schlug sie vor. Keine schlechte Idee, fand ich.

Doch das konnte man frühestens im Mai machen. Bis dahin war es zu kalt zum Trampen, und für was anderes hatten wir ohnehin kein Geld.

Als ich gegen zwei nach oben schlich, um mich schlafen zu legen, sah ich vom Treppenhaus nach draußen. Einzelne Schneeflocken rieselten im Schein der Straßenbeleuchtung durch die Nacht. Ich musste an Horst denken. Wie es ihm jetzt wohl ging? Ich überlegte kurz, nach Griechenland zu fahren, um nach ihm zu sehen, verwarf den Gedanken dann aber wieder. Zu weit, zu teuer, und ob man mich überhaupt zu ihm lassen würde?

Tags darauf war ich wieder putzen, wie von nun an jeden Tag. Nachmittags ging ich nochmal in der Kneipe vorbei, um dem Wirt den Perlenohrring zu übergeben, den ich an Neujahr gefunden hatte. Als ich die Kneipe betrat, erhob sich einer der Gäste gerade von seinem Barhocker und latschte zur Toilette. Kein Zweifel: Das war Jochen. Obwohl ich ihn nur von hinten sah, erkannte ich ihn auf Anhieb. Glatze, Tweedjackett, Jeans – das war so dermaßen typisch.

„Ach, ist der öfter hier?", fragte ich den Wirt. „Das ist doch mein Mitbewohner."

„Jeden Tag von zwölf bis vier", sagte der Wirt. „Ohne den könnten wir dichtmachen."

Hatte Jochen nicht erzählt, er würde jeden Tag von zehn bis vier arbeiten? Da war doch irgendwas faul.

Am meinem nächsten freien Tag schlich ich ihm nach. Ich fühlte mich zwar ein bisschen bescheuert dabei, ihm so nachzuspionieren, aber ich wollte es wissen. Er stieg vor der Tür in den Bus ein, fuhr aber nicht, wie er immer behauptet hatte, direkt zur Universität, sondern stieg im Städtchen aus, kaufte sich eine Zeitung und setzte sich in ein Café, um ausgiebig zu frühstücken. Gegen zwei zog er dann weiter und steuerte die Kneipe an.

Abends erzählte ich Jolante davon und die lachte.

„Wusstest du das nicht? Das ist ein reicher Erbe. Der hat es gar nicht nötig zu arbeiten."

„Und warum wohnt er dann hier?"

„Keine Ahnung. Weil er es cool findet? Diego arbeitet ja auch nicht."

„Und wovon lebt der?"

„Die Miete zahlt er von der Stütze und ansonsten geht er klauen."

„Wie, der geht klauen?"

„Ja klar! Darum ist er auch immer so spendabel mit Essen. Er muss es ja nicht bezahlen."

„Und das Dope? Wovon bezahlt er das?"

„Das kriegt er von Harald, im Tausch gegen Essen."

Dass dieser Harald dealte, war mir ja schon klar gewesen, aber dass Jochen die Tage in der Kneipe verbrachte, in der ich putzte, und Diego vom Klauen lebte ... Mir stand der Mund offen.

„Und wovon lebst du?", fragte ich Jolante.

„Ich krieg ein Stipendium der Studienstiftung."

„Bitte was?"

„Ein Stipendium der Studienstiftung des deutschen Volkes."

„Wieviel?"

„Achthundert Mark pro Monat."

„Und warum?" Entgeistert sah ich sie an.

„Weil ich so schöne Augen hab und so schöne Bilder male!", erwiderte sie keck. „Nein, keine Ahnung, mein Abi war nicht schlecht und dann hatte ich wohl einfach Glück… Und ich find das auch nicht schlimm, dass Jochen und Diego nicht arbeiten. Ich arbeite ja auch nicht, so gesehen. Ich finde, keiner sollte arbeiten müssen, jedenfalls nicht fremdbestimmt. Oder findest du es irgendwie wertvoll, irgendwelchen Säufern die Toilette zu putzen?"

„Nein, aber ich muss doch von irgendwas leben."

„Könnten deine Alten nicht 'n bisschen was raustun?"

„Könnten sie schon, will ich aber nicht."

„Na ja, ehrenhaft, aber ganz schön anstrengend. Ich finde, man sollte so wenig arbeiten wie möglich. *Wir bleiben unserem Grundsatz treu: Schwul, pervers und arbeitsscheu!* – alte Anarchistenweisheit!"

Ich wurschtelte mich irgendwie durch den Winter. Vormittags ging ich putzen, nachmittags gab ich Nachhilfe. Zwei sechzehnjährigen Gymnasiastinnen brachte ich Mathe und Physik bei. Das waren zwar auch nicht gerade meine Lieblingsfächer gewesen, aber ich hatte mich während des Medizinstudiums durchgebissen und konnte ihnen ein paar Dinge erklären. Ich glaubte aber, sie kamen weniger wegen Mathe und Physik, als vielmehr, um mal einen Blick in das Kommunenhaus zu werfen. Solange sie dafür gut bezahlten, sollte es mir recht sein.

Außerdem unterrichtete ich einen gehemmten Jüngling, der nicht in der Lage war, fünf zusammenhängende Sätze zu produzieren – weder schriftlich, noch mündlich –, aber trotzdem sein Abitur machen wollte. Nach ein paar Sitzungen, in denen ich mehr mit ihm gequatscht hatte als ihm die

Strukturprinzipien eines Erörterungsaufsatzes zu erklären, taute er allmählich auf und wurde nicht mehr jedes Mal rot, wenn ich das Wort an ihn richtete. Welches Thema ich auch aufgriff – er argumentierte, wägte ab, schloss Folgerungen, redete und redete. Und das trotz Stimmbruch. Das übten wir dann noch ein paarmal schriftlich – und prompt bekam er für seinen nächsten Aufsatz eine Eins.

Als Dank brachte er mir einen Hecht mit, den er aus einer Talsperre im Sauerland gezogen hatte. Ich bereitete ein Festessen für die gesamte WG. Hecht mit Speckwürfeln, dazu Wirsinggemüse und Salzkartoffeln, und es war ein gemütlicher Abend mit viel Rotwein und ein bisschen Dope. Schließlich konnte ich mich nicht mehr zurückhalten und sprach Jochen auf seinen angeblichen Job an. Er sah da kein Problem. Ja, der Prof habe seine Stelle leider nicht verlängern können und jetzt arbeite er auf eigene Kosten an seiner Doktorarbeit weiter. Und das könne er am besten in Bibliotheken und Cafés. Ich bezweifelte, dass er damit jemals fertig werden würde.

Doch so nervig Jochen ansonsten war, er hatte auch seine guten Seiten. Kaum hatte er von unseren Aquarius-Plänen Wind bekommen, besorgte er aus dem roten Buchladen aktuelle Infos inklusive Adressen. Es war wohl wirklich eine spirituelle Kommune – was auch immer man sich darunter vorstellen sollte. Die Leute behaupteten, sie könnten mit den Pflanzengeistern kommunizieren.

„Na du Erbse", kicherte Jolante, als sie das las. „Wann wollen wir denn aufbrechen?"

„Sobald der Schnee geschmolzen ist und unsere Säfte wieder steigen!"

Und so machten wir es.

Metal beings & magic places

Anfang Mai – Jolante hatte gerade die Bilder der Abschlussausstellung ihres Grundstudiums abgeholt und konnte sich für ein paar Wochen absetzen – rollte ich meinen Schlafsack zusammen, stopfte ein paar wichtige Utensilien von Purpfeife über Rimbaud-Gedichte bis Hexentarot in meinen orangefarbenen Tragegestellrucksack und los gings. Wir hatten uns eine Mitfahrgelegenheit nach Amsterdam besorgt und wollten von dort weiter nach Hoek van Holland und dann mit der Fähre nach England. Es klappte alles gut, bis wir auf der Fähre waren. Dort zeigte sich, dass Jolante leider nicht sehr seefest war. Kaum waren wir ausgelaufen, fing das Schiff ziemlich an zu schaukeln und Jolante wurde umgehend grün im Gesicht und kotzte in einer Tour, bis wir um fünf Uhr früh in Südengland von Bord gingen.

Nachdem wir an einer windigen Bude am Hafen unsere ersten Fish and Chips mit vinegar verdrückt hatten, sahen wir uns gezwungen, erstmal Regenmäntel anzuschaffen, denn es goss in Strömen. Fortan stiefelten wir in halbdurchsichtigen Plastikregenmänteln durch die Gegend, ich in rosa und Jolante in hellgrün. Irgendwie schlugen wir uns bis London durch und besuchten dort Terry, einen alten Brieffreund von Jolante.

Sie hatte ihn vor ein paar Jahren auf der Isle of Wight kennengelernt, hatte sie mir auf der Fähre erzählt, und seine Briefe hätten alle gleich begonnen: I'm just having a nice cup of tea, yesterday I was very stoned, last week I saw the Pink Floyd. Eines Tages tauchte er dann bei ihr zu Hause auf. Sie war damals sechzehn und ihre armen Eltern guckten ziemlich blöd aus der Wäsche, als ein echter Londoner Hippie bei ihnen aufschlug und in seinen verrotteten Jeans, mit Indienhemd, zotteligem Haar und gehüllt in eine Wolke von Patchouli durch das schwäbische Dorf trabte und Jolantes Englischlehrer mit seinem extremen Cockney erschreckte.

Er sah genauso aus, wie sie ihn beschrieben hatte, war eher klein, hatte kleine blaue Augen und kleine Hände und hauste in einem winzigen Zimmer, aber er freute sich über unseren Besuch und natürlich durften wir da unsere Schlafsäcke ausrollen. Er war ein perfekter Gastgeber, bewirtete uns mit Unmengen Tee, Ingwerkeksen, Dosenbohnen und Speck und Eiern, die er in der völlig vermüllten Gemeinschaftsküche in die Pfanne haute. Abends zündete er Kerzen und Räucherstäbchen an, legte Pink Floyd oder Yes auf, baute eine Tüte und las uns aus seinem Lieblingsbuch vor, *The Prophet* von Khalil Ghibran. Das trug er ständig in einer bestickten gelben Schultertasche mit kleinen Spiegelchen darauf mit sich herum. Als wir nach drei Tagen weiterzogen, schenkte er uns das Buch und wir mussten versprechen, auf dem Rückweg wieder vorbeizukommen.

„Und weißt du, wie das damals bei uns war?", erzählte Jolante, als wir die Treppe des Wohnheims wieder hinabstiegen. „Meine Eltern haben ihn nach zwei Stunden rausgeschmissen. Sie hatten Angst um ihr Geld, ihren Ruf und meine Jungfräulichkeit, die ich sowieso schon längst los war."

„Und dann?"

„Dann hat er beim Pfarrer geklingelt und der hat ihn für ein paar Tage aufgenommen."

Obwohl wir geplant hatten, von London in einem Tag nach Schottland zu trampen, mussten wir einen weiteren Zwischenhalt in Birmingham einlegen, weil ein dicklicher Opelfahrer uns mitten auf einem Autobahnkreuz herausließ. Vermutlich war er beleidigt, weil wir seine Einladung zu ihm nach Haus nicht angenommen hatten. Am frühen Nachmittag des nächsten Tages kamen wir endlich in Inverness an. Es war eine graue Stadt an einem grauen Fluss mit einer grauen Burg und wunderbarem silbrigem Licht. Am Himmel formierten sich pralle Wolken zu immer neuen Gebirgen, Landschaften, Szenarien in allen Farbtönen zwischen Schiefer und weiß. Ab und zu drangen ein paar Sonnenstrahlen durch die Wolken und es erschienen kleine Fetzen blauer Himmel. Das ist also der Norden, dachte ich und mochte es sehr. Die Luft war kühl und frisch und man spürte die Elemente ganz unmittelbar und pur: die Luft, das Wasser, die Erde. Nur Feuer, das gab es hier nicht.

Wir wollten es langsam angehen lassen und uns erstmal auf den Spirit des Ortes einstimmen. Dazu mieteten wir uns in einem *Bed and Breakfast* außerhalb von Inverness ein. Am Morgen bekamen wir einen Tee ans Bett und drehten uns danach noch einmal um, bevor wir schließlich aufstanden. Dann packten wir ein wenig Proviant ein und wanderten in ein abgelegenes Waldstück. Im Moos bereiteten wir uns aus Regenmänteln und Schlafsäcken ein Lager und packten das LSD aus, das Terry uns besorgt hatte. Wir wollten es nicht übertreiben, sondern nur ein wenig die Schädeldecken lüften und teilten uns einen Trip. Erfreulicherweise spielte das Wetter mit und wir konnten problemlos im Wald herumhängen, ohne dass es zu kalt wurde oder wir unsere Regenmäntel hätten anziehen müssen. Es war eine kleine schwarze Pille, fast nur ein paar Krümel für jede von uns, aber die hatten es in sich. Als wir die Pille eingeworfen hatten, ließen wir uns nach hinten sacken, sahen in den Himmel und übten uns in Geduld.

Es dauerte eine Weile, bis die Wirkung kam, aber das kannten wir ja.

Und da war es wieder, dies klare, frische Gefühl in der Nase, das ich nur von Trips kannte und das einen Bogen der Empfindungen und Erinnerungen von einem Trip zum anderen spannte. So wie Träume manchmal in der nächsten Nacht fortgesetzt wurden, gab es auch einen Bewusstseinsstrom von Trip zu Trip. Ich weilte wieder in Sphären, in denen ich lange nicht gewesen war, und das war ein bisschen wie nach Hause kommen. In der WG waren Trips immer etwas Besonderes, nichts, was man konsumierte wie eine Flasche Wein oder ein paar Bier. Miteinander einen Trip zu werfen, war ein Vertrauensbeweis. „Wollen wir mal zusammen auf einen Trip gehen"– das fragte man nicht irgendwen, sondern nur Menschen, denen man nahestand und noch näherkommen wollte. Einmal hatten wir uns zu viert verabredet, Waleri, Rudi, Giovanna und ich. Normalerweise baten wir dann einen Freund, auf uns aufzupassen, schließlich hatte jeder schon Geschichten gehört von Leuten, die sich im Rausch aus dem Fenster gestürzt oder anderen Unfug getrieben hatten.

Doch heute hatten wir keinen „irdischen Begleiter", wie wir den Aufpasser nannten, und das war auch nicht nötig.

Das Setting war außerordentlich harmonisch und ruhig. Der Wald gewann von Minute zu Minute an Schönheit. Meine Augen fühlten sich so klar an, als hätte ich sie gewaschen. Das Laub war so lindgrün und zart, wie ich es noch nie gesehen hatte, und die Zweige der mächtigen Bäume wiegten sich anmutig in der leichten Brise. Im Unterholz knackte und raschelte es, aber auch das war ein Wohlklang in meinen Ohren. Zusammen mit dem sanften Geräusch des Laubes ergab es einen Teppich aus Klang und Wald.

Wenn ich den Blick nach oben gleiten ließ, staunte ich über die kinoreife Aufführung von Formen und Wesen, die sich über uns vorbeischoben. Gesichter sahen mich an und blähten die Backen auf, Fabeltiere zogen vorbei, verloren sich und wurden zu Schleierwolken, die sich in einen schimmernden Überwurf verwandelten. Konturen entstanden und lösten sich auf, Formen glitten ineinander.

Ich sah Jolante an und war verzaubert von ihren riesigen dunkelbraunen Knopfaugen. Wir lächelten uns an und die Welt bestand aus dem Rosa ihrer Wangen und dem Braun ihrer

Augen, Brauen und Haare. Was für eine Schönheit! Mir kamen die Tränen. Doch dann wurden ihre Zähne spitz, ihre Augen schmal und ich bekam es mit der Angst zu tun. Plötzlich schlug mir das Herz bis zum Hals. Ich setzte mich auf und sah mich um. Der Himmel hatte sich verdunkelt. Raschelte da nicht etwas im Holz? Es roch seltsam nach Eisen, und wo ich vorhin noch Blumen gesehen hatte, näherten sich jetzt kämpfende Rotten. Die Erde war blutgetränkt, das wurde mir plötzlich bewusst. Ganz in der Nähe hatte im Jahr 1746 die entscheidende Schlacht zwischen den Engländern und den Schotten stattgefunden. Ich hatte dem zuvor keine Aufmerksamkeit geschenkt, aber bei unserer Landlady hatte ein kolorierter alter Stich im Flur gehangen. Englische Soldaten in roten Uniformen stachen mit enormen Lanzen auf die armen Schotten ein, von denen etliche schon am Boden lagen. Ihre bloßen Beine ragten aus den karierten Röcken. Ich spürte ihre Ängste und Qualen und die Gewalt und den Krieg und war mitten im Kampfgeschehen.

Nach einiger Zeit wurde mir kühl und Jolante schien es ebenso zu gehen. Wir suchten unsere Sachen zusammen, standen auf und liefen ein wenig durch den Wald, was kein Problem war, denn wir waren nicht zugedröhnt, sondern nur ein bisschen sensitiver als sonst. Die Ingwerkekse, die wir dabeihatten, waren zuerst nur hart und trocken, wurden dann aber süß und sensationell köstlich und es tat gut, sich ein bisschen zu bewegen. Es duftete nach Moos und Erde und überall leuchtete das zarte, junge Grün. Wir kamen in einen alten Eichenwald mit moosbewachsenen Stämmen. Der Boden war bedeckt von blauen Glockenblumen, und wenn es irgendwo auf der Welt ein natürliches Habitat von Einhörnern gab, dann war das sicher hier.

Als die Dämmerung die Natur in ein violettes Zwielicht hüllte, nahm ich ein zartes Huschen zwischen den Farnen wahr. War das ein großer Falter? Was schwirrte da durchs Unterholz? War da nicht eine kleine Gestalt gewesen? So durchsichtig wie eine Qualle, aber doch eindeutig zu erkennen? Und da war sie schon wieder eine. Waren das Elfen? Fragend blickte ich mich nach Jolante um. Die stand wie angewurzelt an einen mächtigen Baum gelehnt und starrte mit großen Augen in den Wald. Kein Wunder, dass die Aquarius-Freaks hier mit den Naturgeistern kommunizierten, wenn schon wir Ungläubigen so etwas zu sehen bekamen.

Die Kommune bestand aus dem Caravan-Park, in dem alles seinen Anfang genommen hatte, und einem viktorianischen Gemäuer namens Cluny Hill College. Dazwischen fuhr ein blauer Bus mit dem Schild **Woodstock** hin und her. Ich war für die Küchenbrigade im Cluny Hill eingeteilt. Wer die Kommune kennenlernen wollte, war aufgefordert, mitzuarbeiten, jedenfalls ein paar Stunden am Tag. Das Gästeprogramm sah das so vor. Gegen 14 Uhr versammelten wir uns in der Küche, die genauso edelstahlblinkend und funktional war, wie es sich für die Küche eines ehemaligen Golfhotels gehörte. Die Aufgaben wurden verteilt und dann wurde munter Gemüse geputzt, gewaschen, geschnitten, gesotten, gedünstet, gebraten und gekocht. Ich sollte Brownies für den Nachtisch backen. Wohlgemerkt: Für etwa hundert Personen! Eine große, schlanke Frau aus Neuseeland mit einer eindrucksvollen Amethystkette um den Hals gab mir das Rezept und zeigte mir alles: Wo die Kühlkammer war, in der Eier, Sahne und Butter gelagert wurden. Wo die Schokolade zu finden war, wo die Nüsse. Dann ging sie mit mir zu einem Wandregal, über dem ein Schild mit der Aufschrift *metal beings* hing und nahm eine riesige Metallschüssel, Löffel, Schneebesen und andere Gerätschaften heraus. Ich fand es großartig, Butter, Nüsse, Honig und Schokolade gleich kiloweise zu verarbeiten und das Ergebnis konnte sich sehen lassen.

Als alles fertig war, bauten wir in dem prachtvollen Speisesaal, der wie ein Schiff in die grüne Landschaft ragte, ein Büffet auf. Wir verzierten die Schüsseln und Platten mit Blüten von Kapuzinerkresse und Gänseblümchen. Ein so üppiges vegetarisches Büfett hatte ich noch nie gesehen. Dann versammelte die Küchencrew sich um das Essen, wir reichten uns die Hände und schlossen einen Energiekreis.

Ich setzte mich zu den anderen Gästen, die ich schon bei den Gruppensitzungen am Vormittag kennengelernt hatte: Hans aus Wien, Marnie aus England, ein südafrikanisches Ehepaar auf Hochzeitsreise und eine frisch verwitwete junge Frau, Mutter von Zwillingen. Die ersten zwei Tage hatte ich im Garten mit angepackt – und mich gleich in den langhaarigen Gärtner namens Andrew verguckt, einen Schotten mit großen blauen Augen, der mir geduldig erklärte, wie man die Beete hackt und die Möhren erntet.

Obwohl ich ein Landkind war, hatte ich von Gartenbau null Ahnung und hatte mich auch nie groß dafür interessiert, vom Cannabisanbau einmal abgesehen. Für alles andere gab es die Bauern. Doch neuerdings wurde immer häufiger über die politische Bedeutung der Selbstversorgung geredet. Es war möglich, dem Kapitalismus etwas entgegenzusetzen und sich unabhängig von menschenfeindlichen Strukturen zu machen. Autonom sein, autark leben – das war die Devise der Stunde. Zeigen, dass es geht. Ohne Gift. Im Einklang mit der Natur. Selbstverwaltet. Selbstorganisiert. Das fand ich jetzt auch.

Von Gesprächen mit Naturgeistern hatte ich noch nichts mitbekommen, es wurde ganz im Gegenteil nicht so viel geredet. Aber Andrew stand manchmal ganz verzückt vor den Erbsen und bog die Ranken fast zärtlich zur Seite, wenn er vorbeimusste, um nichts zu zerdrücken. Und einmal sah ich eine kleine Echse durchs Beet huschen, da lächelte er und sagte: „Look, they like you!“

Nach dem Essen half ich beim Abräumen und Abwaschen und während ich die sperrigen Gerätschaften reinigte, die nicht in die Spülmaschine passten, sah ich Andrew zur Küche hereinkommen. Er gefiel mir und ich wollte es jetzt wissen. Keck stellte ich mich ihm in den Weg und als er mich aufforderte, ihn vorbeizulassen, schüttelte ich den Kopf.

Seine großen blauen Augen leuchteten und er lächelte mich an. Ich gefiel ihm auch, das wusste ich.

„I like you“, sagte ich leise.

„But you leave in a week or two and I stay here“, antwortete er.

Ich schluckte und ließ ihn vorbei. Stimmte ja alles, er hatte schon recht, aber groß vorher überlegt hatte ich sonst auch nie, wenn ich dabei war mich zu verlieben. Irgendwie waren mir hier alle zu vernünftig. Zu erwachsen.

Abends traf ich mich mit Marnie und Hans. Wir machten einen Spaziergang Richtung Strand. Der gelbe Stechginster stand in voller Blüte und verströmte einen süßen Duft, der an Kokos oder Pfirsiche erinnerte. Schon erstaunlich, dass in dieser rauen Landschaft Kohlköpfe von zwanzig Kilo Gewicht gewachsen waren. Und das sollte auf die Tipps der Pflanzengeister zurückgehen, die die Gründer der Kommune erhalten hatte. Die hatten ihr mitgeteilt, wie sie die sandigen Böden bearbeiten, wie sie düngen und was sie pflanzen sollten. Was es damit auf sich hatte, da waren wir drei uns nicht so sicher. Marnie erzählte von ihrem Hund, mit dem sie auch sprechen könne.

„*Many people talk to animals, not very many listen, and that's the problem*“, zitierte sie Winnie the Pooh.

Kommunikation zwischen Tieren und Menschen konnte ich mir ja gerade noch vorstellen, aber zwischen Pflanzen und Menschen?

Die Landschaft öffnete sich und hinter einer Wegbiegung hatten wir dann Blick aufs Meer. Die Wellen rollten auf den Strand und die feinen Kiesel klackerten in der Brandung. Auch so ein Naturgeräusch, dachte ich. Ob mir das Meer damit etwas mitteilen will? Aber was? Es war wie ein Klingeln, ein Rauschen, aber so sanft und rhythmisch, dass es etwas Beruhigendes hatte.

Am nächsten Morgen ging ich vor der Gruppensitzung ins Sanctuary. Das war ein sehr lichter, runder Raum ohne irgendwelche religiösen Motive. In der Mitte standen ein Blumenarrangement und eine Kerze; das milde Morgenlicht fiel durch die farbigen Fensterscheiben, die ein Paar Flügel darstellten, klar, dachte ich, Engelsflügel. Ich machte es wie die anderen und setzte mich im Schneidersitz auf eines der herumliegenden Kissen, bemühte mich, ruhig und gleichmäßig zu atmen und ließ die Gedanken kommen und gehen. Es war angenehm, ich fühlte mich leicht und klar. Als Kind hatte ich viel gebetet, aber inzwischen war mir der Glauben abhanden gekommen. Trotzdem war es schön, hier zu sein und die Wärme und das Licht zu spüren. Mehr wollte ich gar nicht.

Die Gründer von Aquarius wurden zwar in Ehren gehalten, aber so etwas wie einen Guru gab es hier nicht – Gott sei Dank! Manche waren Buddhisten, manche Christen, andere hingen Sri Aurobindo oder Krishnamurti an. Die einen trugen ein Kreuz um den Hals, die anderen eine hölzerne Mala, wieder andere eine Brosche mit einem Herz und zwei Flügeln, dem Zeichen der Sufis. Es gab auch ein paar Sannyasins und diverse Anhänger des *New Age*. Im Sanctuary wurde zumeist nur still meditiert und so etwas wie innere *guidance* gesucht.

Meine Gruppe wurde von zwei focalizern geleitet, einem Mann und einer Frau um die dreißig. Beide wirkten eher wie Weltenbummler, die sich jetzt einmal gründlich gewaschen und ausgeruht hatten und sesshaft geworden waren. Sie hätten auch Lehrer und Lehrerin sein können, waren aber Architekt und Krankenschwester von Beruf. Sie referierten die Geschichte von Aquarius, erklärten die wichtigsten Prinzipien, machten mit uns diverse Übungen und Spiele. Es hatte alles mit Bewusstwerdung und Fokussierung zu tun und ich hatte jede Menge Zeit, über meine Zukunft nachzudenken, aber ich kam zu keinem Ergebnis.

Das Wasser kam aus den Highlands und die dunkle Farbe rührte nicht vom Schlamm oder gar von den Abwässern einer Whiskey-Destillerie her, wie manche behaupteten, sondern von den Mooren. Die Farbe erinnerte an Bernstein oder Kaffee, je nach Lichteinfall. Dieses braune Wasser brauste gegen die Felsen, die sich ihnen in den Weg stellten. Es schäumte vor Wut, und das Dunkel und das Weiß, darüber schroffe graue Felsen, eingefasst von kräftigem Grün, gaben ein eindrucksvolles Bild ab. Die Luft war feucht und manche der Baumstämme überzogen von grau-grünen Flechten. Das Wasser rauschte und brauste, Möwenschreie waren zu hören und in der Ferne das Pochen eines Spechts. Das hier war also Randolph's leap, ein *magic place*, wie man erzählte, und er fühlte sich wirklich magisch an. Ich konnte den Blick nicht von dem schäumenden schwarzen Wasser abwenden. Ich hatte keine Ahnung, welche Kräfte hier am Werk waren, aber sie waren größer als ich, so viel war mal klar. Die Natur, der Kosmos, all das existierte ohne das Zutun der Menschen. Wenn hier ein Wassermann aus den Fluten gestiegen wäre oder eine Sirene auf den Klippen gesungen hätte, es hätte mich nicht erstaunt.

Es gab noch einen weiteren *magic place* in der Gegend, und den besuchte ich an meinem letzten Abend zusammen mit Hans und Marnie. Es war der Spiral Path gleich hinter dem Cluny Hill College: Ein Pfad schlängelte sich durch den lichten Laubwald den Hügel hinauf. Als wir oben ankamen, wo eine Spirale aus Feldsteinen das Ende des Weges markierte, hockten wir uns auf den Boden und rauchten ein Pfeifchen. Die Äste der alten Bäume ächzten leise. Hans holte aus seinem Lederbeutel, in dem er auch den Tabak aufbewahrte, einen Stapel Tarotkarten, mischte sie gründlich durch und forderte uns dann auf, jeweils eine Karte zu ziehen. Ich zog die fünf Stäbe. Die Karte zeigte eine Gruppe von Menschen, die lange Stöcke in den Händen hielten. Kämpften sie miteinander? Wollten sie etwas bauen? Oder wollten sie die Stäbe einpflanzen? Immerhin hatten die zarte grüne Knospen. Ein gutes Omen, fand ich. Der Fall war klar: Das war meine WG. Das war meine Zukunft. Morgen würde ich wieder nach Hause fahren. Die Abendsonne schien mir ins Gesicht und ich schloss für einen Moment die Augen. Es duftete nach Wald, und die Entscheidung fühlte sich gut an.

Da hörte ich Marnie plötzlich laut kichern.

„Imagine making love in the Sanctuary!"

Nein, das ging gar nicht.

„Imagine staying in bed for a week!"

Ausgeschlossen!

„Imagine some London hippies showing up here!"

Ich stellte mir Terry vor, wie er, gehüllt in eine Wolke aus Patchouli, durch den Caravan-Park schlurfte. Er wäre nicht weit gekommen. Es war alles prima hier, aber viel zu brav. Das war nichts für uns, da waren wir uns einig. Ein bisschen Buddha, ein bisschen Meditation – schön und gut. Aber unterm Strich war uns das alles viel zu angepasst. Das war mehr was für die gutsituierte Mittelschicht, nicht für uns Schmuddelkinder. Und nicht zuletzt hatten wir auch kein Geld mehr. Der

Aufenthalt hier war nicht umsonst, trotz des Arbeitsdienstes. Eine Nacht konnte man für einen günstigen Tarif übernachten, dann gab es ein Gespräch mit dem Guest-Department, das bei ernsthaftem Interesse die Seminargebühr aus einem Fonds finanzierte, in den wohlhabendere Gäste einzahlten. So war es bei mir und Hans gewesen. Marnie hatte selbst genug Geld dabeigehabt.

Am nächsten Tag reisten wir gemeinsam wieder ab und schlugen uns mit Bussen und Zügen Richtung London durch.

Jolante jedoch blieb in Aquarius. Sie war – ebenfalls mit einem Stipendium – einer anderen Experience-Gruppe zugeteilt worden und hatte auch woanders gearbeitet, in der Poststelle, und so hatten wir uns kaum gesehen. Sie fand es super hier. Sie wohnte mit einer alten Frau zusammen in einem der schlichten Bungalows des Caravan-Parks. Nach der Experience-Week hatte die alte Frau ihr angeboten, noch ein paar Wochen zu bleiben, für sie zu kochen und ihr behilflich zu sein. Dafür konnte sie dann gratis bei ihr wohnen. Nachmittags hatte sie frei, dann saß sie in den Dünen und aquarellierte. Wunderschöne zarte Bilder des Meeres, der Wellen, der Wolken, der Luft. Dass man Luft malen konnte, faszinierte mich.

Die alte Frau – sie war schon über achtzig und seit zehn Jahren hier – gab von Zeit zu Zeit Seminare im *Sehen*, wie Jolante sich ausdrückte. „Wie, im *Sehen*?", fragte ich nach.

„Sie kann die Aura sehen und sieht Menschen als Blumen. Sie kann auch Krankheiten wahrnehmen und heilende Energien aktivieren. Ich möchte bei ihr eine Ausbildung machen. Sie meint, dass ich die Fähigkeiten dazu habe."

„Und dein Studium?"

Jolante schnaubte abfällig und zuckte desinteressiert die Schultern.

„Egal." Sie lächelte. Ihre Pupillen waren riesig und sie schien von innen zu leuchten. Und das ganz ohne Drogen.

Der Sommer mit Diego

Im Haus roch es nach Hund. Genauer gesagt: nach nassem Hund. Harald, der Freund von Marion, hatte sich ein fast hüftgroßes Tier zugelegt, einen Rüden, und ich war froh, wenn ich ihn von hinten sah, obwohl der wackelnde Stummelschwanz, das kleine Arschloch und die strammen Hoden auch kein schöner Anblick waren. Ich war mit Hunden aufgewachsen, aber ich fand, dass sie in der Stadt nichts zu suchen hatten. Sie waren laut, stanken, kackten die Wege voll. Zu einem Dealer in schwarzen Lederhosen passte natürlich so ein Köter.

Ich hatte Harald noch nie gemocht, aber er spielte astrein Gitarre. Mit dem Ende der Heizperiode hatte die Band sich im Keller einen Proberaum eingerichtet, und sie spielten zwei- bis dreimal die Woche. Harald an der Gitarre, Diego am Schlagzeug, ein Typ namens Helmut spielte ganz nach Bedarf Trompete, Saxofon oder Bandoneon. Dazu kam eine ziemlich dicke Frau namens Arabella, die Bass spielte und sang, unterstützt von Rudi. Der hatte sie angeschleppt und dann auch sein Interesse an Musik entdeckt. Die beiden brüllten mehr in die Mikros, als dass sie sangen, aber sie hatten einen Mordsspaß dabei.

Wenn sie probten, dröhnte die Musik bis auf die andere Straßenseite rüber, so laut war es und im Haus wackelte sowieso alles. Es war, als ob wir in einem Kochtopf säßen, der von unten ordentlich angeheizt wurde. Und alle Kartoffeln hüpften im heißen Wasser munter durcheinander.

Solange Jolante in Schottland war, durfte ich mich in ihrem Zimmer breitmachen und ich war froh, dass ich wieder meine eigenen vier Wände hatte und nicht mehr zu jeder Tages- und Nachtzeit Jule hereinkommen konnte, denn ich war noch am ersten Abend nach meiner Rückkehr mit Diego im Bett gelandet. Diego. Wir hatten uns schon immer gut verstanden, und als ich aus Schottland zurückkehrte, spürte ich, dass er sich echt freute, mich zu sehen. Und ich freute mich auch. Er strahlte und seine braunen Augen leuchteten, dass es mir durch und durch ging. Er sagte nichts, nahm mich ganz fest in den Arm, drückte mich an sich und ließ mich gar nicht mehr los. Er roch so gut nach Sandelholz, und ich fühlte mich so geborgen in seinen Armen, dass ich meinen Kopf an seine Schulter legte. Nachdem wir ein paar Minuten eng umschlungen dagestanden hatten, strich er mir so sanft übers Haar, dass es um mich geschehen war. Er hatte ein paar Pfund zugenommen, aber sein Körper fühlte sich gut an. Den würde so schnell nichts umhauen. Ich schmiegte mich an ihn. Dann nahm er mein Gesicht in seine Klempnerhände und küsste mich, zuerst vorsichtig und fragend, und als ich seine Zärtlichkeiten erwiderte, knutschten wir uns heftig ab, und zwar mitten in der Stadt. Mitten in der Fußgängerzone. Vor dem Teegeschäft waren wir uns über den Weg gelaufen. Er war auf dem Weg nach Hause und ich wollte gerade zur Post.

„Ich will nichts mehr aufschieben", sagte er. „Die Krankheit ist wieder da. Du hast mir schon gefallen, als ich dich das erste Mal gesehen habe."

„Welche Krankheit?", fragte ich irritiert und schälte mich aus seiner Umarmung.

„Weißt du das nicht?"

„Nein."

„Dann bist du wohl die einzige in der ganzen Szene." Er seufzte tief. „Ich hab Hodgkin, Lymphdrüsenkrebs. Noch maximal vier, fünf Jahre, sagt der Arzt. Deswegen will ich doch auch auswandern."

„Was? Du hast Krebs?"

Ich wusste gar nicht, was ich sagen sollte. Dass er irgendwie krank war, hatte ich mal am Rande mitbekommen, aber Genaueres wusste ich nicht. Mit Krebs hatte ich bis dahin höchstens in der Generation meiner Eltern zu tun gehabt. In meinem

Umfeld gab es niemanden. Mir schossen die Tränen in die Augen. Da nahm er wieder meinen Kopf in seine großen Hände, tätschelte mein Haar und drückte mich an sich.

Er begleitete mich zur Post – ich wollte Jolante ihre Briefe nachschicken, das hatte ich ihr versprochen –, dann gingen wir schnurstracks nach Hause. Wir vergewisserten uns, dass niemand uns gesehen hatte und verschwanden sofort in meinem Zimmer. Ich klappte die Fensterläden zu, schloss für alle Fälle die Tür ab. Zwischendurch huschte ich in die Küche, machte uns ein paar Stullen, holte etwas zu trinken und dann kuschelten wir uns wieder ins Bett. Wir hatten Sex, redeten, hatten wieder Sex, redeten, knutschten, kuschelten, aßen, tranken und Diego wollte alles von mir wissen und ich alles von ihm.

So begannen wir eine Affäre miteinander, die wir aber vor der WG geheim hielten, so gut es ging. Denn Diego wollte ja am Ende des Sommers mit seiner Freundin nach Neuseeland auswandern. Und er wollte nicht, dass sie Wind von uns beiden bekam. Die zwei waren schon seit zehn Jahren zusammen. Sie waren beide über dreißig, hatten Architektur studiert, das Architekturbüro von Diegos Vater übernommen und nicht schlecht verdient. Als Diego dann im letzten Herbst seine Diagnose bekam, hatten sie beschlossen, zusammen nach Neuseeland auszuwandern, und nach und nach alles verkauft: das Architekturbüro, das Segelboot, das sie auf dem Baldeneysee liegen hatten, die Motorräder. Sogar eine Eigentumswohnung hatten sie besessen und auch die war verkauft. Im September sollte es losgehen, so war der Plan, und Diego wollte an diesem Plan festhalten.

„Ich brauch die Gesa “, sagte er, „und die Gesa braucht mich. Wir gehören zusammen. Wir können uns jetzt nicht einfach trennen.“

„Okay“, sagte ich.

„Oder willst du mich pflegen, wenn es soweit ist?“

So wohnte ich wieder unten im Haus, in meinem alten Zimmer, und Waleri war wieder mein Nachbar. Seit seinem Coming-out bzw. nach meiner Rückkehr aus Griechenland war ich ihm aus dem Weg gegangen, aber das war jetzt nicht mehr so einfach. Und ich mochte ihn ja auch. Er arbeitete noch immer in dieser Werbeagentur und die Arbeit machte ihm sogar Spaß. Neuerdings hatte er sich einen Bart wachsen lassen, was ihm ganz gut stand, und wenn er am Wochenende ausging, trug er karierte Flanellhemden. Das schien so eine Art Dresscode zu sein. Mit diesem Thomas war er anscheinend noch zusammen, aber ich kriegte ihn nie zu Gesicht. Manchmal blieb Waleri tagelang weg und ich machte mir schon Sorgen um ihn, aber dann tauchte er plötzlich wieder auf und war bester Dinge.

Dann hatte seine Mutter Geburtstag und er bat mich, ihn zu begleiten. Seine Mutter würde immer nach mir fragen und sie würde sich sicher freuen. Also kaufte ich einen dicken Blumenstrauß, zog mir was Ordentliches an und eines Sonntagnachmittags saß ich dann wieder bei ihr auf dem Sofa und trank Kaffee.

„Dann ist jetzt alle wieder gut?", fragte sie mich mit bangem Blick, als Waleri auf der Toilette war. Ich wusste, was sie meinte, und eigentlich wollte ich sie nicht anlügen, aber ich mochte sie wirklich und so nickte ich einfach.

„Gott sei Dank!", sagte sie und ich sah, dass ihr ein Stein vom Herzen fiel. Sie hatte mich zwar freudig begrüßt, aber ich hatte gleich bemerkt, dass es ihr nicht gut ging. Ein schwuler Sohn, das war das Letzte, was sie sich vorstellen konnte. Sie lächelte erleichtert und gab mir noch ein Stück Obstboden auf den Teller.

Wir blieben bis zur Tagesschau. Als die Tür hinter uns ins Schloss fiel, legte Waleri den Arm um mich.

„Danke!"

„Schon okay! Aber nicht jeden Sonntag!"

„Wie geht's eigentlich Rudi?"

Ich sah ihn ja ab und zu, wenn die Band probte, aber Waleri hatte ihn schon seit ein paar Wochen nicht mehr gesprochen. Wir kamen überein, ihn zum Wochenende einzuladen. Spaghettiessen.

Obwohl ich nur ein paar Wochen weg gewesen war, hatte sich einiges geändert. Der Sommer war angebrochen und mit den warmen Temperaturen hatte sich eine entspannte Stimmung eingestellt. In der Küche hatten wir jetzt meistens die Fenster auf, und wenn Waleri da war, öffnete er in seinem Wintergarten die Tür, legte eine Platte auf und die Stimmen von Ella Fitzgerald, Oscar Peterson oder Stephie Wonder wehten durch den Garten, in dem wir auf Decken rumlungerten oder in der türkisfarbenen Hängematte schaukelten, die ich aus Mexiko mitgebracht hatte, Wein tranken oder kifften oder ein Buch lasen.

Die Kündigung war inzwischen rechtskräftig. Ende September mussten wir ausziehen und obwohl Onno und Jochen versuchten, uns zu überreden – für eine Besetzung hatten wir keine Nerven. Jule fand es zwar schade um das schöne Haus, erklärte aber, dass sie dann wohl nie im Leben eine Stelle als Lehrerin kriegen würde. Marion sagte – wie immer bei solchen Gelegenheiten –, dass sie im Gegensatz zu den meisten anderen hier einen anstrengenden Job habe. Da könne sie nicht noch nebenbei Hausbesetzer spielen. Diego schüttelte nur den Kopf, Waleri hatte sich noch nie groß für Politik oder Widerstand interessiert und erklärte bei diesen Diskussionen immer:

„Ich bin Künstler. Das ist meine Politik. Also wenn hier ein paar süße Jungs einziehen, so als Besetzer, dann würde ich hierbleiben, aber sonst ..."

Jolante war gar nicht da und mir stand auch nicht der Sinn nach Hausbesetzung. Ich befand mich nach wie vor in der Orientierungsphase und fühlte mich nicht mal schlecht dabei.

Es war unser letzter Sommer, und in dem Bewusstsein lebten wir auch. Im September würden wir alle ausziehen. Aber vorher wollten wir es noch mal ordentlich krachen lassen.

Rudi fand die Idee, mal wieder zusammen zu essen, großartig und wir verabredeten uns für den nächsten Probentag. Weil es ein lauer Abend war, stellte Waleri einen Tisch in den Hof und als die Probe endlich fertig war, aßen wir drei zusammen Spaghetti Bolognese und tranken dazu Rotwein aus Senfgläsern, denn für die WG vernünftige Weingläser anzuschaffen, hatten wir schon lange aufgegeben. Rudi redete wie immer nicht lange um den heißen Brei herum.

„Und, was geht so? Seid ihr beiden etwa wieder zusammen?"

Waleri sah ihn entrüstet an, als ob der bloße Gedanke schon eine Zumutung wäre.

„Nein. Die ist ja jetzt immer mit diesem Diego ...", eröffnete er mit gespielter Empörung.

Rudi grinste breit. „Was höre ich da? Mit Diego? Lecker Schnitte, der hat doch Cha-Cha in den Hüften, aber hat der nicht schon eine Freundin?" Rudi verstand mich. Diego war irgendwie sexy. Er wusste sich anzuziehen, wusste sich zu bewegen, da kam es auf ein paar Pfund mehr oder weniger nicht an. Doch wieso hatte Waleri was von uns mitgekriegt?

„Woher weißt du das denn?", fuhr ich ihn an.

„Das war ja wohl nicht zu überhören letzte Nacht."

Ich hielt den Zeigefinger vor den Mund. „Psst!"

Er zuckte die Schultern. „Von mir erfährt niemand was. Aber wenn ihr so weitermacht, kriegt Gesa Wind davon."

Schon die Erwähnung ihres Namens versetzte mir einen Stich. Nach der Probe war Diego zu Gesa gefahren. Sie wollten schön essen gehen. Ich muss sehr missmutig aus der Wäsche geguckt haben, denn Waleri fragte mich sofort: „Willst du noch Wein?"

Ich nickte. Waleri kannte mich so gut, dass er gleich verstand, was los war. Ich hatte mich verliebt. Er und Rudi wechselten einen Blick. Rudi zog seinen Stuhl heran und legte mir den Arm um, und da liefen mir auch schon die Tränen die Wangen herunter.

„Ja, die Männer ...", seufzte Rudi und wiegte mich tröstend hin und her.

„Thea und die Männer", knurrte Waleri. „Ich würde doch mit so nem Typen nichts anfangen. Verlobt und dann auch noch krank. Dass der überhaupt noch einen hoch kriegt..."

Waleri konnte Diego noch nie leiden. Und er war noch immer eifersüchtig. Das fand ich schon fast wieder süß.

„Hörst du mal auf?", sagte ich leise. „Ich kann das nicht leiden, wenn du so redest."

„Finde ich auch." Rudi pflichtete mir bei. „Mach lieber mal die Lämpchen an."

Inzwischen war es dunkel geworden, und Waleri knipste die Lichterkette an, die wir an der Werkstatt befestigt hatten.

„Eigentlich schön hier auf dem Hof", sagte Rudi und sah sich um. „Könnte man was draus machen. Was ist eigentlich mit Musik?"

Waleri ging kurz ins Haus, stellte in der Küche die Boxen ins offene Fenster und legte Nina Simone auf. Als er wiederkam, brachte er noch eine Kerze mit. Es war eine milde Nacht, noch nicht richtig sommerlich, aber man konnte im Pullover draußen sitzen. Hinter dem großen Walnussbaum ging der Mond auf. Halbmond. Alle zehn Minuten krachte die Straßenbahn vorbei, das hörte man auch hier hinterm Haus noch. Trotzdem war es irgendwie lauschig.

Die L-förmigen Nebengebäude stammten aus den Dreißigerjahren und umschlossen den Hof zu zwei Seiten. Wir waren erstaunt gewesen, dass es in dem alten Gemäuer noch Strom gab, aber jetzt leuchtete die Lichterkette in rot, blau und grün. Lieschen, unsere Katze, kam angelaufen und strich mir um die Beine. Ich kraulte ihr den Rücken.

Die Welt wurde immer schneller, alle zehn Minuten krachte eine Straßenbahn vorbei, das Fließband, an dem ich gearbeitet hatte, rumpelte unerbittlich weiter, ständig wurden neue Geschwindigkeitsrekorde aufgestellt für Fahrten über Land, übers Wasser, durch die Luft, ins All. Der technische Fortschritt explodierte. Nur wir nahmen uns Zeit, setzten uns hin und spürten, dass das Verweilen in der flüchtigen Gegenwart, das durch Alkohol und Kiffen noch genussvoller wurde, in dieser Welt keinen Platz mehr hatte. Als ob jemand die Devise ausgegeben hätte: Wir sind doch nicht zum Spaß hier! Aber wir waren zum Spaß hier. Sollten sie doch alle an Herzinfarkt abkratzen, wir ließen uns nicht hetzen. Rudi legte die Füße auf den Tisch und zündete noch eine Tüte an. Er betrachtete die Glut, die sich am Ende des Joints bildete und sah dem Rauch nach, der langsam aufstieg.

„Vielleicht sollte ich hier eine Bar aufmachen?!"
Und so geschah es.

In den nächsten Tagen nagelte er aus Brettern und Kisten eine Bar zusammen. Glücklicherweise stand die monatliche Sperrmüllabfuhr bevor und so konnten wir bei einem nächtlichen Rundgang durch die Stadt jede Menge Mobiliar abstauben: Stühle, Sessel, Barhocker, Tischchen und sogar einen Karton mit 1a Biergläsern. Für den Fall, dass es mal regnete, wurde über die Bar ein Bambusdach montiert, das Rudi auf irgendeiner Müllkippe aufgetan hatte. Eine Zapfanlage hatten wir nicht, aber ansonsten fehlte es unserer Bar an nichts: Es gab Salzstangen, Barhocker, Musik und Flaschenbier. Und wenn er bei Laune war und die nötigen Spirituosen vorrätig hatte, mixte Rudi seinen Gästen auch einen Cocktail. Er machte sich gut als Barkeeper. In den ersten Tagen war nur nach den Bandproben Vollbetrieb, aber dann sprach es sich in der Szene herum, dass hier jetzt jede Nacht was los war. Rudi arbeitete auf eigene Rechnung und verdiente sich eine goldene Nase, trotz der moderaten Preise. Die alte Frau Kraft, die in der anderen Haushälfte wohnte, war so schwerhörig, dass sie von unseren Partys nichts mitbekam. Nach hinten raus grenzte unser Grundstück ans Hüttengelände, zur Rechten befand sich eine Art Eisenwarengeschäft, und zur Linken ein Mietshaus, aber die Mieter waren duldsam und beschwerten sich nicht, wenn wir noch nachts um drei laute Musik hörten.

Und zunächst fiel es niemandem auf, dass Diego und ich ständig zusammenhockten oder auch mal verschwanden. Doch schon bald roch Gesa Lunte.

Nachdem sie das dritte Mal zu Besuch gekommen war, Diego aber weder auf dem Hof noch in seinem Zimmer antraf, war sie voller Sorge, schließlich war Diego krank. Womöglich war er im Krankenhaus? Womöglich war er zusammengeklappt? Hatte es alles schon gegeben… Rudi hatte zwar versucht, sie in ein Gespräch zu verwickeln und Waleri aufgefordert, mir und Diego Bescheid zu sagen, aber der hatte sich geweigert und jemand anderen wollte Rudi nicht ins Vertrauen ziehen. Schließlich musste Waleri die Bar kurz übernehmen, damit Rudi mich warnen konnte. Er klopfte sehr dezent an die Tür und flüsterte nur:

„Ich glaube, es ist besser, wenn ihr zwei Täubchen mal aus dem Bett kommt. Gesa ist da und sucht Diego schon überall."

Diego stand sofort auf. Ja, wir hatten gerade im Bett gelegen und ja, wir waren gerade dabei. Er zog sich wortlos an, ging kurz ins Bad, wusch sich das Gesicht, trank ein Glas Wasser und ging nach draußen. Ich blieb im Bett und grummelte vor mich hin, bis ich die Geräusche von Gesas Auto hörte. Sie fuhren zu ihr. Das war gerade nochmal gut gegangen, aber wie sollte das weitergehen?

Am nächsten Tag holte Diego mich von der Arbeit ab. Er wartete vor der Tür, und als ich aus der Welt der vollen Aschenbecher und verdreckten Toiletten auftauchte und ins harte Tageslicht trat, die Turmuhr schlug gerade ein Uhr, blickte ich in sein weiches, liebevolles Gesicht und musste sofort weinen, ob ich wollte oder nicht. Er nahm mich in den Arm, drückte mich an sich und ich weiß nicht, wie lange wir da am Kirchplatz standen, aber es muss ziemlich lange gewesen sein, denn in meiner Erinnerung schlug ständig die Turmuhr, aber das tut sie nur jede Viertelstunde.

„So geht es nicht weiter", sagte er schließlich und wir drehten eine Runde durch die Altstadt. Ich bemerkte, dass ich darauf bedacht war, von niemandem gesehen zu werden, und das ärgerte mich. Ich hatte mich in ihn verliebt – und was war falsch daran? Er war nicht verheiratet, er hatte eine Freundin, aber das hatte ich ja von vornherein gewusst. Und trotzdem quälte es mich. Ich wollte bei ihm sein, ich wollte ihn spüren und ich wollte, dass es ihm gut ging.

„Und wenn wir uns in Zukunft woanders treffen?", sagte er.

„Wie jetzt – im Hotel? Bist du bescheuert? Ich bin doch keine Nutte!"

„Aber es geht so nicht weiter. Wenn Gesa was merkt..."

„Ja, was ist dann?"

Er setzte sich auf eine der Bänke der Fußgängerzone, nahm meine Hände in seine Klempnerpranken und sah mich mit seinen klugen braunen Augen an.

„Mein Onkel hat einen Schrebergarten und der hat mir den Schlüssel gegeben, weil er über den Sommer weg ist und ich ab und zu nach dem Rechten sehen soll."

Und so willigte ich schließlich ein.

Von nun an trafen wir uns ab und zu im Schrebergartenverein *Zur zornigen Ameise*. Der lag in einem Vorort von Bochum, und um keinen Verdacht zu erwecken, fuhren wir getrennt dahin. Ich mit der Straßenbahn, Diego mit dem Wagen. In der Laube gab es erstaunlicherweise ein komplettes Doppelbett aus hochglänzendem rötlich-braunen Holz und meistens fielen wir gleich übereinander her. Wenn wir dann genug hatten, machten wir es uns im Garten gemütlich. Auf der Terrasse stand eine Hollywoodschaukel mit blauen Polstern und weißen Troddeln, auf der man wunderbar rumlungern und in die Abendsonne blinzeln konnte. Außerdem gab es zwei klappbare Gartenliegen, einen kleinen Teich mit Goldfischen (in dem leider Millionen von Mücken brüteten) und jede Menge Blumen. Mit Gemüseanbau hatte Onkel Bruno es nicht so, und das war uns ganz recht. Sonst hätten wir womöglich noch Beete hacken müssen. Nur für das Rasenmähen waren wir verantwortlich, aber daran hatte Diego sogar Spaß.

Wenn wir Hunger hatten, machten wir uns über die Vorräte her, die Onkel Bruno gehortet hatte. Es gab Gulaschsuppe und Ravioli, von beidem etwa 50 Dosen. Oder wir zündeten ein Lagerfeuer an und brutzelten uns ein paar Würstchen oder rösteten Kartoffeln in der Asche. Und wenn wir gegessen hatten, drehte Diego eine Tüte, holte seine Gitarre aus der Laube, hockte sich ans Feuer und spielte irgendwelche Songs. Von mir aus hätte es immer so weitergehen können.

Gesa wunderte sich, wie schmuddelig er immer war und bemerkte auch, dass er nach Qualm roch. Aber so brauchte er sich zumindest keine Begründung dafür auszudenken, dass er immer gleich unter die Dusche sprang. Von diesem Arrangement erfuhr niemand; nur Rudi wusste Bescheid. Manchmal saß er noch im Hof oder stand an der Bar, wenn ich zurückkam, und so erzählte ihm davon.

„Ach, meine kleine Zuckerschnecke... dich hat es erwischt, was?", sagte er nur und legte mir mitfühlend die Hand auf den Arm.

Es war der heißeste Sommer seit Jahren.

Wenn ich nicht mit Diego im Garten war, ging ich nachmittags oft noch mit den anderen an die Ruhr, wo wir halbnackt auf den Wiesen herumlagen und rauchten, Kuchen aßen oder Federball spielten. Manchmal hatten wir eine Kühlbox mit Getränken dabei oder wir kauften uns am Eiswagen ein Eis. Wenn wir mit Sack und Pack durch die Straßen zogen, sahen wir aus wie die Hippies aus dem Woodstock-Film, mit langen Röcken, flatternden Indienhemdchen, behängt mit Ketten und Tüchern. Dass Woodstock schon viele Jahre zurücklag, interessierte uns wenig. Marion trug gerne Schlapphüte, Jule hatte immer Clogs an den Füßen, Harald verlieh uns mit seiner Sonnenbrille und dem Gitarrenkoffer den Hauch Boheme, und Marions Ex-Freund Sepp, der oft mit von der Partie war, ging immer barfuß und in kurzen Hosen. Wenn Rudi dabei war, war Arabella meist nicht fern und die beiden liefen neuerdings in Schwarz herum, selbst im Hochsommer.

"Die Zeit der Sonne und der tausend Farben ist angebrochen. Es ist die Zeit, dass das Volk der Menschen in die grünen Täler hinabsteigt, um sich die Welt zurückzuholen, die ihm gehört. Die Truppen der Bleichgesichter mit ihren blauen Jacken haben all das zerstört, was einst Leben war, sie haben mit Stahl und Beton den Atem der Natur erstickt. Sie haben eine Wüste des Todes geschaffen und haben sie `Fortschritt` genannt." Das war Jule. Sie hatte ein Flugblatt aus der Tasche gezogen und las ein paar Sätze vor.

„Ja genau, die Bleichgesichter mit ihren blauen Jacken! Die sind an allem schuld", sagte Sepp und sprang auf, um sich zu den Jungs zu gesellen, die am Ufer Frisbee spielten.

„Von wem ist das?", fragte Marion und blinzelte müde.

„Lotta continua, italienische Stadtindianer. Die waren beim Tunix vor zwei Jahren. Echt abgefahren."

Ich runzelte leicht genervt die Stirn. Jule versuchte ständig, Marion, die sich nicht die Bohne für Politik interessierte, zu agitieren. Früher hatte sie ihr Vorträge zur marxistischen Theorie gehalten. Aber Marion wollte mehr wissen.

„Was war denn das, Tunix?"

„Das war ein Kongress in Berlin, da waren ca. 15.000 Leute. Da haben sich alle getroffen, die genug haben vom Quatschen. Die was machen wollen. Da hab ich die Leute von meiner Töpfergruppe kennengelernt."

Jule hatte seit letztem Jahr eine Töpfergruppe. Sie waren zu fünft, trafen sich einmal die Woche und töpferten zusammen. Sie hatte mich einmal mitgenommen, aber ich fand es albern, aus Ton kleine Würste zu rollen und die dann aufeinanderzuschichten, um daraus Becher und Teller zu machen. Konnte man doch alles kaufen. Wir lebten schließlich nicht mehr in Höhlen. Und was sollte daran revolutionär sein? Aber Jule fand es super und sagte, sie wolle eine Perspektive entwickeln mit den Leuten. Und sie wolle was mit den Händen machen. Die ganze Kopfarbeit, das tue ihr nicht gut. Im Frühjahr hatten sie eine Töpferwerkstatt aufgetan, in der sie einmal die Woche die Töpferscheibe benutzen durften. Neuerdings träumten sie davon, eine eigene Töpferei aufzumachen. Eine alternative Töpferwerkstatt, die zwar keinen Chef hatte, aber Kurse machte und ab und zu Lesungen und kleine Konzerte veranstaltete. Einen Namen hatten sie schon: Ton und Töne.

„Im Haus der Jugend gibt es auch ein paar Leute, die was Eigenes aufmachen wollen", sagte Marion. „Einen Kinderladen. Ich hab ja bisher mehr mit Jugendlichen gearbeitet, kann mir aber auch vorstellen, was mit Kleineren zu machen. Diese städtischen Strukturen immer und die Hierarchien, das geht mir voll auf den Keks." Sie hielt inne und ein Lächeln zog über ihr Gesicht. „Dann kann ich den Lütten ja gleich da anmelden."

Jule und ich horchten auf. Wir verstanden nicht gleich, was sie uns da mitteilen wollte, aber das selige Lächeln versprach einiges.

„Bist du etwa...?" Jule sprach es nicht aus und ihre Stimme klang betont neutral, als ob sie sich nicht sicher wäre, ob das nun eine erfreuliche oder eine niederschmetternde Nachricht war. Schließlich hatte niemand von uns Kinder und mit dem Wort *schwanger* verbanden wir eher die Aussicht auf eine Katastrophe oder eine Fahrt nach Holland denn die auf eine glückliche Familie.

Marion lächelte. Marion nickte. Sie war die erste von uns, die ein Kind bekam.

Wir nahmen sie in den Arm und nachdem sich herausstellte, dass sie es auf jeden Fall bekommen wollte und es kein Versehen war, beglückwünschten wir sie. Jetzt verstand ich auch, warum sie neuerdings abwinkte, wenn ihr jemand einen Joint anbot.

„Und wer ist der Vater?", fragte Jule.

„Na, wer wohl?", erwiderte Marion genervt. Als ob sie mehrere Lover hätte! „Harald."

Oje, dachte ich. Ausgerechnet Harald.

„Wir gucken auch schon nach einer Wohnung", sagte sie. „Wir möchten jetzt was Eigenes."

„Wie, was Eigenes? Wollt ihr eine Wohnung kaufen?"

„Nein, aber nicht mehr inner WG wohnen. Eine eigene Wohnung eben."

„Was machst du eigentlich, wenn wir aus dem Haus müssen?", fragte sie Jule.

„Ich guck mal. Ein Projekt. Was mit Leuten. Vielleicht eine alternative Töpferei. Wenn das hier nichts wird, geh ich vielleicht nach Irland. Ich war ja schon ein paarmal da und kenn ein paar Freaks und da ist Töpferei total angesagt."

„Und was machst du, wenn in der Bahnhofstraße Schluss ist?", richtete sie das Wort an mich.

Ich zuckte die Schultern und gab mich betont desinteressiert. „Keine Ahnung. In der Sonne liegen."

Während die beiden über Kindernamen (Che? Bob? Fidel? Rosa? Janis?) redeten, hing ich meinen Gedanken nach. Ein Projekt, was mit Leuten, das wollte ich auch. Nicht mehr die entfremdete Arbeit, an der am Ende nur der Chef verdient, sondern mit Freunden einen Betrieb aufbauen. Oder einen Laden. Oder eine Werkstatt. Oder ein Café. Oder was auch immer. Gleichberechtigt. Als Kollektiv. Außerhalb des Kapitalismus. Landwirtschaft wie in Griechenland oder Küchenarbeit wie in der Aquarius-Community, das war nichts für mich. Und Pulloverstricken oder ähnliche Handarbeiten schon gar nicht.

In Bochum gab es eine Initiative für einen Frauenbuchladen, das interessierte mich schon eher. Auch der politische Buchladen an der Uni gefiel mir. Aber von Politik hatte ich zu wenig Ahnung. Alles Medizinische kam nicht in Frage, davon hatte ich genug. Und da gab es ohnehin kaum Projekte. Vielleicht das feministische Frauengesundheitszentrum in Berlin, aber das war es auch schon fast. Für alles weitere, zum Beispiel eine Gemeinschaftspraxis, brauchte man eine Ausbildung.

Jule kaufte neuerdings ihr Müsli nicht mehr im Supermarkt oder im Reformhaus, sondern im Bioladen, der im Städtchen aufgemacht hatte. Da war ich eines Tages nach der Arbeit vorbeigegangen und hatte ein Pfund Möhren gekauft. Oder besser: Ich hatte versucht, ein Pfund Möhren zu kaufen, denn ich musste so lange warten, dass ich schließlich keine Lust mehr hatte und in den nächsten Supermarkt ging. Das Pärchen, das den Laden machte, ein langhaariger Typ mit Nickelbrille und eine Frau im Blaumann, die ausgesprochen schlechte Laune hatte, kam mit der alten mechanischen Waage nicht zurecht. Sie brauchten ewig, bis sie die Kundin bedient hatten, die vor mir dran war. Die hatte allerdings zugegebenermaßen seltsame Wünsche und bestellte sämtlich Getreidesorten von Amaranth bis Weizen, jeweils ungemahlen und jeweils 250 Gramm. Lauter kleine Mengen, die aufwendig abgewogen und in braune Papiertüten gefüllt wurden, während die Kundin, vermutlich eine Lehrerin, die Vorzüge von frischgemahlenem Getreide lobte. Das Vitamin B. Die Ballaststoffe. Der hohe Eiweißgehalt. Überhaupt: Ungeschältes Getreide. Sie hatte neuerdings eine Getreidemühle und wollte das Getreide selber mahlen beziehungsweise schroten, bevor sie daraus Brot backte. Mit der anschließenden Abrechnung waren die drei dann total überfordert und ich hatte grummelnd den Ort des Geschehens verlassen.

Außerdem verabscheute ich den Geruch von Salbeitee.

Bioladen kam auch nicht in Frage.

Ich musste mir etwas anderes ausdenken. Mit Giovanna hatte ich schon öfter über gemeinsame Projekte gesprochen, da konnte ich mir alles Mögliche vorstellen, aber Giovanna war ja jetzt in Griechenland. Vielleicht sollte ich ihr schreiben.

Horst geht kaputt, Giovanna trägt Orange

Als wir bei Einbruch der Dunkelheit unsere Decken zusammenrollten und nach Hause gingen, saß jemand vor der Tür. Ein bärtiger, zotteliger, dicker Mann. Er hatte es sich auf den Steinstufen gemütlich gemacht, hatte die Füße hochgelegt und drehte sich gerade eine Zigarette. Neben ihm stand ein Bundeswehrrucksack. Vermutlich wollte er bei uns unterschlüpfen. Es kam manchmal vor, dass irgendein Freak anklopfte. Als er uns sah, zog ein breites Grinsen in sein Gesicht und er sagte mit einer Stimme, die mir sehr vertraut war:

„Da sind sie ja. Die Thea, der Sepp, die Jule…"

Er stand langsam auf und wir fielen uns in die Arme. Einer nach dem anderen herzte und drückte ihn. Es war Horst. Ich hätte ihn kaum erkannt, so verändert war er. Er hatte mindestens zwanzig Kilo zugenommen.

Sein Bruder war nach Griechenland gefahren und hatte es mit Hilfe eines Anwalts geschafft, ihn aus dem Knast zu holen und stattdessen in einer psychiatrischen Klinik unterzubringen. Das war zwar auch kein Zuckerschlecken, wie er erzählte, man hätte ihn total mit Medikamenten vollgepumpt, deswegen sei er auch so dick geworden, aber nach drei Monaten hätten sie ihn dann entlassen und er sei nach Hause getrampt. Und Giovanna, die käme auch bald, wusste er zu berichten, die hätte ihn ein paarmal besucht.

Wir waren alle glücklich, ihn zu sehen, gleichzeitig war sein Zustand besorgniserregend. Er bewegte sich langsam, sprach langsam, war verändert. Das liege an den Medikamenten, sagte er. Natürlich konnte er erstmal bei uns unterschlüpfen, da waren wir uns einig. Jule bot ihm ihr Vorzimmer an, in dem ich auch eine Weile gewohnt hatte. Aber das wollte er gar nicht. Er war zwar dankbar für das Angebot und wollte auch gern die ersten Tage hier schlafen, aber dann wollte er sich was suchen, eine kleine Wohnung oder ein Zimmer, er brauche Ruhe, viel Ruhe, erklärte er, mit so vielen Menschen, das könne er nicht mehr ertragen.

Er hatte aufgehört zu rauchen und zu kiffen und rührte auch keinen Alkohol mehr an. Von Zeit zu Zeit stand er auf, goss sich ein Glas Leitungswasser ein und trank es in einem Zug leer.

In der Nacht fuhr Marion mit ihm zum Krankenhaus. Er hatte plötzlich Krämpfe, Schlund- und Zungenkrämpfe, und brauchte ein Muskelrelaxans. Er kannte das schon. Das sei eine Nebenwirkung der Psychopharmaka, erzählte er.

Nachdem er sich gründlich ausgeschlafen, seine Kleidung gewaschen und einige Nachmittage in der türkisfarbenen Hängematte verbracht hatte, schulterte er seinen Rucksack und ging zu seinem Bruder. Der hatte ihm schon in Griechenland angeboten, dass er bei ihm wohnen könne. Er war Hausmeister in einer Schule, hatte Frau und Kind, aber das geordnete Leben schien Horst im Moment das einzig Richtige zu sein. Auf Betreiben des Bruders bemühte er sich um einen Platz in einer Tagesklinik, aber da war nichts frei und er musste sich auf ein paar Monate Wartezeit einstellen. Also erklärte er uns zu seiner Tagesklinik.

Wenn er seine kleine Nichte zum Kindergarten gebracht hatte, kam er zu uns. Kochte Tee, lungerte in der Küche herum, schnitzte kleine Talismane aus Holz und half bei allen handwerklichen Arbeiten. Es war, als ob das Feuer in ihm verbrannt wäre und einen Teil seiner Persönlichkeit ausgelöscht hätte. Man merkte, dass er etwas Schlimmes hinter sich hatte. Er war um Jahre gealtert. Aber manchmal sah man in seinen Augen seine alte Kraft aufschimmern.

Noch in der gleichen Woche tauchte Giovanna auf. Ich hatte ihr vor einiger Zeit geschrieben, dass das Haus Ende September abgerissen werden sollte und sie dann ihre Kisten, die noch auf dem Dachboden lagerten, abholen müsse. Mitten während der WG-Versammlung, die wir wie eh und je sonntagnachmittags abhielten, klopfte plötzlich jemand ans Küchenfenster. Sie sah aus wie immer: wilder Lockenkopf, strahlende braune Augen, und sie schwebte in einer Wolke von Patchouli. Wir fielen uns in die Arme. Doch irgendwas war anders. Aber ich war so glücklich, sie wiederzusehen, dass es bis zum Abend dauerte, bis ich realisierte, was es war: Sie war jetzt Sannyasin. Sie trug

Orange und um ihren Hals baumelte eine Mala mit dem Konterfei von Bhagwan. Sie heiße jetzt Nalini, erklärte sie. Und, ja, sie sei Sannyasin. In der Nacht saßen wir noch lange zusammen und sie erzählte mir alles.

Sie hatte sich in Elaiónas in Wolle verliebt und der hatte ihr die Lehre von Bhagwan nahegebracht. Sie hatte jeden Morgen mit ihm und Guido *die Dynamische* gemacht, wie sie es nannte, die dynamische Meditation, bei der ziemlich gezappelt wurde. Aber auch in die stille Meditation habe Wolle sie eingewiesen und ihr ein Buch von Bhagwan zu lesen gegeben. Als sie sein Bild das erste Mal gesehen habe, sei ihr ganz warm geworden und sie habe seine Energie gespürt. Nach drei Monaten sei sie dann nach Athen gefahren in ein Zentrum und habe Sannyas genommen.

„Wie, Sannyas genommen?", fragte ich.

„Ja, ich habe ein Foto abgegeben, das haben die nach Indien geschickt und dann habe ich nach ein paar Wochen meine Mala bekommen und meinen neuen Namen. Ma Prem Nalini."

Sie nahm das Bild des Meisters und sah es liebevoll an.

„Und seitdem ist alles anders", erklärte sie selig lächelnd. „Wenn man orange trägt, sind die Menschen viel offener. Wenn man lächelt, lächeln sie zurück. Wenn man Sannyasin ist, helfen einem andere Sannyasin." Mich überkam ein Gefühl der Beklommenheit.

„Und was ist mit Feminismus?", fragte ich. „Mit Frauenrechten, Emanzipation?"

„Es gibt jede Menge Frauen bei uns. Und Frauen profitieren fast am meisten von der freien Sexualität. Denn Männern wurde ja schon immer zugestanden, sich auszuleben."

„Wie, freie Sexualität?"

„Bhagwan sagt, dass sexuelle Blockaden aufgelöst werden müssen, ehe das authentische Wesen des Menschen sich entfalten kann."

„Und du bumst jetzt mit jedem, der will?"

„Nein. Mit jedem, den ich will."

„Aber nicht mit Diego!"

„Wieso?"

„Der gehört mir!"

So erzählte ich ihr die Geschichte mit Diego und alles weitere, was sie noch nicht wusste. Wir hatten uns fast ein Jahr nicht gesehen und in der Zeit war jede Menge passiert. Ich war bei den Aquarius-Leuten gewesen, sie hatte einige Monate in Griechenland gelebt, war dann nach Athen ins Zentrum gezogen und jetzt war sie auf der Durchreise. Sie wollte weiter in die USA, um dort einen Sannyasin zu besuchen, den sie in Athen kennengelernt hatte. Ziemlich hohes Tier, deutete sie nur an.

Bei ihren Sachen auf dem Dachboden war auch ein kleines Zelt, und das schlug sie im Garten auf. Ich bot ihr zwar an, bei mir zu schlafen, und auch Jochen, der alte Schwerenöter, war sofort bereit, mit ihr die Matratze zu teilen, aber das lehnte sie dankend ab. Trotzdem ging sie am nächsten Tag mit ihm ins Bett. Ich hörte ihn laut japsen.

Nun, da Horst und Giovanna wieder da waren, ging es Schlag auf Schlag. Und als ich einen Blick auf den Kalender warf, wusste ich auch warum. Es war Ende August. Der Sommer war fast vorbei und in vier Wochen mussten wir ausziehen. Als mir das klarwurde, schrieb ich sofort an Jolante. Sie musste kommen und sich um ihre Sachen kümmern. Schließlich war sie einfach in Schottland geblieben und hatte nichts vorbereitet oder gepackt, was wir notfalls irgendwo unterstellen konnten. Prompt stand sie eine Woche drauf ebenfalls auf der Matte. Sie hatte auf dem Rückweg in London Station gemacht und Terry besucht. Und der hatte ihr die Heiligkeit ziemlich ausgetrieben, wie sie grinsend erklärte. Er sei jetzt Punk, sagte sie und zeigte mir ein Foto, auf dem ich ihn fast nicht erkannt hätte. Er trug schwarze Klamotten, eine Sicherheitsnadel im Ohr und einen ziemlichen Irokesen. Als sie dann abends in ihrem Zimmer, das sie bereitwillig weiterhin mit mir teilte, ihren Rucksack auspackte, förderte sie nicht nur Edelsteine, Broschüren über Engel und vegetarische Kochbücher zutage, sondern auch ein paar Platten aus London. Die legten wir gleich auf den Plattenspieler und drehten so laut auf, dass Jochen sofort anmarschiert kam, um sich zu beschweren. Der Spießer.

Jolante war es im Grunde ganz Recht, dass ich sie da rausgeholt hatte, erzählte sie. Sie sei irgendwie bequem geworden und hätte es sich in der Elfenwelt schön eingerichtet gehabt. Aber das sei nun vorbei. Auf der Fahrt hatte sie Zeit gehabt, nachzudenken und sie war fest entschlossen, ihr Studium fortzusetzen. Das sei ihre Berufung, nicht das Leben in einer spirituellen Kommune. Und die Arbeit in der Poststelle hing ihr auch zum Hals heraus. Die Leute hatten ihr zwar angeboten, in den Verlag zu wechseln, der gerade gegründet wurde, aber auch die Aussicht, Broschüren über die verschiedenen Wege zur Erleuchtung und Bücher über die heiligen Gärten zu gestalten, konnte sie nicht begeistern. Alles viel zu lieb. Und von einer schrecklich altbackenen Ästhetik, wie sie angewidert erklärte.

Ich war froh, dass sie zurück war. Und sie war schon fast wieder die alte. Gleich am nächsten Tag kaufte sie neue Farben, spannte sich eine Leinwand auf und begann wieder zu malen. Wie sie erzählte, hatte sie in Schottland gelernt, die Aura von Menschen wahrzunehmen und sie als Blumen zu sehen. Die Art der Blume und ihre Farben verrieten eine Menge über den Menschen und auch über seinen Gesundheitszustand. Und während sie in den vergangenen Monaten ihre Visionen betrachtet und gedeutet hatte, malte sie nun alles, was sie in sich trug. Jede Menge Blumen, jede Menge Pflanzen. Zuerst benutzte sie lasierende Farben in sanften Tönen und ihre Bilder erinnerten mich an das Sanctuary und seine Stimmung, doch dann wurden die Farben zunehmend kräftig, die Pinsel dicker und der Strich grober. Sie tauchte auf und kam jetzt wieder in der Realität an, in der sie aufgewachsen war und die sie mit uns teilte.

Giovanna (ich weigerte mich, sie Nalini zu nennen) und Jolante, die sich vorher gar nicht kannten, steckten dauernd die Köpfe zusammen. Wenn Jolante malte, saß Giovanna oft bei ihr auf dem Sofa, sah ihr zu, schlürfte einen Wein, ging ihr zur Hand oder schrieb. Sie hatte schon immer Tagebuch geführt und in Griechenland hatte sie mit Gedichten angefangen. Eines Abends, als ich von meinem Date mit Diego zurückkam, saßen die beiden im Hof. Rudi kredenzte Cocktails, Giovanna las Gedichte vor und Jolante war begeistert.

„Ich finde das super. Und es ist schade, dass du das in deiner kleinen Chinakladde versteckst."

„Ja, wo soll ich denn sonst damit hin? Ich finde es auch schade, dass du deine Bilder in deinem Zimmer hortest."

„Hm."

Wo war der richtige Ort für Bilder? Und für Gedichte? Jetzt erst rückte Giovanna damit raus, dass sie ganze Manuskripte in der Schublade hatte. In Jolantes Zimmer stapelten sich ohnehin die Bilder. Und unter dem Bett hatte sie etliche Mappen mit Zeichnungen und Drucken.

Als ich am nächsten Tag von der Arbeit kam, stand Jolante im Blaumann auf dem Hof, neben sich Farbeimer, Dosen, Tuben und Pinsel und malte das Haus an.

Sie malte Gesichter, große Gesichter von fast einem Meter Durchmesser. Mit kräftigem Pinsel, kräftigen Farben. Eines war schon fertig. Es zeigte einen Mann im Ringelshirt. Popeye, der Spinatmatrose. Wow! Ich war hingerissen. Und an der Wand war noch viel Platz.

Auch Giovanna hatte die Wände für sich entdeckt, aber innen. Sie schrieb mit kräftigen Stiften das Haus voll mit ihren Gedichten. Zuerst etwas verschämt auf der Toilette, dann überall. Im Treppenhaus, in der Küche, im Bad.

Im Keller tobte die Band, die die letzten Wochen nutzte, um noch mal ordentlich aufzudrehen. Ob und wie es weitergehen würde, stand in den Sternen.

Marion war die erste, die auszog. Sie hatte mit Harald „was Eigenes" gefunden, wie wir alle hinter ihrem Rücken lästerten. Sie kriegte ja jetzt auch „was Kleines". Und wenn man es wusste, sah man auch schon eine Wölbung an ihrem Bauch. Sie war runder und fraulicher geworden und das stand ihr gut.

Doch während ich noch darüber nachdachte, ob ich für die letzten zehn Tage in das freigewordene Zimmer ziehen sollte, setzte schon reger Warenverkehr ein. Gesa brachte unentwegt Koffer und Kisten vorbei und stapelte die in Marions früherem Zimmer. Schließlich stand die Umsiedelung nach Neuseeland bevor und sie musste ihr Zimmer in einer Frauen-WG in Essen räumen. Mir wäre ja lieber gewesen, sie hätte das alles zu Diego gestellt, aber der war auch dabei, seine Sachen zu sortieren und er hatte zugegebenermaßen das kleinste Zimmer des Hauses. Und da stand auch noch das Klavier.

„Es ist ja nur für ein paar Tage", erklärte Gesa, „nur bis der Container da ist".

„Welcher Container?"

„Ja glaubst du, wir nehmen das alles mit ins Flugzeug? Unsere Sachen schicken wir per Seefracht nach Neuseeland. Wir haben einen Container bestellt. Der kommt nächsten Montag."

Und so war es dann auch. Am folgenden Montag fuhr ein Laster vor, lud im Hof direkt neben der Bar einen Container ab und den packten sie dann voll. Offenbar hatten sie ihren gesamten Hausstand irgendwo untergestellt und jetzt karrten sie alles heran. Schöne alte Möbel, Seekoffer mit Kleidung und Erinnerungsstücken, Teppiche, Bücherkisten, Instrumente, einen Zeichentisch für Architekten, ihre Fahrräder, ihr Bett und natürlich jede Menge Bananenkartons mit irgendwas.

Es war ihnen wohl wirklich ernst mit Neuseeland. Und es war gut, dass es nun losging, Lange hätte ich das Versteckspiel auch nicht mehr ausgehalten. Ich wusste immer noch nicht, wo ich mit mir hinsollte.

Eine Freundin hatte zugesagt, dass ich notfalls bei ihr unterschlüpfen könnte, wenigstens für ein paar Wochen, das war alles. Die anderen hatten mehr oder weniger einen Plan. Nur ich starrte ratlos auf die Dinge, die geschahen. Unfähig, einzugreifen. Unfähig, mein Leben in die Hand zu nehmen. Mir war es alles zu viel. Meine WG löste sich auf. Sich zusammen ein neues Haus zu suchen, darauf war niemand gekommen. Das lag einfach nicht an. Und dass Diego wirklich auswandern würde, bedrückte mich. Sehr sogar. Er hatte etwas Gelassenes, Unaufgeregtes, das mir guttat. Und er mochte an mir das, was ich auch für meine besten Eigenschaften hielt. Weil wir lange befreundet waren, bevor wir ein heimliches Paar wurden, waren wir ganz unbefangen miteinander und alles Männer-Frauen-Getue fand nicht statt – oder höchstens ironisch.

Wir verbrachten einen letzten Nachmittag in Brunos Garten. Wir grillten ein letztes Mal, hingen in der Hollywoodschaukel herum. Es war ein lauschiger Spätsommertag, aber so richtig wollte sich keine gute Stimmung einstellen. Wir waren beide schweigsam und behandelten uns gegenseitig wie rohe Eier. Dann packte er seine Gitarre ein und wir brachen auf. Die diversen Transporte waren abgeschlossen und er wollte jetzt noch sein Auto abgeben. Das hatte er einem Freund versprochen, einem Autoschrauber, wie er sagte.

Linksradikales Schrauberkombinat

Es wurde schon dunkel, als wir in einem Vorort von Bochum von der Hauptstraße abbogen. Ein Schild mit der Aufschrift **Linksradikales Schrauberkombinat Samson & Co** mit einem ziemlich zerbeulten Auto und einem Haufen Freaks darauf wies uns den Weg zur Autowerkstatt. Dann tauchte im Scheinwerferkegel ein mehrstöckiges, freistehendes Haus auf. Kein Wohnhaus, eher eine alte Schule. Auf dem Hof standen etliche alte Autos: Ein Schneewittchensarg, Enten, Käfer, Bullys, R4-Kastenwagen, Opel Admiral. Lauter Karossen, die mir schon immer gefallen hatten. In einem Nebengebäude war die Werkstatt untergebracht. Da wurde noch gearbeitet: Ein Langhaariger in ölverschmierten Klamotten und eine Frau in Latzhosen beugten sich über die geöffnete Motorhaube eines alten VWs wie Chirurgen über einen geöffneten Bauch. Diego hupte kurz, bevor er den Wagen abstellte und aus den Tiefen der Werkstatt kam Samson, sein Freund, auf uns zu. Er hatte ein Gesicht wie ein Apfelbauer aus dem alten Land: Dicke rote Wangen, wildes Haar, Zottelbart. Um den runden Bauch hatte er einen kräftigen Gürtel geschnallt, der den Blaumann an Ort und Stelle hielt. Er trat aus der Nacht wie eine Lichtgestalt, strotzte vor Leben und Zuversicht.

Strahlend begrüßte er Diego, haute ihm mit seinen ölverschmierten Pranken auf die Schulter, wie Männer es so machten, wenn sie sich richtig gern hatten.

„Ach, und das ist Thea?"

„Hmmm", sagte Diego und es freute mich, dass Samson offenbar schon von mir gehört hatte.

„Mögt ihr 'n Tee? Oder 'n Bier?"

„Klar, gern, schließlich brauche ich ja nicht mehr zu fahren!", erwiderte Diego und überreichte Samson die Autoschlüssel.

„Was willste denn dafür haben?"

„Ist geschenkt."

„Dann kriegste sogar zwei Bier!"

Wir gingen rein. Drinnen wurde gerade der Tisch für etwa zehn Leute gedeckt. Samsons Frau, eine ländliche Hippiefrau mit langem schwarzem Haar und breiten Hüften stand am Herd und seine beiden Töchter, zwei blonde Mädchen von vier und fünf Jahren stellten Teller und Besteck auf den ausladenden Eichentisch. Es gab Makkaroni mit Käsesoße, dazu Salat und zum Nachtisch Schokoladenpudding.

„Hier ist mehr so die Kleinfamilie angesagt", stichelte Diego.

„Na ja, wir kochen halt abends, schon wegen der Kinder, und dann essen wir zusammen. Ansonsten ..."

„Ansonsten seid ihr auch mehr eine WG, oder was?", fragte ich.

„Nee, bloß nicht!", winkte Samson ab. „Die Zeiten liegen hinter uns. Wir sind eher ..."

Der Rest seiner Ausführungen ging im allgemeinen Getöse unter. Die beiden Mädchen schlugen unter Gejohle auf einen riesigen Gong und nach und nach trudelten die anderen Bewohner ein. Der Langhaarige und die Latzhosenfrau aus der Werkstatt schrubbten sich mit „grüner Tante" die Hände, aus den oberen beiden Stockwerken kamen ein paar Frauen in groben Hosen und karierten Hemden und ein auffallend dünner, schwarzlockiger Typ namens Erich, den ich sofort mochte. Diego und ich bekamen auch einen Teller vorgesetzt und Samson beendete mampfend seinen Satz über die Art des Zusammenlebens.

„Wir sind eher ein ... mmmpf, wie soll ich sagen ... Kollektiv."

Bis auf Erich, der an seiner Doktorarbeit über südfranzösische Höhlenmalereien arbeitete und ansonsten riesige orangefarbene Bilder mit dünnen, langgezogenen Gestalten malte, waren alle mehr oder weniger an der Werkstatt beteiligt. Die Frauen strebten eine eigene Werkstatt an. Eine war bereits

Gesellin, die anderen wollten sich hier das nötige Know-how aneignen und das ging gut, denn Samson war gelernter Kfz-Mechaniker, sogar Meister, wie er voller Stolz erklärte.

„Echt, Meister? Dann könnte ich bei dir in die Lehre gehen?"

Er lachte gutmütig. Aber mir war es ganz ernst. Der Geruch von Motorenöl hatte mir schon immer gefallen. Mit fünfzehn hatte ich begeistert an meinem Mofa herumgeschraubt und naturwissenschaftliche Grundkenntnisse hatte ich schließlich auch. Und ich hatte nicht vergessen, wie es mir und Giovanna bei der Alpenüberquerung ergangen war. Ich hatte es dermaßen bescheuert gefunden, dass ich null Ahnung von Motoren hatte. Wenn jeder Depp Autos reparieren konnte, konnte das doch nicht so schwer sein.

Nach dem Essen sprach ich ihn noch mal an.

„Im Ernst. Ich könnte mir das vorstellen."

„Zeig mal deine Hände."

Ich reichte sie ihm und er befühlte die Muskulatur und sah sich die Haut an. Lieber Gott, mach, dass das Auswringen von Feudeln meine Hände gekräftigt hat, betete ich. Auf den ersten Blick schien er nicht abgeneigt.

„Hm. Aber im Moment brauchen wir keinen Lehrling. Erst im Frühjahr. Dann ist Sandra fertig. Bis dahin brauchen wir jemanden für die Buchhaltung. Kannst du dir ja mal überlegen. Kannst du rechnen?"

„Ja klar. Ich hab zwei Jahre ..." Vor lauter Aufregung brachte ich kaum mehr vollständige Sätze zustande. „Könnte ich dann auch hier wohnen?"

„Wär am besten. Schließlich sind wir ein Kollektiv."

Wir blieben bis weit nach Mitternacht. Ich lernte noch Liane kennen, eine angehende Tänzerin, die im zweiten Stock wohnte und erfuhr, dass Samsons Frau Gerlinde gerade an ihrer Examensarbeit über Makarenko, einen russischen Pädagogen, saß. Samson meinte zwar, das käme jetzt alles ein bisschen plötzlich und ich könne ja in den nächsten Tagen noch mal vorbeikommen, aber ich war mir ganz sicher. Da gehörte ich hin. Das war genau das, worauf ich gewartet hatte.

In einer Art Crashkurs brachte Diego mir in den nächsten Tagen die Buchhaltung bei, schließlich war er jahrelang selbstständig gewesen und kannte sich aus.

Ende September

Dann kam unsere letzte Party.

Das Innere des Hauses befand sich bereits in Auflösung. Überall standen Kartons und Kisten herum und die meisten Zimmer waren nur noch bedingt funktionstüchtig. Die meisten Schlafstätten waren allerdings noch intakt. Wir hatten uns darauf geeinigt, die Küche erst ganz am Schluss auszuräumen, damit man sich wenigstens noch verpflegen konnte und Jule und Jochen hatten sich bereiterklärt, für das leibliche Wohl zu sorgen. Sie buken massenhaft Pizza und reichten alle zwanzig Minuten ein Blech aus dem Fenster. Aufgrund des Containers war es im Hof etwas eng geworden, aber Rudi hatte zur Feier des Tages jede Menge Lichterketten besorgt und in die Plastikpalme gefriemelt, die über seiner kleinen Hofbar in den Himmel ragte.

Im Keller gab die Band ihr erstes und letztes Konzert. Obwohl wir wie immer niemanden direkt eingeladen hatten, hatte es sich in der Szene herumgesprochen, dass hier heute das Abschiedsfest war und es trudelten immer mehr Leute ein. Viele, die ich kannte, aber auch viele, die ich noch nie gesehen hatte. Obwohl die meisten draußen im Hof und an der Bar herumlungerten, herrschte auch drinnen ein ziemliches Gedränge. Die Band war wie immer so laut, dass man noch im Hof kaum sein eigenes Wort verstehen konnte. Rudi und Arabella brüllten sich die Seele aus dem Leib, Diego drosch auf das Schlagzeug ein, dass es nur so krachte und der Bass brachte wie immer den ganzen Straßenzug zum Vibrieren. Dann war es plötzlich still und die Musiker kamen schweißüberströmt, aber glücklich auf den Hof.

Rudi legte sich kurz auf dem Rücken ins Gras und verschnaufte einen Moment, dann knipste er die Lämpchen an und eröffnete die Bar. Diego holte sich ein Bier und stellte sich zu mir und Jolante. Wir waren gerade dabei, das Lagerfeuer anzuheizen, das Sepp mitten auf dem Hof entzündet hatte.

„Und, hast du 'n Hund gekriegt?", fragte Jolante.

„Ja, ist oben bei mir im Zimmer."

„Hoffentlich legt da keiner Protest ein!"

„Wieso? Du kannst damit doch machen, was du willst."

„Wir können ja warten, bis es dunkel ist."

„Es muss auf jeden Fall jemand aufpassen ..."

„Klar, Schmiere stehen."

Diego lachte Jolante verschwörerisch an. Sie brüteten irgendwas aus, aber ich hatte keine Ahnung, was und sie verrieten auch nichts. Jolante legte noch ein paar Äste in die Glut. Wollten sie etwa einen Hund grillen?

Die Flammen loderten höher und warfen flackerndes Licht auf die Konterfeis unserer Helden, die Jolanthe im Laufe der Woche an die Fassade gemalt hatte: Popeye, Max und Moritz, Marx, Che, Dylan, Janis Joplin und auf Giovannas Wunsch auch noch Bhagwan. Sepp hatte sich einen Indianer gewünscht, und für Jule hatte sie noch Rosa Luxemburg und Pippi Langstrumpf gemalt. Alles mit dickem Pinsel und kräftigen Farben, eine ganze Ahnengalerie prangte an der Hauswand.

Diego legte mir den Arm um und ich schmiegte mich an ihn. Er würde mir so fehlen.

Mehlbestäubt, mit roten Wangen und übersät von Fettflecken kamen Jochen und Jule aus dem Haus. Sie hatten genug gebacken.

„Und, hat euch die Pizza geschmeckt?", fragte Jochen.

„Ja, super! Aber ich könnte noch ein Stück vertragen“, meinte Diego.

„Später vielleicht. Aber erst wollen wir ja noch ...“, sagte Jule.

Sie zuckte kurz zusammen, warf mir einen kurzen warnenden Blick zu, aber da war es schon zu spät. Gesa stand neben mir. Sofort zog Diego seinen Arm weg und ging auf Abstand. Ich musste schlucken.

„Das ist doch jetzt echt albern“, sagte Jochen und warf Diego einen abschätzigen Blick zu.

„Hi, was ist los?“, fragte Gesa, die anscheinend nichts mitbekommen hatte. „Hab ich was verpasst?“

„Klar, das Pärchen des Monats! Diego und Thea!“

Diego ging auf ihn los und wollte ihm einen Kinnhaken verpassen. Doch Jochen wich ihm geschickt aus und schlenderte betont lässig zur Bar. „Müsst ihr selber wissen, wenn ihr so verlogene Beziehungen haben wollt...“

„Blödes Arschloch“, rief Diego ihm hinterher. „Was geht dich das an?“

Ich wollte der weiteren Auseinandersetzung aus dem Weg gehen und verzog mich zu Giovanna, die in ihrem Zelt, das vom Kerzenlicht orangefarben leuchtete, für drei Mark Interessierten Tarotkarten legte. Ganz nach Wunsch das keltische Kreuz oder nur eine einzige Karte, die das Thema des Tages ausdrücken sollte. Der letzte Kunde hatte sich gerade verabschiedet und so konnte ich kurz bei ihr unterschlüpfen. Dann ging ich ins Haus, um noch ein paar Sachen zu packen. Auf dem Rückweg vom Dachboden, wo ich einen Karton deponiert hatte, kam ich an Jochens Zimmer vorbei.

„Das war jetzt echt überflüssig“, hörte ich Gesas Stimme.

„Wieso? Sieh der Wahrheit ins Gesicht. Diego betrügt dich schon seit Monaten.“

„Meinst du, das weiß ich nicht?", erwiderte Gesa. „Diego hat noch bestenfalls ein Jahr. Sobald wir in Neuseeland sind, und das wird in wenigen Tagen sein, macht er ne Chemo, um noch ein paar Monate rauszuschlagen. Und da soll ich ihm einen Seitensprung verbieten? Ich bin froh, dass er sich nicht von der Brücke stürzt."

So leise wie möglich schleppte ich meine Bücherkiste nach unten, setzte mich in mein Zimmer und starrte in die Dunkelheit. Sie hatte es schon lange gewusst. Ich schämte mich und empfand großen Respekt vor Gesa.

Dann kam plötzlich Jolante hereingerauscht. Obwohl sie sonst nicht so ruppig war, knipste sie das Licht an und rief:

„Los komm, es geht los. Du musst mit anpacken."

Ich folgte ihr in Diegos Zimmer, und da standen schon meine Mitbewohner bereit. Aus unerfindlichen Gründen handelte es sich hier um eine interne Aktion, von der die Gäste ausgeschlossen waren. Es ging um das alte schwarze Klavier, so viel war mir nach wenigen Augenblicken klar. Alle hatten sich um das gnadenlos verstimmte Instrument versammelt und betrachteten es von allen Seiten. Diego, Horst und Jochen hantierten mit Gurten, die sie vorne und hinten um das Klavier legten. In der Zwischenzeit war auch Franz aufgetaucht, den ich ewig nicht gesehen hatte. Er und Franziska packten ebenfalls mit an. Sie waren für die Party eigens aus Berlin angereist.

„Die wollen doch nur den Küchenschrank", flachste Horst, während er mit Giovannas Hilfe die Fenster herausnahm, den Fensterrahmen mit einem Brecheisen herausbrach und zur Seite stellte. Kühle blaue Nachtluft kam herein. Giovanna steckte den Kopf zum Fenster heraus. Diegos Zimmer ging zur Straßenseite und lag direkt über der Eingangstür. Unten stand Jule.

„Passt du auf, dass keiner kommt?", rief Giovanna.

„Ja klar. Ich steh hier und pass auf."

Dann ging es los. Gemeinsam hoben wir das Klavier kurz an, schoben in der Mitte den Hund darunter. Der Hund, das hatte ich inzwischen verstanden, war ein kräftiges Rollbrett, mit dessen Hilfe das Klavier dann Richtung Fenster bugsiert wurde. Jolante und Diego hatten die Aktion ausbaldowert. In den USA und in Großbritannien gab es das regelmäßig, erzählten sie später. Als Kunstaktion. Piano dropping. Und warum sie das vorher nicht groß diskutiert hatten, war mir auch sofort klar, als Onno dazukam.

„Was soll denn der Scheiß?", knurrte er.

„Das ist Kunst", knurrte Diego zurück. „Sonst käme es auf die Kippe. Also pack mit an."

Und so ruckelten wir das Klavier gemeinsam gen Fenster, hievten es auf die Rampe, die die Jungs aus Kisten, Brettern und Steinen gebaut hatten, hoben und schoben unter Aufbietung all unserer Kräfte, bis es schließlich auf der Fensterbank stand, 250 Kilo Lebendgewicht.

Diego zählte: „Zehn, neun, acht, sieben, sechs, fünf, vier, drei, zwei, eins!", und wir schoben noch einmal alle aus Leibeskräften, bis das Klavier das Gleichgewicht verlor und kopfüber aus dem Fenster stürzte. Innerhalb von Sekundenbruchteilen krachte es auf die alten Fliesen an der Eingangstür. Zuerst hörte man nur das Holz brechen, dann prallte das gusseiserne Innenleben mit ohrenbetäubendem Getöse auf den Steinboden. Das Holz zerschellte, die Mechanik zerbrach und flog in alle Richtungen, dann rissen die Saiten und es gab einen jämmerlichen Abgesang auf alle Klaviersonaten der Welt. Schrill, wie eine Harfe, reißend, laut. Ein Rest von Musik, ein kurzes Nachhallen, bis wirklich alles irgendwo auf dem Boden gelandet war, dann war es einen Moment lang ganz still. Selbst die Vögel hatten aufgehört zu singen. Etwas war vorbei. Es war eine Trauerfeier. Es war, als ob wir am Grab stünden und nicht einen Blumenstrauß hineingeworfen hätten, sondern ein ganzes Klavier.

Drei Tage darauf rückten die Bagger an und wir wurden in alle Winde zerstreut.

Giovanna ging wie geplant in die USA.

Jule machte in Dublin eine Töpferei auf und schrieb mir in den ersten Jahren ab und zu eine Karte.

Onno hat endlich seine Zahnarztphobie überwunden, sich in die Zahnarzthelferin verliebt und ist zu ihr gezogen.

Rudi ist mit Arabella nach Berlin gegangen und Barkeeper und Sänger geworden.

Waleri ist mit einem Typen zusammengenzogen. Wir haben uns aus den Augen verloren.

Marion und Harald habe ich mal besucht, als das Baby da war. Auf ihrem Küchentisch stapelten sich Windeln fürs Baby, eine Briefwaage und diverse Ampullen mit Betäubungsmitteln. Marion tat mir leid.

Horst führt ein bescheidenes Leben als Minimalist. Er bewohnt ein winziges Zimmer, heizt mit Kohle, schläft direkt auf einem Schaffell und lebt von Sozialleistungen. Er könne nicht mehr mit so vielen Leuten leben, sagt er. Er brauche Ruhe, viel Ruhe.

Jolante nahm ihr Studium wieder auf und wurde eine international gefragte Künstlerin.

Und Diego? Ich habe ihn nie wiedergesehen.

Quellennachweis:

Seite 36 „Wenn alles zusammengezählt…" aus: Ted Berrigan: „Guillaume Apollinaire ist tot." Herausgegeben von Rolf-Dieter Brinkmann, Frankfurt (März), 1979, S.5

Seite 36 „Jesus died…" aus: Patti Smith, „Gloria" auf: „Horses". 1975 Arista Records

Seite 78 „Wenn du scharf bist…" aus: Nina Hagen: „Rangeh`n." auf: Nina Hagen Band. 1978, CBS 83136

Seite 105 „Es gibt…" Theodor W. Adorno: Minima moralia. Reflexionen aus dem beschädigten Leben. (= Gesammelte Schriften Band 4), Suhrkamp, Frankfurt am Main, 1980, s. 43

Seite 107 „TAI/DER FRIEDE…" aus: I GING. Text und Materialien. Eugen Diederichs Verlag. Düsseldorf/Köln 1978, Seite 62

Seite 108 „Neun auf drittem Platz…" s.o. Seite 64

Seite 128 „GIA JEN/DIE SIPPE…", s.o. Seite 143,144

Seite 149: „Ich war oft am Ende…" aus: Ton, Steine, Scherben: „Wenn die Nacht am tiefsten…" David Volksmund Produktion, 1975

Seite 151: „Sie ham mir gesagt…" aus: „Sie ham mir ein Gefühl geklaut" auf: Brühwarm/Ton, Steine, Scherben: „Entartet." David Volksmund Produktion 1979

Seite 151: „Wenn niemand bei dir ist…" aus: „Halt dich an deiner Liebe fest" auf: Ton, Steine, Scherben: „Wenn die Nacht am tiefsten…", David Volksmund Produktion 1975

Bettina Rolfes

geb. 1956, stammt aus der Region mit der größten Hühner-
dichte Europas, dem katholischen Südoldenburg. Mit 19 floh
sie ins Ruhrgebiet und studierte dort Medizin, Germanistik
und Philosophie, jobbte ein paar Jahre in einer Bildagentur in
Zürich und zog dann für ein Filmstudium nach Hamburg.
Sie erhielt ein Arbeitsstipendium für Schriftsteller des Landes
Niedersachsen und arbeitete lange als Dozentin für Kreatives
Schreiben und Deutsch als Fremdsprache (Integrationskurse).
Auf einer langen Reise durch Südostasien entstand der blog
Bettygoeast.rtwblog.de.
Sie publiziert seit 1979, zunächst in Zeitschriften wie „Flug-
asche", „Courage", „Annabelle" oder „KultuRRevolution".
Ihr erstes Buch war der Gedichtband *Heckenrosen & Zahnpasta,*
es folgte ein Ratgeber *Schreiben befreit* sowie ein Band mit eroti-
schen Geschichten: *Feuer fangen.* Sie hat verschiedene Antholo-
gien herausgegeben, u.a. mit Lars Henken *Dachkammerflim-
mern. Literatur aus der Dosenfabrik.*
Sie ist Mitglied im VS sowie im writers` room, Hamburg.

Kontakt: Patchouli.Roman@gmail.com